町田そのこ

Machida Sonoko

月とアマリリス

小学館

目次

月とアマリリス

プロローグ

こめかみから頬へ伝った汗が肌を離れる音を聞いた、気がした。

トップアスリートのなかには、それくらいの集中力を引き出す者がいるらしい。誰から、いつ聞いたのかは、覚えていない。最近ネットニュースで見かけたのかもしれないし、遠い昔の誰かの寝物語だったかもしれない。そんなことはどうでもよかったけれど、いまの自分は世界一を目指すようなひとと同じくらい集中しているのだな、と思った。

しかし、その集中は誇れるものではない。私が耳を澄ましているのは、この場に私たち三人以外の第三者が現れることを警戒しているだけだ。だけど、いろいろな音が重なって、集中の邪魔をする。

ざ。ざ。土を掘る音と、洟《はな》を啜《すす》る音。泣いているのは、私の隣にいる女だ。私の目の前でシャベルを動かし続けていた男が小さく舌打ちをした。

「乃愛《のあ》、泣かずに手を動かせ」

「ご、ごめんなさい、でも」

「早くしてやらないと、ばーさんが可哀相《かわいそう》だろ」

男が顎で示した先には、毛布の塊がある。少し捲《めく》れたところから、二本の足がぬっと出ていた。

ぴくりとも動かない足は、毛玉がついた靴下を履いている。

「早く、墓を掘ってやろうや」

男が言うと、片手で涙を拭い洟を啜るばかりだった乃愛が唸《うな》り声をあげた。

「ばあちゃ……ごめ……」

「だから、手を動かせって」

ふたりの会話を遠くに追いやって、私はいつ現れるかもしれない誰かの気配を探る。そうしながら、手にしたシャベルを必死に動かした。早く、あのひとを埋めなきゃいけない。そしてここから去らないと。

気が遠くなるような、いや、もしかしたらそんなに長くはなかったかもしれない。でも無限に感じた時間の果てにようやく、「もう、これくらいでいいか」と男が息を吐いた。

「ばーさんを抱えるぞ」

男は、私を見て言った。べそべそ泣いている乃愛じゃ役に立たないと思ったのだろう。それは間違っていない。私は黙って頷《うなず》いて、地面に横たわるひとに近づいた。

男が毛布を剝ぐ。ごろりと転がり出た様子に、私の後ろで小さな悲鳴があがる。

「やだ！　ねえ、お願い、もっとやさしくしてあげて！」

「うるさい。ちょっと黙っとけ。おい、足の方を持て」

促されて私はだらりと投げ出された両足を摑《つか》む。小さくて細いひとだったけれど、ずしりと重い。つん、と糞尿《ふんにょう》の臭いがした。漏らしたのだろうか。いつ？　いや、もう考えても仕方がない。

「乃愛、その毛布、先に穴に放り込め」

男の命令に、乃愛が動く。放り込めと言われたのに、せっせと穴に毛布を敷き詰め始めた乃愛に、「お前も殺すぞ」と男が小さな呟《つぶや》きを漏らした。苛立《いらだ》ち紛れのそれは乃愛には届かず、でも私にはしっかり聞こえた。私は黙って、視線を下げる。やせた足首が目に入り、それもどうにも見ていられなくて、空を仰いだ。

「まんげつ」

音を出さずに、呟いた。

うっそうと茂った木々の隙間から、まん丸な月が見えた。ああ、そうか。真夜中のはずなのに、懐中電灯ひとつしかないはずなのに手元がよく見えたのは、こんなに月が明るいせいだったのか。

「おい、せーので投げるぞ」

声をかけられ、はっとする。男の掛け声で両足を手放すと、小柄な遺体は穴にぼさりと落ちた。両手が踊っているようにふわりと舞い、どきりとする。一瞬、生きているのではないかと思って、でもすぐにそんなことありえないと打ち消す。無意識に詰めていた息を大きく吐く。どうしてだか、小学校の遠足で、隣の席だった男の子が自分のお弁当をぐちゃぐちゃに踏みつぶしたのを思い出した。何が癪《しゃく》に障ったのかは知らないけれど、色とりどりのおかずが詰まったお弁当を、何度も何度も踏んだ。綺麗《きれい》な黄色の卵焼きが泥と混じり合うのを、私は見ていた。目が離せなかった。

「ねえ、お花、お供えしていい？」

私の近くで様子をじっと見ていた乃愛が言った。

「ハァ？」

「ここに来る前、摘んできたの」

言い終える前に、乃愛は離れた所に停《と》めていた車に駆けていき、すぐに戻ってくる。手には赤と黄色のチューリップが数輪握られていた。

「どこでそんなもん」

男が声を荒らげると「駐車場の近くの家の花壇」と言う。

「ねえ、いいでしょ。だってここ、ばあちゃんのお墓なんでしょ?」

男が、場違いな花を抱えた乃愛と穴を交互に見て、それから怒鳴るのを堪《こら》えたような口調で「早くしろ」と言った。

「待って待って」

乃愛は自分のポニーテールに使っていた赤いレースのシュシュを取り、チューリップを纏《まと》めた。それを穴に沈むひとの胸元に置く。

「……いままで、ありがと」

乃愛が泣き崩れる。男が「もういいだろ」と押しやろうとするが、「待って待って」と動かない。

私はもう一度、空を見上げた。さっきと変わらず、大きな丸い月がいる。あんまりにもくっきり光っている月は、まるでピンポン玉のようだった。まん丸い、ピンポン玉。

そう思ったとたん、ふっと蘇《よみがえ》る記憶があった。あれは、やっぱり小学生のころだった。学校のスポーツ大会で、私は卓球の試合に出た。相手が誰だったかまでは、もう覚えていない。ただ、その子と私は周囲が驚くほど長くラリーを続けた。

不思議な感覚だった。どうしてだか、どこにピンポン玉が飛んでくるのか分かって、そして相手も、私がどこを狙って打っているのか分かっているようだった。周囲はだんだんとざわめいたけれど、私はただ、白いピンポン玉が描く軌道だけを考えていた。

ああそうだ、あのときの集中力と、いまのこの集中力は、とても近しいような気がする。やはり、アスリートの集中力と同じなのだ。

そこまで考えて、唇を噛《か》んだ。

私は、何をしているんだろう。こんなところで、何てことをしているんだろう。

あの卓球の記憶からここまで、あまりに遠い。こんなところに、どうして来てしまったんだろう。

「おい。そろそろいいだろ」

鈍い音がして、乃愛が短く悲鳴をあげる。見ると乃愛が倒れ込んでいたから、男に蹴られたのだろう。男が私を見て「やるぞ」と顎をしゃくって穴を示したので、私は黙ってシャベルを握り直した。

私はどうして、こんなところにいるんだろう。

一章

自分だけは得したいという欲をあからさまにするひとは、自身のことをどう思っているのだろう。わたしがそう考えていたのを察したわけではないだろうが、目の前で雄弁に語っていた浜中《はまなか》が「おれはひとの善意を信じてる人間やけんさ」と言い出した。

「おれを大事にしてくれって素直に言や、案外みんな受け入れてくれるもんなんよ。こっちが正直に頼んどるのを拒否してくるっつーのは悪意があるわけ。そんで、そういうひとはそうそう、おらんもんなんよ」

「悪意なんて、もちろんないです。でも浜中さんのご意見だけを通すことは難しいんですよ」

「じゃあ、一個くらいはどうにか。な?」

「ほんとうにすみません。他のお店と同じ条件でお願いします」

向かいに座っている浜中は、五十代の男性だ。白髪交じりの髪を角刈りにして、『浜中うどん』の屋号が入った藍染めの作務衣《さむえ》を着ている。頑固《がんこ》職人という雰囲気を纏ったひとの手元を見ると、こそこそと動いている。十数分前に渡したわたしの名刺が、おもちゃになっていた。丁寧に折り目を付けて、どうやら紙飛行機を作ろうとしているようだ。わたしに怒っての行動かと思いきや、彼自身は朗らかにしているから、多分、自分がしていることがどれだけ失礼なことなのか分かっていないだけだろう。

「そもそも、おれはそんなに難しいこと頼んどるかね？　掲載するならうちの写真を一番大きくしてくれっちいうのと、割引クーポンは面倒くさいけんやりたくないっちいう、たったそれだけのことやん？　割引クーポンなんてよお、いちいち切り取って持ってくるようなしみったれた奴《やっ》はおらんって。えーと、飯塚《いいづか》……みちるちゃん？」

名刺を一度開いて、にたりと笑いかけてくる。

善意だとか悪意だとかここでは一切関係がなく、いま存在しているのはあなたの欲だけですけどね。

言いたいことを呑《の》みこんで、睨《にら》みつけていると思われない程度に顔を取り繕う。この姿勢で、これまで己の人生を切り開いてきたのだろうか。だとしたら逆にすごい。もしかしたら欲と主張の区別もついていないのかもしれない。手元の行為の善悪も分かっていないように。

わたしは「申し訳ありません」と深々と頭を下げた。

「浜中さんのご希望には、添えられそうにありません。非常に残念ですけれど、今回は掲載を控えさせていただきます」

「は？　いやいや、ちょっと待ってよ。だってうどん特集やろ？　だったら絶対うちを入れないとダメやろうもん。ハロキタさん、苦情来るよ。みちるちゃんは上のひとに叱られるよ？」

焦ったように言う浜中に、「それは仰《おっしゃ》る通りです。でもわたしに浜中さんのご要望にお応えできる力はないんです」と眉尻を下げてみせた。

福岡県北九州市を中心にしたタウン誌『ハローキタキュー』のフリーの取材ライターとして働き始めて、五ヶ月が過ぎた。依頼を受けて新規オープンのカフェやイベントに足を運び、記事を書くのが主な仕事だ。人員が足りないため、ひとりでアポ取りから当日の取材・撮影まで行わなければいけないし、シチュエーションによっては炎天下で何時間もカメラを手に駆け回ることになる。取材の掛け持ちをすることも多く、一日の移動距離が数十キロになることもしょっちゅうだ。そう話すと大変な仕事だと思われがちだが、わたしは幼いころから体力だけは無尽蔵にあったので、苦になったことはない。どちらかといえば、ひとと接することの方が不得意だ。特にこういう、相手が自分より若い女だと見ると途端に横暴になるひとと仕事をしなくてはいけないのはどうにも我慢しづらい。

隣に置いた仕事用のトートバッグの中で、振動している気配がした。長いから、スマホの着信だろう。無視して、目の前の浜中に笑いかける。

「お写真はいずれまた、浜中うどんさんをメインに取り上げさせていただく機会があったときにということでお願いできませんか？　それと割引クーポンですが、これはほんとうに、お気持ちだけでもいいのでご協力いただけないと困るんです。他のお店の方たちもみなさま提供してくださっているので、浜中うどんさんだけないというのも……」

「割引って、他はどんなことしとるんよ」

振動が止まったかと思えば、また震え始める。

「トッピングのえび天を一本サービスですとか、大盛り無料ですとか」

「……豊前庵《ぶぜんあん》は？」

半年前に、浜中うどんから徒歩五分の距離にオープンしたうどん店の名前だ。丼からはみ出すほど大きなごぼう天が載ったごぼ天うどんが売りで、味はもとより、インスタ映《ば》えするとかで若い女性客が多い。ここに来る前に通り過ぎたときには、本日分完売の貼り紙があった。

「お好きなトッピングひとつ無料、です」

浜中が大きく舌打ちした。

「分かったよ。じゃあ……大盛り無料で」

「ありがとうございます」

「その代わり、豊前庵とうちの掲載場所、離してくれ」

まあ、それくらいなら可能だ。頷くと、バッグの中のスマホが一度止まってまた震えだした。

何度もしつこいな、と思っていると浜中がちらりと視線をバッグに向け「こういう場合はさあ、電源切って来ないと」と言った。

「商談相手に、失礼だろ？」

「仰る通りです。申し訳ありません」

「まあ、おれだからいいけどさ。気を付けなよ、みちるちゃん」

寛大なふりをする浜中に「肝に銘じます。では、誌面が纏まりましたらご連絡いたします」と立ち上がった。

「ご協力ありがとうございます」

「はいはい。まあ、よろしく。あ、これ」

浜中が手を差し出してきて、その指先には紙飛行機が摘まれていた。

「よく飛ぶぜえ」

「はあ、どうも。では、失礼いたします」

手のひらにぽとんと落とされた名刺だったものを握り込んで、頭を下げて店を出た。

外に出ると、熱気が全身を一気に包んだ。十月に入ったが、北九州はまだまだ暑い。真夏の暴力的な暑さこそ影を潜めたけれど、時々うんざりするほど気温が上昇する。エアコンの利いた店内で冷やされていた体が、すぐに汗ばむ。

「あー、さいあくだった」

足早に浜中うどんから離れて、口に出す。手のひらの中のものをひときわ強く握る。あのひと、いつもこうやって名刺をダメにしているんだろうか、いや、きっと相手を見てやっているに違いない。男だったら、いや、女でも気が強そうなひとだったらこんなことしなかったのではないか。わたしが反論しなそうな女だから、軽く見られたんだ。

自動販売機を見つけて、冷たいお茶を買う。ガードレールに軽く腰掛けて半分ほどを一気に飲んで、息を吐く。少しだけ冷静になったあと、手を開いてくちゃくちゃに潰れた紙飛行機に目を落とした。

腹が立つんなら、言い返せばよかったじゃない。

心の中でわたしをばかにする声がして、紙飛行機をまた握り込む。手のひらに爪が食い込んだ。だって、言い返したら面倒なことになる気がした。トラブルに発展したら編集長に報告しないといけないし、編集長は厄介ごとを起こすくらいならいくらでも頭を下げろという考えのひとだ。場合によっては、今後仕事を減らされるかもしれない。それは、生活に直結している。そういうことを考えたら黙っておくに限ると判断するしかなかった。

いや、違う。わたしも、浜中を軽く見ていたのだ。初対面の人間の名刺を折り紙にするような人間と対等に話すなんてばからしいと思ってしまった。

ああ、嫌だな。また、だ。わたしはまた、目の前のことを軽んじてしまった。

苛立ちと自己嫌悪でもやもやしていると、バッグの奥が震え始めた。また電話か。こんなにしつこく電話をかけてくるって誰？　ああそうだ、このひとのせいで、わたしはいらない言葉まで投げつけられたんだった。

　バッグに手を突っ込み、乱暴に探る。目当てのスマホを取り出し、画面を見たわたしは反射的に顔を顰《しか》めた。表示されていた名前は『堂本宗次郎《どうもとそうじろう》』。わたしのかつての仕事仲間であり、元恋人だ。喧嘩《けんか》、というほど派手なものではない意見の衝突の末に別れてから、もう十ヶ月ほどになるか。

　別れの言葉を交わして以来、一度も連絡してこなかったひとがいまごろ、何の用で？　少し躊躇《ためら》って、電話に出た。「なに」と言うと「よお、生きてたか」と能天気な声がした。

「久しぶりの連絡の初手のセリフとして、それはあんまりにも悪手じゃないの。気分悪いから切っていい？」

「その可愛《かわい》くない言い口は、間違いなくみちるだな、よかった」

　何も楽しくない会話なのに、宗次郎は大きく笑い、それから「最近、どうだ」と訊《き》いてきた。

「タウン誌のライターやってるって噂《うわさ》聞いたけど、ほんとうか？　つまんねえ仕事してんなあ」

「楽しくやってますけど、何か」

　浜中うどんでのやりとりを思い出して舌打ちしかける。

「それで？　わたしの現状をばかにするためにさっきから何度も電話をかけてきてたの？　鶴翼《かくよく》社《しゃ》の雑誌編集者も、暇になったんだね」

「はっ、んなわけねえ。みちるの方が暇してるだろうから、仕事を依頼しようと思ったんだよ」

「仕事？」

　スニーカーの先で地面を蹴っていた、足を止めた。

「宗次郎からの仕事ってことは、週刊ツバサの記事でしょ？　知っての通り、わたしはもう事件記者はしない」

自分で言っておいて、胸に刺すような痛みを覚えた。

「まーだ引きずってんのか」

鼻で笑う気配がして、「うるさい」と言い捨てる。

「ともかく、そういう仕事はもうしないって決めてるの。記者を探してるんなら、他を当たって」

「二日前に、高蔵山《たかくらやま》で遺体が発見されたのは知ってるよな。高蔵山って北九州市内の山だから、ばっちり地元だろ？」

わたしの言葉を無視して、宗次郎は話し始めた。

「登山中の老夫婦が山道を外れたところで人間の頭蓋骨と思われるものを発見した。警察や消防に通報したところ、埋められていた遺体が見つかったってやつで」

「ちょっと、勝手に話進めないでよ。わたしはそんな事件知らない」

「は？　まじかよ。お前、脳みそ腐ってんじゃねえの。じゃあちゃんと聞け。獣が荒らしたのか遺体の一部は損傷していて、特に発見に繋《つな》がった頭蓋骨は状態が酷《ひど》かった。ただ、下半身は無事でさ」

宗次郎の嫌な癖だ。話したいことがあると、相手がどれだけ嫌がっても続ける。いつだったか鉄板焼きを食べているときに、火傷《やけど》の深度について熱心に語り始めたときは、最終的に別れ話にまで発展したっけ。そういうひとだから仕方ないかと諦めて許したけれど、あのときに別れていてもよかったな。

「いい加減にして、宗次郎」

「スウェットのズボンのポケットの中に、メモ紙が入ってたんだ。読めないところもあるが、分かる範囲で言うと、すべてひらがなで『ありがとう、ごめんね。みちる』と書いてあった」

「みちる……？」

突然自分の名前がでてきて、虚を衝《つ》かれる。

「そう、みちる。遺体本人がみちるなのかもしれないし、埋めた人間がみちるなのかもしれない。そこはまだ分かっていないんだ。それでな、遺体と一緒に、花束らしきものが埋められていた。死因はまだ分かっていないけど大きな外傷はなく、病死や老衰の可能性もある。警察では、遺体を埋葬する金のない人間がこっそり埋めたんじゃないかって考えてるらしい」

何故《なぜ》だか、自分自身がひとを埋めている想像をしてしまってぞっとした。口を噤《つぐ》んだわたしのことなどお構いなしに、宗次郎は喋《しゃべ》り続ける。

「映画の『万引き家族』でもさ、似た感じのシーンあったじゃん？　観《み》た？　しかもさ、北九州市は前に生活保護が貰《もら》えなかったひとが餓死した事件なんかもあっただろ。貧困ゆえに生まれた哀《かな》しい罪を見た、みたいな感じで原稿書けない？　もちろん金は出す。タウン誌よりは生活潤《うるお》うと思うけど」

「タウン誌をばかにしないで」

反射的に言い返したけれど、心はそんなところにない。浮かび上がった想像が、まだわたしの傍《そば》にいる。

「ばかにしてるんじゃなくて事実を言ってるんだよ。それに、記事の反響次第では記者として復帰もできると思う。どうだ、やってみないか？」

「……復帰なんて考えてないってば」

皮肉にも、宗次郎の言葉で我に返った。

「わたしはもうそういう仕事はしないって、何度も言ったでしょ？　忘れたの？」

「忘れちゃいないさ。でもお前さ、ほんとうに辞めたまんまなの？　それってお前のよく言ってた『正しい』ことなのか？」

問われて、言葉に詰まる。

「仕事に対して、お前が一番不誠実なんじゃないか？」

「……と、ともかく！　わたしはこっちで自分なりに生きてくの！　もう切るから、かけてこないで」

電話口の向こうで宗次郎が何か言おうとした様子はあったけれど、電話を切った。電源も落として、バッグに突っ込む。

「わたしはもう、ライターで生きていくって決めたんだから」

自分に言い聞かせるように呟いた。


翌日、二階の自室から階下へ下りると、玄関先で母が新聞紙を纏めていた。

「おはよう、何してんの」

「はい、おはよ。今日、古紙回収日なんよ」

積まれた新聞を見てはっとした。慌てて、「わたしがやっとくよ」と言う。

「お母さん、朝は忙しいでしょ。あとは任せて」

「あらそう？　助かる。じゃあそっちのビニール紐《ひも》で纏めたら、ゴミ集積所まで持っていっておいて」

エプロンのポケットに入れていた鋏《はさみ》を手渡してきて、母は「その間に朝ごはんの支度しておくけんね」とキッチンに消えていった。それを見送ってから、足元で山になった新聞紙の束の前に座り込んだ。

「えーと、十月二日、三日……」

数日分を抜き出す。それから記事を探すと、十月五日の地方欄の端に、探していた記事があった。

『高蔵山で一部が白骨化した遺体が見つかる』

新聞には毎日目を通していたつもりだったのに、見落としていたようだ。『脳みそ腐ってる』とばかにされたのも、あながち間違いでもないかもしれない、と悔しくなる。

記事としては小さな扱いで、内容は昨日宗次郎から聞いたのと変わりのないものだった。いや、『みちる』のメモ紙の存在までは書かれていないから、宗次郎の話の方が詳しかったか。

少し考えたのち、記事が掲載されている一枚だけ抜き取った。

纏めた新聞紙を近くのゴミの集積所に運んでいると、先にゴミ捨てをしているひとがいた。背が高くて、がっしりした体つきをしている。部屋着だろう、柔らかそうなTシャツと短パン姿の男性だ。ここの集積所を使っているということは、この辺りのひとだ。「おはようございます」と声をかけると訝《いぶか》しそうな顔を向けられた。彫りの深い、やけに目力のある顔つきで、だから睨まれているようにも感じた。

「見ない顔」

低い声でぼそりと言われて、「向こうの、飯塚の娘です」と家の方を指す。わたしの指した方を見た男性は納得したように小さく頷いて、「井口《いぐち》、です」と我が家の近くの平屋建てを指した。

「ああ！　井口さんちのお兄ちゃんだ！」

わたしがまだ小学校低学年のころ、高校生のお兄さんがいた覚えがある。名前までは、覚えていない。井口は「そう、それ」と短く言って、「じゃあ」と会釈をして早足で去っていった。

家に帰ると、味噌汁《みそしる》の香りが鼻先を擽《くすぐ》った。わたしが帰ってきたのが分かったのか、「ごはん、できたよー」と母の声がする。

「集積所で井口さんちのお兄ちゃんに会ったよ」

「井口さん？　やだ、お兄ちゃんだなんて、向こうはもう四十くらいやないの」

苦笑した母は「こっちに戻ってきて、会うの初めてだっけ？」と訊いてくる。頷くと、「いまは息子さんがひとりで住んでるんよ」と話し始めた。

わたしは家族構成まで覚えていなかったけれど、井口家は両親とさっきの息子——雄久《たけひさ》という名前らしい——の三人家族だった。十年ほど前に父親が病気で亡くなって、二年くらい前から母親が認知症を発症した。結婚していない息子がひとりで母親の面倒を見ていたものの、認知症が進んでしまって、つい最近、母親を施設に入れた。介護をずっとしていた息子は、日中は家にいて母親の面倒を見ていたけれど夜はどこかで働いている、らしい。ご近所の古賀《こが》さんの奥さんからの情報では、『派手な女のひとと一緒にいるところをときどき見かけるから、そういう方面のお仕事をしているのかもしれない』。「あたしが井口さんとこの息子さんと直接話したわけじゃないけん、詳しいことは知らんのよ」と言いながら、母は井口家の事情をさらさらと話した。

「やさしいひとなんやろうね。でもねえ、親孝行といえばもちろんそうなんやろうけど、親の介護で人生棒に振ってしまって可哀相なひとやなあってあたしは思うんよ」

母はしみじみとため息を吐《つ》き、一気に井口家通になったわたしは「お母さんのネットワーク、すごいね」と思わず言った。

「古賀さんがおしゃべりなんよ。それよりほら、ごはん冷めちゃうからはやく座りなさい」

わたしと話しながら、母はダイニングテーブルにごはんと味噌汁、大根おろしの添えられた出《だ》汁巻《しま》き卵に大根と茄子《なす》の糠《ぬか》漬《づ》けを並べた。最後に熱いお茶の入ったマグカップを置いて、「座りなさい」と重ねて促す。

「これはこれは、いつもお手数をおかけしてすみません」

頭を下げながら椅子に座ると「いつまでそれ言うんね」と母が呆《あき》れた顔を向けてきた。

「普通のごはんなのに、そんなに恐縮されても困るわね」

「いや、下手な自炊に辟易《へきえき》していた身としては、何もしなくても美味《おい》しい食事が出てくるというのはありがたくて」

「少しは上達したんやないと？　大学からやけん、十年くらいひとり暮らしをしてたことになるやろ」

「自分ひとりだと、手を抜く方にばかり注力してしまいまして。では、いただきます」

両手を合わせてから、箸を手にした。ほぼ同時に洗濯機の終了メロディが聞こえ、母は「洗濯物干してくるけんねー」とリビングを出て行く。父は既に食事を終えて出社したらしく、父の椅子の背もたれに寝間着がかけられていた。

映画好きな父が拘《こだわ》っているので、我が家のテレビは大きい。その両側にはＢｏｓｅのスピーカーが狛犬《こまいぬ》よろしく控えている。母は朝の情報番組を観ていたらしい。ＭＣのお笑い芸人の変顔が大きく映されたかと思うと、大袈裟《おおげさ》な笑い声が響く。朝の食事が豊かになったのと同じくらい、この賑《にぎ》やかさにまだ慣れないでいる。

掃き出し窓からは心地よい風が流れ込み、外の物干し場から柔軟剤の匂いを連れてくる。温かで滋味深い食事をとりながら、あんまりにも健康的すぎるなと思う。実家に帰ってきて体重は四キロ増え、何年も悩まされてきた肌荒れや口内炎はぴたりと治まった。これまでの生活は不摂生だったのだなと振り返る半面、いまの状態が怖い。ときどきふっと、本来の自分の道から大きく逸《そ》れてしまっているような気がしてならないのだ。そんなはず、ないのに。そもそも、本来の道だと思っていたところから離れたのはわたしの意志だったのに。

十ヶ月前まで、わたしは東京に本社を置く出版社『鶴翼社』の、『週刊ツバサ』に所属する記者として働いていた。正社員ではなくフリーだったけれど、事件や芸能人のスキャンダルを追い、記事を書く日々はとにかく忙しかった。取材のために地方から地方へと飛び、ひとり暮らしのアパートに何日も帰れない、なんてことはしょっちゅう。母から送られてきた手作り惣菜《そうざい》のクール便を受け取れなくて、返送された母が激怒するということも多々あった。

そんな仕事辞めてしまいなさい。そう言われ続けていたけれど辞めずにいたのは、わたしが昔から『記者』という仕事に憧れを抱き、やりがいを感じていたからだった。

わたしは小学校高学年のころいじめに遭っていた。ある日突然、一部の子たちからターゲットにされたのだ。物を隠される、教科書やノートを破られる。机に落書きされ、悪し様《あざま》に見た目を揶揄《やゆ》され——度の強い眼鏡をかけていることや毛深かったことからメガネザルと笑われた。喋れば『黙れ』と言われ、笑えば『サルのくせにキモい』と怒鳴られる。あんまりに突然で、理由も分からなくて、わたしは両親や担任教諭に助けを求めた。

大人たちはきちんと、対応してくれた。暴言や暴力は、絶対にだめ。誰かを傷つけることをしてはいけない。傍観するのもよくない。そういう場面を見たときは勇気を出して『だめだよ』と言うか、大人に伝えよう。クラスメイトみんなで、団結して仲良くしていこう。彼らはわたしに謝罪し、だからとても丸く収まったように思えたけれど、いじめは姿を変えただけだった。彼らはひとの目のないところで、行為を続けた。『もし大人に言ったら、もっとひどい目に遭わせるから』と言って。

絶望の連続のような日々が終わったのは、小学校を卒業したことがきっかけだった。中学校進学によって、いじめグループが分散したのだ。グループの中でリーダー格だった男子が皆《みんな》と違う私立中学に進学したのが一番の理由だったと思う。頭を失った彼らは、わたしをいじめることを止《や》めた。

ほっとしたけれど、しかし行いに対する贖罪《しょくざい》も改心もないままだというのは納得できなかった。誰かの心を傷つけ、日々苦しめておいて、それで許されていいはずがない。誰かの大きな声に怯《おび》え、物陰にぞっとしてしまうわたしの心は、確かにあるのに。

両親にそれを言ったとき、彼らは困った顔をした。母は『気持ちは分かるけど、でもそれを言うことでいじめが再燃したらどうするん』と顔を顰め、父は『この一件で、みちるはひとつ大人になれたんだ。そういう狡《ずる》い人間もこの世の中にいると知った、それでいいじゃないか』と言葉を探しながらわたしの頭を撫《な》でた。

それで、いいわけがない。

その言葉を口に出せなかったのは、必死に言葉を重ねても伝わらないと諦めてしまったからだ。わたしのことを心配してくれている親にさえ、わたしの思いは正しく理解してもらえないのだと。

それから少しして、学校で講演があった。東京で記者をしながら、いじめ撲滅運動も行っているという女性が演者だった。彼女はいじめに遭った子どもたちの心のケアに関する本も出版しており、いじめを受けた子どもが成長していくうえでどんな困難に立ち向かわなくてはいけなくなるか、目に見えない心の傷がどれだけ厄介なものかを丁寧に語った。

眠りこけたり、こそこそとおしゃべりをしている同級生の中で、わたしは熱の籠もった言葉にただ集中した。これは『わたしの話だ』と思って聴いた。彼女が知り合った子どもたちのそこかしこに、わたしの感情があった。

彼女は『心を傷つけるのは傷害罪。心を殺すのは殺人罪』だと言った。

『覚えていてください。ひとは実際に血を流させなくとも、ひとを傷つけ殺すことができます。でも哀しいかな、その傷も心の死体も見えないから、気付いてもらえないことがある。痛いと叫んでも、助けてと泣いても伝わらないことがある。わたしはそんな、見えない傷を抱えて生きているひとたちのために、取材をし、記事を書き、こうして声をあげているんです』

あのひとの顔も名前も、もう思い出せない。でもその言葉だけはいまも鮮やかで、言葉がわたしに届いたときにぶわっと強い風が吹きつけてきたような感覚も、忘れられない。わたしも記者になろうと、誓ったことも。

この世界にはわたしと同じ辛《つら》さを抱えて、でもそれを理解してもらえないと嘆いているひとたちがいる。そういうひとたち、いや、いま哀しいと感じている自分自身のためにも、わたしは声をあげられるひとになりたい。

中学、高校と必死に勉強をして東京の大学に進学した。鶴翼社で編集補助や雑務のバイトをしながら編集や記者の仕事のノウハウを学び、大学卒業後は晴れて記者として働ける道筋がついた。そして、このころすでに鶴翼社で雑誌編集者として働いていた、五つ年上の宗次郎と付き合うようになった。

　宗次郎に対して最初に抱いた感情は、尊敬だったと思う。とにかく博識で、仕事上のことだけでなくいろんなことを教えてくれた。そしてとても自信家で――これはだんだんと鼻についてくるのだけれど――、仕事に対しての迷いを感じさせなかった。まだ自分の中の芯とも呼ぶべき部分が頼りなく未熟だったわたしには、宗次郎が恋人としてわたしを選んだことは自信のひとつになるほどの喜びだった。この男《ひと》に釣り合う人間にならなくては、と思った。

　いま振り返っても、とても順調に夢に向かって進んでいた。

「ねえちょっと、これ捨て忘れ？」

　洗濯物を干していた母が戻ってきて言う。手に、わたしが除《よ》けておいた新聞を持っていた。

「それ、わたしが見返そうと思って抜いてたの」

「あらそう。何、料理のレシピ？　新刊情報？」

　折り畳んでいた新聞を開いて、母が「どこに興味があるんよ」と不思議そうに首を傾《かし》げた。

「面白そうなの、特にないけど」

「や、ほら、地方欄の端っこにさ、高蔵山で遺体発見の記事があるでしょ。ちょっと、気になって」

　母が「ハァ？」と眉根を寄せた。嫌なものを見るように新聞を眺め「ああこれね」と言い、それから乱暴に折り畳んだ。

「これが何ね？　あなたまた記者の仕事をやるつもりやなかろうね。止めてよ、もう。この仕事のせいで、東京におられんくなったんやろうもん」

「おられんくなった、って。そんな言い方しないでよ」

「だってそうやないね。もうこっちでは生きていけんっち半泣きで電話してきたの、あなたやないの。お母さんがどれだけ心配したち思っとるん」

め、と睨まれて、黙りこんでしまう。東京に居続けることもできず、かといって北九州の実家に戻るための荷物を纏める気力も湧かず、何もできなくて母に縋《すが》ったことは否めない。電話をした翌日すぐに母は上京し、一切の手配をしてくれた。

「記者なんて仕事、女の子がせんでもいいとよ。拘束時間は長いし大変やし、何より危ないし。そういう仕事は男のひとに任せておけばいいとって」

「それは差別じゃ……」

「適材適所の話です。あなたはね、記者なんかに向いてないんよ。とにかく、これはもう捨てておくけん」

新聞を雑巾のように絞って、ゴミ箱に放り込む。それから「それで？　今日は、お仕事は？」と訊いてきた。

「あ、えーと。昨日までの取材をもとに原稿を書くから家にいる。もしかしたら午後に一度編集部に顔を出すかもしれない」

「そう。じゃあお昼ごはんも家ね。うどんでいい？」

「昨日までうどん屋さん巡りしてたから、うどんは遠慮したい」

「じゃあ焼きそばにしよ。昨日のテレビで上海《シャンハイ》風焼きそばのレシピが出て、メモしとったんよ。それ作ってみる。一緒に食べよう」

さっきのことなど忘れたように笑う母に頷いて、朝食の食器を片付けて自室に戻った。

高校のときまで使っていた六畳間は、他人の部屋を借りているようで、些《いささ》か居心地が悪い。まさに子ども部屋といった壁紙のデザインのせいなのか、母の好みのピンクのレースのカーテンのせいなのかは分からない。東京から持って帰った数少ない家具であるシステムデスクに向かって、ノートパソコンを立ち上げた。昨日までの取材を纏めるためのメモ帳を出してみるも、手はスマホで高蔵山の事件を検索していた。

さっきの新聞と同じような文面が並んでいる。記事を三回ほど繰り返して読んで、それから画面を閉じた。

「あなたは記者なんかに向いてない、ねえ」

母の言葉を繰り返して、苦く笑う。はっきり言われたものだ。でも、間違いじゃない。

椅子の背もたれに体を預けて、天井を仰ぐ。しばらく考えたのちに、デスクの脇の書架の隅に手を伸ばした。ベロアのジュエリーボックスの横にある分厚いファイルを抜きとり、深く息を吐いてから表紙に書かれた文字を指先で辿《たど》った。

『私立蓉明《ようめい》中学校二年生女子生徒いじめ事件』

もう二度と、これを手に取ることはないと思っていた。いや、手にしてはいけない、が正解だろうか。

この事件で、わたしは罪を犯した。

昨年——二〇二二年の七月。神奈川県平塚市にある、私立蓉明中学校に在籍する二年生女子生徒、吉高真希《よしたかまき》が夏休みで人気《ひとけ》のない校舎内の生徒用女子トイレで首吊《くびつ》り自殺をした。

真希は両親あてに遺書を残しており、その遺書にはクラスメイトからいじめを受けていたこと、そのいじめに耐えきれずに死を選んだ旨が書かれていた。娘がいじめに遭っていたことなど知らなかった両親は学校にいじめに対する徹底的な調査を求め、自分たちでも独自に調べ始める。そこで両親が知った事実は、あまりにも残酷だった。

加害生徒たちはSNSで『裏アカ女子♡エロ真希』というアカウントを作り、そこに無理やり撮影した真希の裸の写真をアップしていたのだ。油性ペンで体に卑猥《ひわい》な言葉を書いたり、AV女優めいたポーズを取らせたり。添えられた文章も、酷い内容ばかりだった。写真は目元をスタンプと呼ばれるイラストで隠しているものの、被害者を知っているひとであれば簡単に特定できるものだった。加害生徒たちはそのアカウントを拡散し、フォロワー数を増やすことをゲームとして楽しんでいた。

両親はそれを学校に報告し、加害生徒からの直接の説明と謝罪を求めたが、学校はこれを『友人同士の悪ふざけ』だとした。真希はそもそも加害生徒の仲間であり、グループ内の遊びだったのだと説明。真希の両親が本人たちに直接尋ねさせてほしいと加害生徒の名前を開示するよう求めても、『生徒たちも混乱している。いまは余計な動揺を与えたくない』として拒否した。真希は言葉通り命をかけて自身が受けたいじめを告発したのに、加害生徒は誰ひとり裁かれることなく、それどころか謝罪をすることもなく、逃げた。

件《くだん》のSNSのアカウントは、削除された。しかしいまでもちょっと調べれば真希の写真がモザイクなしで出てくる。おなかや乳房に『セックス大好き』『セフレぼしゅーちゅー♡』などと書かれて、ピースさせられている少女の絶望は、デジタルタトゥーとして死後も蹂躙《じゅうりん》されることになる。加害生徒たちは名前ひとつ、出てこないのに。

わたしはこの事件を知ったとき、怒りで目の前が真っ赤に染まった。

苦しいと命がけで叫んだ子どもの心が無視されて、心のみならず命までも奪った者たちの心やこれからの未来の方が大事だというのか。加害者の子どもたちの行く先をほんとうに考えるのであれば、自分たちがどれだけ恐ろしくて残酷なことをしたのか、それがどれだけ惨《むご》い結果を招いたのかきちんと教え、理解させなくてはならないし、心から謝罪と贖罪ができるようにするべきではないのか。隠すことは、罪自体をなかったことにするだけではないのか。

真希の両親は会見を開き、記者たちを前に『無念です』と声を震わせた。娘の人権が、命が、これからあったはずの人生が、加害者たちのそれよりも軽いのだと言われたようで、絶望しています。被害者が加害者より軽視されていいのでしょうか。相手を死まで追い詰めても加害者の方が守られる、それがほんとうに正しいことでしょうか。私たちは娘のために、加害者たちからの説明と謝罪を求め続けます。

それを見て、わたしが書かねばと思った。これこそ、わたしが記者を目指した理由だったじゃないか。罪を明らかにし、苦しんだ者のかき消されそうな声を大きくして届けるのが、わたしの目指した記者の仕事、記者の持つ力だ。記者の力を正しく使って、彼らの心を少しでも救いたい。

真夏の平塚市に向かい、取材を開始した。事件はあまりの残酷さゆえか、ワイドショーやネットニュースでも取り上げられており、世間の注目を浴びていた。加害生徒だけのうのうと日常生活を送れるなんて、おかしい。自分たちが犯したことに対する罰を受けて欲しい。ネット上ではそんな意見が散見され、犯人捜しに躍起になる書き込みも多く見られた。

わたしは蓉明中学校の近隣住民に聞き込みをし、卒業生にも声をかけた。学校側が箝口令《かんこうれい》を敷いていたので酷く難航したけれど、どうにか、真希の幼馴染《おさななじみ》の女子生徒と会うことができた。

気のやさしそうな女の子だった。中学二年生のわりに、からだが小さい。私服らしいギンガムチェックのワンピースを着た姿は、小学生にも見えた。用意したホテルの一室に母親に連れられてやって来たとき、すでに泣き腫らした目をしていた。亡くなった真希は背が高くて肉付きのいい子だったから、並ぶとずいぶん体格差があっただろう。

　ふたりに、絶対に情報源は明かさないと固く約束してから、話を聞いた。

『誰の撮った写真が一番バズるかって競争をしてました』

　声を詰まらせて、ときどき深く呼吸しながら、少女は告白した。

『止めたかったです。でも、チクったらお前のアカウントも作るって言われて……。嘘《うそ》かほんとか分からないけど、止めようとした男の子がひとり、彼らに逆ギレされて裸の写真を撮られたって噂もあって……。あ、それが誰なのかも分かんないんですけど、でもその写真のせいで心折れたって聞いてます。真希も、あんたまであいつらに狙われなくっていいんだよって言って、くれて……』

　何度も咳《せ》き込んだ後『ほんとうにごめんなさい』と泣き崩れた。怖くて黙ってるしかなかった。でもそれってあたしも真希をいじめてたのと一緒なんです。あたしが先生とか真希のお父さんたちに言っていればよかったんです。

　泣きながら、五人の名前も教えてくれた。リーダー格は室戸《むろと》連《れん》くん、室戸くんの親友の芹沢《せりざわ》吾《こ》市《いち》くん、芹沢くんと付き合っていた永井《ながい》芽衣子《めいこ》さんに、永井さんの友達の杵築《きづき》麻美《あさみ》さん。あと、西裕翔《にしゆうと》くん。西くんも一緒にバズる競争してたみたいです。一度、西が勝ちって盛り上がってたのを見ました。

　その後、室戸と小学校が一緒だったという別中学校の男子生徒に会った。彼はひとりでやって来て、そして『知ってはいました』と消え入りそうな声で言った。

『芹沢が真希って子のこと可愛いって言い出して、そしたら芽衣子が嫉妬して、いじめを始めたらしいです。最初は真希って子の胸の谷間とか、パンツとかそういうの撮ってたんですけど、SNSにアップするようになってからどんどん悪化していって』

『あなたは、その写真を見たことある？』

わたしの問いに、顔を赤くしてこわごわと頷いた。

『送られて、きました。でも、だんだんきわどくなっていって、これやべぇんじゃね？　ってすげえ怖くなって。止めたかったけど、あいつらすぐ逆ギレするから、できなくて。好みのタイプじゃないからもういらねえ、って言って、逃げました』

『……そこで、大人に言おうとは思わなかった？』

『い、言えるわけないでしょ！　漫画雑誌のグラビアをちらっと見るだけでうちのママはキレるのに！　そんなこと話して写真貰ってたのがバレたら、殺される』

焦った顔で早口で言う少年を前に、あなたのママはあなたをほんとうに殺しはしないじゃない、と言いたかったけれど、呑み込んだ。あなたのママがそれを知っていれば、この問題はもっと早く明るみに出ていたかもしれない。そしたら、助かった命が、あったかもしれない。

『加害者グループは、この五人で間違いない？』

問い詰めたくなるのを堪えてリストアップした名前を見せると頷いた。

『全員、話したことはある？』

『あ、いや。この、西って奴はよく知らないです。小学校も、塾も違うし』

五名の加害者を中心としたいじめの実態を原稿にまとめ、わたしの担当編集だった宗次郎に見せた。宗次郎は『いいじゃん。よく書けている』と珍しく褒めてくれたのち、『ただ、感情的になりすぎてる』と付け足した。

『みちる個人の感情が滲《にじ》みすぎてる。もう少し文章の熱量を下げろ』

被害者遺族の嘆きや、たられればを考え続ける取材の中に身を置いていると、どうしても感情が波立って仕方なかった。自分なりに抑えて書いたつもりだったけれど、まだ甘かったか。

『なるべく早く修正して戻してくれ。それで、加害者は五人で間違いないんだな』

宗次郎の問いに、一瞬引っかかるものがあった。いや、宗次郎からの問いだからというわけではなく、五人の中に気になる存在がいたのだ。

西裕翔という少年だけ、取材の中で、具体的にいじめを行う様子が想像できなかった。取材で得た名前や情報をもとにわたしなりに調べを進めた。しかし他の四人の名前ばかりが挙がって、西の名前だけはこちらが提示して初めて『そうそう』と頷かれることばかりだったのだ。

『西くん、という子だけちょっと気になっていて』

自分の中の違和感のようなものを話す。黙って聞いていた宗次郎に『どう思う?』と尋ねると『加害者グループ内でも力の差があったってことだろう』と返ってきた。

『西という少年は、事実、被害生徒の卑猥な写真を撮り、アップしていたわけだろう? じゃあ間違いなく加害者じゃないか。おれは問題ないように思うし、むしろここで外す方がおかしい。もちろん、入れるべきだ。みちるだって、そう考えてるんだろ?』

躊躇いながらも、頷いた。誰ひとり、『西は違う』とは言わなかった。

きっと宗次郎の言う通りなのだろう。グループ内での力の差から、存在が目立たなかっただけのことだろう。

『西少年を含めて五名。これで原稿を書き上げて、再提出してくれ』

きっぱりと言われ、『分かった』と頷いた。宗次郎の判断に間違いはないし、わたしだってそれでいいと思っていたのだから、些細《ささい》な違和感など無視してしまえばいい。わたしは加害者グループを五人として、イニシャル表記で原稿を書いた。

週刊ツバサが発売された四日後、西がマンションの四階の自宅ベランダから飛び降りた。下には屋根付きの駐輪場があり、そこに落ちた。何箇所も骨折、内臓を損傷する大怪我《おおけが》を負ってしまったけれど、幸いにも命だけは助かった。

自室に遺書を残しており、そこには『真希さんへのいじめを止めるように言ったら、それに怒った室戸くんたちに暴力を振るわれた』と書かれていた。

――全員に殴られたり蹴られたりした後、服を脱がされました。靴も靴下も全部脱がされた後、室戸くんたちはげらげら笑いながらぼくの裸を何十枚も撮りました。死にたいと思うくらい、情けなかったです。それから、この写真を真希みたいに世界にばらまかれたくなかったら、オレたちの仲間になって同じことをしろ、と脅されました。一緒にやるんだったら、いまの写真全部消してやるって言われました。そんな酷いことしたくなかったけれど、でもやらないと今度はぼくも晒《さら》される。やるしかない、と思ってしまいました――

真希の幼馴染が話した『止めようとしたけれど逆ギレされた』、そして『心が折れた』少年こそが、西だったのだ。

遺書の後半は『ごめんなさい』で溢《あふ》れていた。真希さんを殺したのはぼくなのに、知らないふりをしようとしてごめんなさい。真希さんを助けようとしなくてごめんなさい。お父さん、お母さんごめんなさい。お母さんがいっぱい泣いていたの、知ってます。お父さんが会社を辞めないといけなくなるかもと話していたのも聞きました。ごめんなさい、ごめんなさい。ぼくが弱くて、ごめんなさい。写真を撮られたあのとき死ねばよかったのに、生きる方を選んでしまって、ほんとうにごめんなさい。

遺書は、西の両親が全文公開した。息子はまさしく加害者だったが、被害者でもあったのだと世間に知ってもらいたい、と両親は実名で取材カメラの前に立ち、揃《そろ》って頭を下げた。

わたしはそのニュース映像を、久しぶりに戻った自宅で見ていた。

冷水を浴びせられたように体の熱が下がり、震えが止まらない。頭だけが燃えるように熱くて、熱すぎてうまく機能していない。テレビ画面から目が離せなくて、瞬《まばた》きすらできなくて、目が痛い。涙が勝手に溢れた。

わたしが、傷つき続けていた彼の心にとどめを刺した。

わたしが、彼の心を殺したのだ。

身の置き所がない。どうしよう、わたしが正しいと信じて、これこそが正義だと思って書き、公表したことが、新たに誰かの心を傷つけた。埋もれていた声なき声を拾い上げるどころか、叩《たた》きつけ、潰した。

とんでもないことを、してしまった。

わたしはわたしの信じた『正しさ』という刃《やいば》を揮《ふる》い、傷つき続けたひとの心を殺《あや》めてしまった。

それから数日のことは、よく覚えていない。

ぼうっとしていると宗次郎が突然自宅に現れて、わたしの肩を摑んで『連絡もなく何してたんだ』と怒鳴った。普段はへらへらとしている宗次郎が感情的になっているのを見て『こんな一面があったのか』と頭のどこかでぼんやりと感心した。

『電話も出ない、メールも無視。次の記事はどうなってる、ていうかどうしたんだよ、みちる！』

つぎのきじ？　一瞬意味が分からなくて、それがどういうことか遅れて理解して、わたしは悲鳴をあげた。

『無理！　無理だよ！　わたし、もう書けない。記者の仕事なんてできない』

書けるはずがない。何を書けというのだ。わたしが正しいと思ったものは間違いだった。わたしが正義だと信じて使った力は、新たな苦しみを生んだ。どうして書けるだろう。

無理だと泣き喚《わめ》くわたしの両手を握り、宗次郎は『何、傷ついてんだ』と声を張った。

『こんなことで簡単に傷ついてんじゃねえよ！　みちるのせいじゃないだろ！』

『わたしが、わたしのせいだとしか思えない！』

叫んだ瞬間、胃を強く握りつぶされたような苦しみを覚え、嘔吐《おうと》した。

宗次郎がどれだけ言葉を重ねようと、怒鳴ろうと、やさしく諭そうと、わたしは『書けない』という意思を変えられなかった。いや、そんな強いものではない。書くことが怖かった、それだけだった。

書けなくなったわたしに、宗次郎は編集部内の雑用係としてしばらく働けばいいと言った。そのときのわたしは針の筵《むしろ》の上に座っていろと言われているように感じた。記者とか記事とか取材とか、そういうものから一ミリでも遠くに離れたいと叫んでいるのに、どうして分かってくれないの。

出社してトイレで吐き、脂汗を流し、椅子に座っていることもできなくて逃げるように帰る。宗次郎から叱責され、他の編集者たちから困ったような目を向けられる。『明日からはしっかり仕事をしなきゃ』とちゃんと思っているけれど、朝になると途端に頭が痛くなる。だんだんと起きることも困難になって、家から出るのも辛くなって、『辞めさせてください』と宗次郎に頭を下げたころ、外では木枯らしが吹いていた。

東京にいることも辛いし、かといって何もせずに暮らしていくこともできないから北九州に帰ると言ったとき、宗次郎は没の企画書をダストボックスに押し込むような顔をした。それまでどれだけ手間と時間をかけて追っていた企画でも、時機を逸したと判断すれば宗次郎は少しの躊躇いもなくないものにする。それをわたしはよく知っていて、だからこのあと口にする言葉も分かっていた。

『ま、おつかれ』

いつも、平静では聞けない五文字だった。悔しさや虚《むな》しさに襲われ、あまりにも無念で、その場で泣いたこともある。恨みを籠めて睨みつけるわたしに『その怒りをネタ探しのガソリンにでもしろよ』とせせら笑うものだから、この男をもっといいネタで見返してやると奮起したものだった。

でもこのときだけは違った。切り捨てられたことに、逃げられることにほっとした自分がいた。『ありがとう』と頭を下げたわたしに、宗次郎は何も言わなかった。

何もかもを終わらせて、すぐに北九州に戻った。心が少しずつ動くようになってからやっと、哀しいという気持ちが湧いた。宗次郎と付き合った年数は短くなくて、一緒に過ごす中でふたりの未来を想像したことは何度だってある。自分のこれからを考えたときには、当たり前に宗次郎の姿も一緒に描いていた。恋人に対する愛情と同じくらい上司としての尊敬の念も抱いていて、できることならずっと一緒に居たかった。それをこんなかたちで、ましてや自分の方から手放す日が来るなんて想像もしていなかった。

でも、仮に付き合い続けていたとしたら、わたしはずっと、宗次郎の向こうに透けて見える仕事の気配に苦しんだだろう。もしかしたら本人まで憎んでしまったかもしれない。

わたしは何もかも捨てなければ、どうにもならなかった。

結局、手元のファイルを一ページも捲れないまま書架に仕舞って、ふっと息を吐いた。北九州に逃げ帰ってから、ずいぶん時間が過ぎた。でも、あのとき自分が纏めたものを眺める勇気すら、わたしはまだ持てない。

『仕事に対して、お前が一番不誠実なんじゃないか？』

昨日、宗次郎から投げられた言葉が思い出された。心臓に向けて真っすぐに刃を突き立てられた気がした。あのとき、言い返す言葉が見つからなかった。『不誠実』、それはわたしにとても似つかわしい言葉だ。

罪悪感を背負い、これまでのこと全部を封印して、見ないふりをして生きていく。それは、ほんとうに正しいことなのだろうか。中学生だったころの、記者に憧れを抱いた自分がいまの自分の姿を見たら、どう思うだろうか。

きっと、幻滅する。

自分が価値を見出《みいだ》し、それに向けて頑張り続けてきた仕事。誇りすら抱いていた仕事。それを、わたし自身が軽んじて貶《おとし》めているのを見たら、きっと呆れ果て、絶望するだろう。罪から逃げおおせるひとを許したくないと泣いたわたし自身が、逃げ出す大人になってしまったことに。

これで、いいんだろうか。

ファイルの背表紙をじっと見つめていると、スマホが震えた。宗次郎からの着信で、取るべきかどうか考える。スマホは長い間震え続け、留守電に切り替わってから、切れた。暗くなった画面をしばらく眺めていたが、手に取った。折り返すと、ワンコールで宗次郎の声がした。

「……昨日は、ごめん。事件の詳しい話を、聞かせて欲しい」

電話口の向こうで、宗次郎が小さく笑う気配がした。


翌日、宗次郎の大学時代の友人で、いまは小倉《こくら》中央警察署で刑事をしている丸山佑《まるやまたすく》と会ったのは、小倉駅から徒歩数分のところにあるカフェだった。百八十を超える長身にがっしりした体軀《たいく》の丸山は、わたしを見て取ると「ははあ」と満面の笑みを浮かべた。

「初めまして、丸山です。堂本の恋人さんだということで」

「元、です。はじめまして、飯塚みちるといいます」

「みちる？　すごい偶然ですね」

「そうなんです。それで……」

わたしが答えるより早く、丸山は「ていうか、元なんですか⁉」と大袈裟に驚いた。「さてはあいつ、見栄張ったんだな」と豪快に笑い飛ばす。

「何年も付き合ってる女性だって聞いたんですよ。理屈屋で偏屈なあいつとそんなに長く付き合えるなんてよっぽどのもの好きか菩薩《ぼさつ》のどちらかだろうと楽しみにしてて」

「菩薩でなくて申し訳ありません。何年も付き合っていたのは事実なので、もの好きではあるかもしれませんが」

「ああ、これは失言でした。すみません、聞き流してください」

宗次郎の友人とは思えない、気さくなひとのようだ。少しほっとして、「今日はお忙しい中ありがとうございます」と頭を下げた。

「事件の詳しいことを教えていただけますでしょうか」

「ええ、もちろん。でも、記事になるかなあ」

アイスコーヒーをひと口飲んで、丸山はバッグの中からタブレットを取り出した。操作してから、「話、はじめちゃってもいいです？」と訊いてくる。わたしも自分のタブレットを取り出して、ボイスメモ機能を立ち上げた。メモ帳も開き、ペンを握る。

「お願いいたします」

十月四日、午前十時ごろ。北九州市内に住む六十代夫婦が、同じく北九州市の小倉南区にある高蔵山堡塁《ほるい》付近を登山中、人間の頭蓋骨らしき白骨を発見した。夫が途中で便意を覚え、脇道に入ったことが発見に繋がった。

妻が所持していた携帯電話で警察や消防に通報。発見から二時間ほどで警察、消防がかけつけ、人骨であると判明した。

「あの辺りはうっそうとしていて、正直なところ気味が悪いんですよね……。ああそれで、捜査を開始して数時間で、頭蓋骨の発見現場からほど近いところに埋められていたことが分かりました。獣に掘り返されていて、頭蓋骨と上半身の一部に酷い損傷がありました。死因はいまも調査中です」

年齢は六十～八十代。身長は百四十五センチほど。白髪。後彎《こうわん》症を患っていたようで、背骨が大きく曲がっていた。衣料量販店で販売されている灰色のスウェットの上下と靴下を身につけていて、身元を特定できるような所持品はなかった。

「スウェットのズボンのポケットに、メモ紙が入っていました。この先にある『河豚《ふぐ》づくし』って和菓子屋はご存じですか？　河豚のかたちをしたまんじゅうを売ってる店なんですが、その河豚づくしの包装紙をこう、十センチ角くらいに切ったものです。そのメモ紙の裏に、油性ペンで文字が書かれていたんです。ええと、これです」

丸山がタブレットの画面を見せてくる。覗《のぞ》き込むと、メモ紙を撮影した写真だった。泥で汚れてところどころの字が潰れているものの、読める箇所がある。

「れてありがとう、ごめんね。みち、る」

声に出して読んだわたしに、「何々してくれて、というような文章が先にあったんだと思います」と丸山が言う。

「綺麗な、字ですね」

滲んでいるものの、並んでいる文字は少しの乱れもなくうつくしい。わたしは、丸みのある文字は女性の手のものではないかという印象を受けた。そう言うと丸山も「ええ。それは署内でも同意見の者が多いです」と頷いた。

「手書き離れが問題視されていますが、手書きって大事ですよ。文字を見ただけでひととなりが分かることもありますしね」

「ええ、そうですね」

頷いたけれど思い込みはよくない。男性の書いた文字という可能性も十分ある。頭を小さく振って「これが遺体本人のものか、埋めた側の人間のものかは分かっていないんですよね？」と訊いた。

「はい。遺体の身元は調査中ですので、『みちる』が誰なのかはまだ不明です」

わたしは目の前のメモ紙の画像に目を落とす。

河豚づくしは、よく知っている店だ。河豚まんじゅうが母方の祖母の好物で、家に遊びに行くといつも河豚まんじゅうが出てきた。萌黄《もえぎ》色の紙に流れるような文字で『ふぐづくし』と入っているデザインはいまでもすぐ思い描くことができる。あの包装紙を切ってメモ紙にしていたひとがいる。そのメモ紙に、これを書いたひとがいる。そのひとの名前は、『みちる』。

「……花が、遺体と共に埋まっていたと聞きました」

「ええ、チューリップのようですね。百円ショップで売っているレースのゴム……ええとシュシュ、っていうんですよね。そのシュシュで花束みたいに纏められていたようです。遺体の下には毛布が敷かれていて、これらのことから、葬儀費用を捻出できない貧困家庭の人間が埋めたのではないか、と」

「チューリップっていうことは、春」

「三月中旬から四月上旬だと思われますよ」

そのころ、わたしは何をしていたんだったか。そうだ、実家に逃げ帰ってからずっと引きこもっていて、これじゃさすがにいけないと奮い立ってタウン誌の求人に応募したころだ。久しぶりに仕事用にしていたチノパンを穿《は》いたら腰回りの肉がごっそりそげていて、慌てて服を買いに行った。買い物から帰ると、母の自慢の花壇にもチューリップが植えられていることに気付いた。フリルみたいに波打った花びらが珍しくて、こんなチューリップもあるんだねと話した。それから、うつくしく天に向かって咲いている花を眺めて、わたしも頑張ろうと思った。遺体に供えられたチューリップは、何色だったろう。供えたひとは、どんな気持ちで花束を供えたのだろう。

どんな気持ちで、埋めたのだろう。

「飯塚さん？　どうかしました？」

丸山に顔を覗き込まれてはっとする。「いえ、すみません」と片手を振ってから、「ええと、警察としては、春ごろ、葬儀のお金がない貧困家庭の人間が、亡くなったおばあさんを埋めたという見解なんですね？」と訊いた。

「現状は、ですよ。まだ身元も死因も分かっていませんし、今後重要な事実が分かることもありますから」

わたしは汗をかいたままになっていたアイスコーヒーのグラスに手を伸ばし、口をつけた。冷たくてほろ苦いコーヒーをゆっくり飲み下して、息を吐く。

追おう、と決めた。

亡くなった女性《ひと》、埋葬したひと、両者がそういう状況にならざるを得なかった事情を知りたい。そして、そこに誰にも届かなかった声があったとしたら、わたしはそれを掬《すく》い上げたい。ちゃんと、伝えるべきひとのところに届くようにしたい。

わたしなんかが、と思う。あのファイルを開くことすらできないくせに。でも、いまやるしかないという思いの方が大きく膨らんでゆく。ここで背を向ければ、一生己を疎んじて生きていくことになる。それは絶対に嫌だ。

それは、自己満足のため？　ううん、そんなことはない。今度こそ、誰かの痛みを見過ごすことなく、傷つけることもなく、正しいと思える仕事がしたい。いや、そういう仕事をするのだ。

「これから、いろいろお尋ねすることもあると思います。どうぞ、よろしくお願いいたします」

頭を下げると、丸山は「堂本にも頼まれてるんで」と白い歯を零《こぼ》して笑った。

「飯塚さんも、重要な情報を手に入れたら教えてくださいよ」

「もちろんです」

連絡先の交換をして、丸山を店外で見送った。背中が見えなくなってから宗次郎に電話をかけ、「やります」と告げた。

「取材、します」

「そうか。頼んだ」

今後についてのやり取りを短く済ませて通話を終える。バッグにスマホを押し込むと、河豚づくしの紙袋を片手に提《さ》げたおばあさんが目の前を通り過ぎていった。その背中をなんとなしに目で追う。高蔵山に埋められていたひとも、ああして紙袋を提げてここを歩いたのだろうか。家でまんじゅうを食べ、それを包んでいた包装紙を丁寧に切ったのだろうか。

ずっとぼんやりと麻痺《まひ》し続けていた頭が、目まぐるしく動き始める。想像力が溢れだす。行き交うひとたちの中でわたしは長い間、立ち尽くしていた。

二章

　母がリビングの掃き出し窓を開ける気配で目が覚めた。枕元に置いていたスマホを取り、時間を見る。六時。実家に戻って以来、こんな時間に目覚めたことはなかった。

「おはよ」

　階下には、出汁の香りが広がっていた。キッチンを覗いて声をかけると、愛用しているシルクのナイトキャップを頭に被《かぶ》ったままの母が「どうしたん」と驚いた声をあげた。

「えらく早起きやないね」

「新しい仕事が入って、ちょっと緊張してるのかもしれない」

「新しいって、どんなの？」

　訊かれて一瞬考える。事件を追うと言えば、母にいらぬ心配をかけてしまう。だから「いつものタウン誌の新しい企画だよ」と答えた。

「他県から来たひとたちにオススメしたい、隠れた名所っていう内容」

　後ろめたさで胸がちくりと痛んだものの、母は「へえ」と興味を持った顔をした。

「隠れた名所、ねえ。それなら、お母さんは北九州市立文学館かなー。建物がオシャレやし、すぐ近くに図書館もあって便利なんよ」

「ステンドグラスの綺麗なとこね。いいかも。ありがとう」

母が作ってくれた朝食を食べて、見送られて家を出た。

いまのところ、手掛かりは河豚づくしの包装紙を使ったメモ紙だけだ。すでに警察が調べているだろうけれど、店に向かった。

河豚づくしは、日本で最初にできたアーケード商店街である魚町《うおまち》銀天街にある。小倉駅からほど近く、北九州の台所と呼ばれる旦過《たんが》市場も目と鼻の先だ。店舗はさして大きくないけれど、利用者は多い。十時の開店から十五分ほどして店を訪ねると、すでにふたりの客の姿があった。自宅用にとまんじゅうを数個買い求めているおじいさんと、県外の祖母に送るという若い女性の買い物が終わるのを待って、ひとりでさばいていた女性店員に「お忙しいところ申し訳ありません」と鶴翼社の社名が入った名刺を渡した。

「十月四日に高蔵山で遺体が発見された件で、お訊きしたいことがありまして」

「ああ、警察が来たやつ」

細身で背の高い、母と同年代くらいの女性店員は名刺を物珍しそうに眺めた後、頷いた。

「背中が曲がってるおばあさん、でしょ？　そんなひとたくさんいるから分からないって言ったんですけど。なぁに、東京からわざわざ記者さんが来るほどの事件だったんですか？」

名刺からわたしに向けた顔は、どことなく迷惑そうだった。

「ウチの包装紙がどうこうっていう話でしたけど、昭和三十二年の創業以来ずっと包装紙は変わってないんです。それまでにどれだけ売ってきたと思います？　事件に関わってるなんて思われたらたまんないですよ」

「もちろん、事件に関わってるなんてことはないと思っています。わたしは子どものころからここのおまんじゅうを食べて育ってきましたから、どれだけ美味しくいいものを提供しているお店か知ってますし。あ、わたしの実家、城野《じょうの》なんです」

笑顔を作って言うと、女性の顔が少し和らいだ。

「あら、そうなんですか。いやだ、てっきり東京のひとかと」

「地元のことなので、自分で調べてみようと思っただけなんです。この土地をよく知らない東京のひとに、知った風に書かれるのも嫌ですし」

「ああ、それは、そうよねえ」

深く頷き、しかし「でもごめんなさいね。警察にも言ったんだけど、特に思い当たるひとがいないんですよ。ウチは、年配のお客様がほんとうに多くて」と残念そうに言った。そうしている間にも、シルバーカーを押したおばあさんが来店する。

「そうですか……。あの、もし何か思い出されることがあったら、その名刺の電話番号に連絡いただけませんか」

「ええ、もし何かあれば。じゃあ、すみませんけど失礼しますね。矢野《やの》さん、いらっしゃいませー」

女性がおばあさんの方へ駆け寄っていく。親しげに話しているところを見れば、常連なのだろう。接客している女性に頭を下げてから、店を出た。

河豚づくしは魚町銀天街にしか店舗がない。となれば、この周辺の他の店も利用していた可能性がある。一軒ずつ、訪ねて回ることにした。

しかし、成果はまったくと言っていいほどなかった。百四十五センチ、後彎症、白髪の女性という情報だけでは難しいだろうと思っていたけれど、先行きが不安になる。いやまだ初日だし期待する方がどうかしてる、と通路の端に立ってため息を吐いた。

　なんとなしに、行き交うひとたちを眺める。この景色の中を歩いていたひとがふつりと消えても、誰もそのひとを知らないなら、消えたことすら分からない。繋がりの薄さを哀しいと感じながら、繋がりを断つことでどうにか生きながらえた自分がいることも思い出す。しばらく、ぼうっと立ち尽くしていた。

　日が暮れ始め、学生の姿が増えてきたころ、『たけぞう』という居酒屋に入った。昭和の雰囲気を残した、古くからある居酒屋だ。カウンターの中にいた女性店員に事件の説明をして、「さあ……」と今日一日ですっかり見慣れた困った顔を向けられていると、「おれ、知ってるかもしんねえなあ」と隅にひとりで座っていた、禿頭《とくとう》のおじいさんが突然言った。

「背中曲がったババアだろ？　知ってるかもしんねえ」

「ほんとうですか！」

　お通しらしき小鉢と串カツで生ビールを飲んでいたおじいさんの隣に座る。

「あの、背中が曲がったおばあさんを知ってるって、どういうご関係でしょうか」

「関係っていうほどのもんじゃねえ。ここを出てちょっと先、ストリップ劇場の近くのパチ屋でときどき見かけただけだ」

　串カツにたっぷりソースをかけてかぶりつく。それを生ビールで流し込んで、げふ、と息を吐いた。

「パチンコ、ですか。どういう感じのひとですか」

「そこいら歩いてるような、どうってことのないひとの好《よ》さそうなババアだよ。八十、くらいかなあ。そういや、ここ半年、いやもっと見てねえかな」

半年。遺体が埋められたのは約半年前の春だ。

「あのババアさ、おれのおふくろとおんなじ背中してたもんで、何となく目で追っててさ」

おじいさんがほろりと笑う。その声音はどこかやさしかった。

「って言っても別に話しかけたことはねえんだ。詳しいことは何も知らん。ほんと、ときどき見かけただけだから。でもそうか、あのババア、死んだんか」

ふっと目を伏せ、最後は寂しそうに呟く。

「この年になりゃ死ぬのはもう仕方ねえけど、当たり前に弔ってもらえねえっちゅうのは、嫌なもんだよな。姉ちゃん、詳しいことが分かるといいな」

「……ありがとうございます！」

胸の奥に小さな火が灯《とも》るような気がした。何度もおじいさんに頭を下げてから、店を出た。

魚町銀天街を抜けてすぐのところに、小倉ミュージックというストリップ劇場がある。その周辺にはいくつかのパチンコ店が並んでいた。

小倉ミュージックと書かれた看板の真下に立つと、ふと、昔仕事で知り合ったカメラマンの女性、真田《さなだ》を思い出した。休みがあればストリップ劇場に足を運び、贔屓《ひいき》の踊り子もいたはずだ。何度か誘われたこともあったけれど、何となく気後れして結局行かずじまいだった。

「そういや、地元にもあったんだなあ」

しかし、何とも不思議な位置にある。ビルを挟んだ向こう側には、乗車人員一日平均三万人を超す小倉駅がある。本州からの玄関口とも呼ばれている大きな駅から、直線距離で数十メートル。駅前通りは当然の如《ごと》く多くの往来があり、賑わっている。耳をすますとその様子が聞こえてくるほどだけれど、こちら側はどことなくひっそり落ち着いていた。揚げ物や豚骨ラーメンの匂いがうっすら漂って鼻を擽る。都会の中にそっと息衝《いきづ》いている隙間のような場所だ。

若い男性三人が談笑しながら通り過ぎていく。華やかに着飾った若い女性が、かつかつと早足で駅前へ向かって行ったのを眺める。

いけない。ぼんやりしている暇はない。パチンコ店を一軒ずつ回っていかなければ。一番近くの店に足を向けようとくるりと体を向けたところで、歩いてきたひととぶつかった。

「あ！　すみません！」

慌てて謝ると、ぶつかったひと――背が高くてがっしりした体軀の男性が「ああ」とぶっきらぼうに答えてわたしの横をすり抜けて行く。少し長めの髪に白のTシャツにチノパンというごくごく普通の恰好《かっこう》をした後ろ姿を、わたしは思わず目で追う。わたしの視線に気付くことなく、まっすぐに小倉ミュージックの中に消えていった。

「あのひと、井口さん……？」

先日ゴミの集積所で会ったひとに他ならなかった。

どうしてこんなところに？　ストリップ、好きなのかな。しばしその場所を眺めていたけれど、頭を振る。余計なことを考えている暇はない。一店舗でも多く聞き込みをしなきゃ。わたしは今度こそ前を向いて、パチンコ店に入った。

しかし結局、たけぞうで出会ったおじいさんの情報以外には何も得ることができなかった。久しぶりの聞き込みに疲れ切ったわたしは、家に帰ると泥のように眠った。体は酷く疲れていたけれど、いやな疲れではなかった。


翌日も、パチンコ店の店員や利用客に聞き込みをして回ることにした。遺体の人物と年の近そうな老人や、常連の雰囲気のあるひとに重点的に声をかける。十四時を過ぎたころ、一円パチンコの海物語に興じていた白髪の女性に声をかけていると、その隣に座っていたおじいさんが「それ、知っとるぞ」と話に入ってきた。

「背のちいさいばーさんやろ？　何ね、あのばーさん死んだんかい。ほんで、埋められたち？　わし、ばーさんのことよう知っとるよ」

「ほんとうですか！」

騒がしい店内で、自然と声が大きくなる。そのときちょうど玉が切れたおじいさんが舌打ちをし「ここはしゃあしいけん、外出ようや」と立ち上がった。

「教えてやるけん、お礼代わりに飯でん食わせてよ」

負けてしもたし、わしまだ飯食うとらんのよ、と困ったように笑うおじいさんは、若いころはイケメンだったのかなと思わせる整った顔をしていた。

「えっと」

戸惑いながら、ああ、そういえばそうだったなと思う。聞き込み取材をしているとき、食事やお酒を奢《おご》ることで情報を引き出せたことはままあった。そんなこと、すっかり忘れていた。

「ええ、いいですよ。でも、ちゃんと話してくれないと困りますよ」

「いいともよ。ほんなら、いい店も教えちゃる」

胸を張ってみせたおじいさんは店から少し離れた焼肉店に慣れた様子で入っていった。

瓶ビールにハラミ、カルビとキムチ盛り合わせを頼み、山田《やまだ》と名乗ったおじいさんは「あんたも飲むかい」と訊いてくる。「いえ、わたしはウーロン茶で」と言うと「ウーロン茶やって」と店員に注文して、おしぼりで顔を拭いた。店員の女性が、わたしをちらりと見る。

「あー、今日は調子悪いわ。寝坊したけん、狙っとった台もとられたし」

「それであの、山田さん。おばあさんのことを」

「まあ待ち。喉渇いとるけん、舌が回らんわい」

運ばれてきた瓶ビールを「きたきた」と嬉《うれ》しそうに受け取り、グラスに注いで喉を鳴らして飲む。キムチに箸を伸ばし、わたしがロースターに並べた肉を満足そうに眺めた山田はようやく、

「すまんけど、わしは直接は知らんのんよ」と眉尻を下げてみせた。

「でもな。向こうのパチ屋……キャッスルでよくジャグラー打っとるジジイがばーさんといい仲なのは知っとる。いっつもホークスの帽子被っとる、前歯がないジジイったい。わしが思うに、ばーさんを埋めたんはホークスジジイやないかな。あのジジイ、ろくな男じゃねえち思っとったんよ」

「キャッスルで、ホークスの、ベースボールキャップですね？」

がっかりする気持ちを隠せないけれど、情報がひとつもないよりマシだ。

「野球帽たい。ジジイの年は、そやねえ、七十くらいかな。ばーさんよりは年下よ。お、ハラミ焼けたな」

山田は健啖家《けんたんか》らしい。焼けた肉をどんどん口に運び、ビールを飲み、おばあさんの様子を饒舌《じょうぜつ》に語った。男を見るとどんなジジイにでも色目を使っていたとか、台選びがうまくなかったとか。二本目の瓶ビールを頼んだところで、わたしは「じゃあそのキャッスルに行ってみます」と立ち上がった。

「ここの支払いは済ませておきますから、ごゆっくりどうぞ」

「お？　もう行くんかい。ホークスジジイに会えるといいな」

へらりと笑って、山田はグラスに勢いよくビールを注いだ。

焼肉店からキャッスルまで徒歩で十分弱の距離だった。ジャグラーのエリアに行き、何度も往復してみるがベースボールキャップを被っているひとすらいない。若い男性店員に、山田の言うホークスジジイの特徴を伝えてみるが、「そんなひといたっけ？」と不思議そうな顔をする。他の店員にも確認してもらったけれど、同じような反応だった。

他の店にも足を向けて同じように訊いてみるも、空振り。焼肉店に戻るとすでに山田の姿はなく、注文を受けてくれた女性店員に山田のことを訊くと「とっくに帰りましたけど、あのひとそんな名前やないですよ」と鼻で笑われた。

「ほんとの名前は知りませんけど、前は確か田中《たなか》って名乗ってましたもん。ほんで、トラブル起こすとしばらく来なくなる。これでまた、しばらくは来なくなるんと違いますかね」

騙《だま》されたのだ。お腹《なか》の奥がすっと冷えて、自己嫌悪に襲われる。どうして先に言ってくれなかったのかと女性店員を責めたい気持ちを押し込めて、会釈だけして店を出ると、日が暮れようとしていた。

感覚が、鈍ってたな。

色合いを変えていこうとしている空を仰いで、唇を噛んだ。以前のわたしだったら、こんなにも簡単に山田に騙されなかった。怪しいと気付けるところは、騙されずにすむ方法は、いくらでもあったはずだ。こうなってしまったのは、わたしのミス。一年以上も記者の仕事から離れていたのに、前の通りに動けると慢心していた。宗次郎がここにいたら「調子に乗ってんじゃねえよ」と鼻で笑われていただろう。

「しっかりしなきゃ」

小さく、声に出して呟いてみる。やると決めた以上、生半可なことをしてはいけない。もっともっと、集中しなきゃ。

でも、情けなさに心が痛む。自分に対するやるせなさを抑えられない。どうにも気持ちを持ち上げられなくてのろのろと歩いていると、ふっと小倉ミュージックの看板が目に付いた。

『すごくパワーが貰えるの！』

いつかの、真田との会話が思い出された。そうだ、彼女は自分の中の元気が枯渇しているときにストリップに行くと言っていた。パワーって、涸《か》れてるんじゃないのよ。湧くところが詰まってるだけ。その詰まりが取れる気がするんだ。

「パワー、ねえ」

東京にいたときも、取材で福島や愛媛に行ったときも、ストリップ劇場近くまで足を向けたのに行かずじまいだった。正直なところ、誰かが全裸で踊るところを見て何が楽しいのだろうと思ってしまったからだ。グラビアアイドルのヌード写真を見たって、スタイルのうつくしさに感心することはあれど、元気になるかといえばまったくだ。むしろ己の体の弛《たる》みと美意識の低さばかり気になって意気消沈してしまう。これは、男性のヌードも然《しか》りだ。

わたしより十は上の、仕事帰りのようないでたちの女性がひとり、小倉ミュージックの入り口に吸い込まれるように消えていった。躊躇いも迷いもない、むしろどこか弾むような足取りに少し驚いて、どうしてだかその背中を追うように、わたしも後に続いた。

受付で三千円払い、示されるままに階段を上っていく。軽やかなメロディが聞こえる。階段の踊り場でスマホを操作している男性の横を通り過ぎて上に行く。薄暗がりの部屋から赤や青の光が零れていた。

中に入って、どきりとした。ステージの中央で、一糸まとわぬ女性がオブジェのように屹立《きつりつ》していたのだ。ストリップだと分かって入ってきたのに、突然すぎて焦ってしまう。

それとなく辺りを見回して、壁際のベンチに腰掛ける。

すぐに、目を奪われた。

ライトを浴びた、色白で引き締まったからだは、一本の白樺《しらかば》の木を思わせた。かと思えば、命を吹き込まれたように四肢をくつろげ、伸ばしていく。指先からしなやかにやわらかく開いていく。

そこには『女』としてではなく『生きもの』としての、匂い立つような艶《なま》めかしさと眩《まばゆ》さがあった。目の前で起こっているものがうまく処理できない。身じろぎすればかき消される白昼夢でも見ているようで、そんなはずがないと思っても息を詰めてしまう。どうしていいのか分からないでいる間に、ステージが終わった。

照明がついた途端に、踊り子はひとりの女性に戻った。煌々《こうこう》としたステージ上でにっこりと笑い、手を振る。ポラ撮影はじめまーす、と軽やかな声で言う。撮影は千円かかるらしい。幾人かの客が列を作り、それぞれが彼女にポーズをリクエストし、和気あいあいと撮影を始める。

さっきのは、わたしの見間違いだったんだろうか。様子を眺めていると、わたしより先に入った女性がステージの最前席に座り直すのが見えた。改めて見回してみると、会場はさほど広くない。天井もあまり高くなく、とても古い建物だということがよく分かる。客層は、さまざまだった。おじいさんもいれば、三十代くらいの男性もいる。男女四人のグループもいるし、写真を撮っている列の中にはゴスロリの恰好をした女性がいた。

そうこうしているうちに、次の踊り子の番がきた。

さっきはよく分からなかったから、次はしっかり見よう。壁際のベンチから離れ、わたしも最前列の席に腰掛けた。

現れたのは、四十は越していそうな細身のひとだった。へえ、こんな年齢のひとも現役で踊っているのか。思わず身を乗り出した。

気付けば、泣いている自分がいた。

最初は、物語や展開、しなやかな動きに夢中になっていた。けれど、踊り子がだんだんと衣装を脱いでいくにつれ、殻を捨てるように『生きもの』のもつ強さやうつくしさが際立ってゆく。己が与えられた『からだ』を磨き上げ、からだが表せる動きを研ぎ澄ましている、そのストイックさに心が揺れる。

そして己のからだだけでなく、からだが重ねてきた歴史を魅せていることが、ただ眩《まぶ》しかった。皺《しわ》や弛み、しみさえも、誰よりも慈しんでいる。自身のすべてを愛す、それは当たり前のことなのだと全身で告げていた。それを感じるのに何の言葉もいらなくて、ただただ圧倒的だった。

ステージが終わり、室内が明るくなる。べしょべしょに泣いていたことにはっとして、慌ててタオルハンカチを取り出して顔を拭いた。ず、と洟を啜っている音がして、目を向ければわたしの近くにいた女性も顔を拭いていた。女性がちらりとわたしを見て、目が合うとはにかんだように少し笑う。わたしの口角も無意識に上がっていた。

外に出ると、すっかり日が落ちていた。母からの心配するメールが届いていて急いで小倉ミュージックを後にする。家に着くころには山田に騙された情けなさはすっかり忘れ、もっともっと頑張ろう、というやる気だけが残っていた。

うに、と願って。

次の日は新たな気持ちで家を出て、小倉駅前に向かった。今日こそはいい情報を得られますよ
しかし、やる気は決して結果に繋がるわけではない。パチンコ店は一通り回り、周辺の飲食店にも聞き込み続けたけれど、何の進展もないまま夕方になってしまった。この場所に拘らず、河豚づくし周辺から聞き込みをやり直した方がよかっただろうか。逆方向の旦過市場側へ足を延ばした方が？　考えながら、もう一度パチンコ店に入ろうとした、そのときだった。

「姉ちゃんかい？」

ぽんと肩を叩かれ、振り返ると見知らぬ老人がふたり立っていた。

「何ですか？」

「だからー、姉ちゃんかい？　背の低いばあさんのこと調べてるってのは」

「飯奢ってくれんだろ？」

へらりとふたりが笑う。ひとりは前歯が一本ないのが見えた。

「どこで、それを？」

「いや、噂で。じゃああんたがやっぱりそうなん？　おれたち、ばあさんのこと知っとるよ」

歯抜けの老人がわたしの顔を覗き込むように言い、首からタオルを下げた方が「寿司《すし》がいいんやけどなあ」とどこか嬉しそうに笑う。

「山田だか田中だかから聞いたんですか？」

思いつくのはひとりしかいない。思わず声が尖《とが》ると、タオルの方が「誰な、それ」と小首を傾げた。

「教えてくれたんは、ケンちゃんよな？　村迫《むらさこ》さん」

「さとやんは黙ってろって。なあ姉ちゃん。おれたち知っとるけん、行こうや」

腕を摑まれかけて、咄嗟《とっさ》に身を引く。どすんと背中にぶつかるものがあった。

「おいちゃんら、悪いけど先に情報教えてくれん？」

後ろから低い声がして、驚いて振り向く。わたしの背に立っていたのは、井口だった。

目力の強い彫りの深い顔。厚い唇の片方の端を軽く持ち上げて、井口は老人ふたりを見ていた。

それからわたしをぐいと後ろにやる。ゆったりとしたTシャツ越しでも、筋肉質な体つきだと分かった。

「昨日騙されてんだよね、彼女。二度も騙されるんはさ、さすがに可哀相やん？　やけん悪いけど先に情報教えてやって。その代わり、ちゃーんと、寿司食べさせちゃるけん。なあ？」

最後、ドスを利かせるようなひときわ低い声で井口が言うと、さとやんが村迫の方を見る。村迫は慌てたように周囲をきょろきょろして、「か、勘違いやったかもしれん。もっぺん考えてからまた来るわ！」と早口で言って、さとやんの手を摑んでどたどたと走り去ってしまった。

「やっぱ騙す気だったんだ」

呆れて呟くと、井口がくるりと振り返って「よかった」とぼそりと言った。

「でも、出しゃばって、ごめん」

「い、いえ！　めちゃくちゃ助かりました！」

はっとして頭を下げる。腕を摑まれそうになった瞬間はさすがに怖かった。やせた老人だったとはいえ男性だし、ふたりもいた。

「ありがとうございました！　あ、でもどうして昨日のこと、ご存じなんですか」

昨日のことを知っているはずがないのに。井口は少し困ったように眉尻を下げて頭を掻《か》いた。それから「見てたから」と言った。

「昨日、向こうの店でスロット打ってたら、見かけた。飯塚さんとこの娘さんだなー、と思ってたら詐欺師のケンイチと揃って出ていってさ。焼肉、奢らされたんでしょ？」

驚きすぎてぽかんとしていると、「あなたの方が積極的に話しかけてたみたいだったし、何より関わるのが面倒だったから、昨日は無視してしまった」と言われる。

「あのひと、詐欺師だったんですか」

「よく寸借詐欺でトラブってる」

「そうだったんですね。でもいまは、すごく助かりました！　どうして助けてくれたんですか？さすがに二度目は可哀相だから？」

情けないですもんね、と頬を掻くと、井口はついと顔を背けた。それから、「ここに立ってると邪魔になるけん、ちょっと歩こう」と言った。

「それならコーヒーでも飲みませんか。お礼に奢らせてください」

少し先にあるカフェの方角を指すと、井口は「もう少し、警戒心もちなよ」と呆れたような顔をした。

「いくら家が近くても、自分がどんな奴か分からんやろうもん」

「あ、そ、そうですよね。でも母から、井口さんは親孝行のやさしいひとだって聞いてたので」

「やさしいかどうかは。昨日も無視したって言ったやろ？」

すたすたと歩き始めるのを慌てて追いかけて「そうでしたね。どうして今回は助けてくれたんですか」と訊く。

「昨日、ケンイチに騙されたあと、小倉ミュージックに行ったやろ」

「え？　そこまで見てたんですか」

「わんわん泣いてるとこも見てた」

そこまで？　驚いて足を止めると、それに気付いたらしい井口がくるりと振り返った。

「つけ回すようなことしてごめん。自分でもストーカーじみてて趣味が悪いって分かってたんやけど、何かすごく気になってしまった。それで、あなたが泣いてるのを見た。ときどき、感動してるひとを見かけるけど、あんなに豪快に泣いてるひとはそうそういない。そんで、ステージを観て泣くひとに、悪い人はいないってのが、持論で」

どこか申し訳なさそうに、罪を告白する真面目さで言われたからか、嫌な気持ちにはならなかった。だから「なるほど」とただ相槌《あいづち》を打った。

「それで、助けてもらえたんですね」

「まあ、そう。でも言い訳させてもらうと、昨日の劇場での様子を見てなくても、今日はさすがに助けた。あなたには、大昔に酷いことをしたし」

「酷いことって？」

そんな接点はなかったはずだけれど。首を傾げると「カブトムシ」と井口が言う。

「カブトムシ……？　あ、ああ！」

思い出した！　小学校二年生のころ、昆虫の観察絵日記を書きたくて、カブトムシを探しに家を出た。虫取り網を片手にいろんなところに行ったけれど見つからなくて、ようやく見つけたオスのカブトムシは、とても手の届かない高い位置にいた。背伸びをしても無理、台になるようなものもない。考えあぐねていたときに通りかかったのが、すでに背の高かった当時高校生の井口だった。わたしは彼にカブトムシを取りたいと話した。

「自分は、小さかったあなたを怒鳴りつけた」

井口が言い、わたしは「ああ、そう。そうでしたね」と頷く。しっかり、思い出した。大人みたいな男のひとに『ばかたれ！』と怒鳴られて、竦《すく》み上がったわたしは大声で泣いて帰った。

「でもあれ、当然のことですよね」

家に帰って母に話すと、母も『何てこと頼むんよ！』と怖い顔をした。怒られて、当然やろうもん！

その日わたしは、レースたっぷりの裾の短いワンピースを着ていた。その姿で井口に『カブトムシを取りたいから抱っこかおんぶして』と頼んだのだ。いま思い返せばあまりの危機感のなさに恥ずかしくなってしまう。

「あのときはほんとうに失礼しました」

「いや、怒鳴ってしまったのは、悪かったから」

わたし本人すら忘れていたことを覚えていて、謝ってくれる。やっぱりいいひとじゃないか、と思ったから「やっぱりコーヒーくらい奢らせてください」と申し出た。「お礼したいので！」

「いや、だから、そういうところがどうかと思う」

またも眉尻を下げて、それから井口は「何の目的であの辺りをうろちょろしてるのかは知らんけど、ほんとに気を付けなよ。じゃあ」と言い残して足早に去っていった。

人ごみの中に消えていく背中を見送って、他人から見ると危ういのだなと反省した。昨日あんなにも己のうかつさを悔やんだばかりなのに、足りなかったのだ。

「気を付けよ」

肩を落としながらもパチンコ店へと戻る。さっきの老人ふたり組はいなくてほっとしたけれど、しかし新たな情報提供者も現れない。何も手に入れられないまま、一日を終えてしまった。

ストリップ劇場周辺では進展がなかった。ここは一度初心に戻ってみようと、四日目からは河豚づくし周辺の聞き込みをやり直すことにした。ケンイチたちのせいで、たけぞうで情報をくれたおじいさんすら嘘を吐いていたんじゃないかと疑ってしまいそうになる。

魚町銀天街だけでなく、パチンコ店とは逆方向になる旦過市場に足を向けてみた。市場内の店から、市場近くにある小倉昭和館という映画館にも足を向けてみたものの、手ごたえはなかった。旦過市場周辺は観光客も多く、それを考えれば仕方ないことなのかもしれないけれど、どうしても虚しさを覚えてしまう。四日もかけているのに、ひとつも収穫がないなんて。

重たい足取りで、河豚づくしの前を通る。すっかりわたしの顔を覚えたらしい女性店員が「頑張って」と声をかけてくれた。その声音に憐憫《れんびん》のようなものがあった気がするのは、被害妄想だろうか。

気分が落ち込んでいるときに限って、追撃とばかりに連絡をしてくるのが、宗次郎だ。

バッグの中が震え、嫌な予感がしながらスマホを取り出すと案の定、だった。いまは話したくないのに、と思うも宗次郎はボスだ。通話ボタンをスライドして「もしもし」とわたしが言い終えるより早く「進捗報告しろ」と命令口調で言われる。

「まだ、これといって。駅前のパチンコ店に出入りしていたって話を聞いたから、聞き込みをして回ってるけど、具体的な情報は摑めてない」

「は？　まじ？　ずっと休んでたからって、役立たずに堕《お》ち過ぎだろ。信じられねえ」

わざとらしく驚かれてムッとする。言われることはいろいろ想定していたけれど、宗次郎はいつだってそれを少し上回る不快さを与えてくるのだ。

「ごめんなさい。数日中にはいい回答ができるようにする」

「当たり前だろ。いい加減、休みボケを返上してくれ」

ぶつんと一方的に通話が終わり、大きく舌打ちした。相変わらず、期待に応えられない人間に対する態度が酷い。

「責めるんならそっちももっと情報出してみなさいよ」

苛立ち紛れにスマホをバッグに押し込んで、早足で歩く。自分の感覚がまだ鈍ってることくらい分かってるっつーの！　自分で自分に呆れてるっつーの！　分かってるけどうまくいかないの！　くそ、くそ！

ずんずん歩いて辿り着いたのは、パチンコ店のキャッスルだった。意味がないと分かりつつ、一筋の希望に縋るように、ホークスのベースボールキャップを探す。もちろんのようにいなくて、自販機の横のベンチにどさりと座り込んだ。競歩のごときスピードで歩いてきたから、ふくらはぎがじんわり痛む。そうでなくてもこの数日歩き通しだったものな、とふくらはぎを揉《も》んでいると「あのう」と声をかけられた。顔を上げると、四十代くらいの派手な顔立ちの女性が立っていた。

「あのう、あなたやろ？　背中の曲がった小さなおばあさんの話をすると、お礼をしてくれるっちいうひと」

周囲を気にしたのか顔を近づけてきた女性は、内緒話をするように笑った。

「どこでそれを？」

自分の声が、無意識に冷えていた。どうやら、嫌な噂が立ってしまったらしい。取材しにくくなってしまったが、自業自得なのだろうか。「誰から聞いたとか言わんといけんの？」と女性が顔を曇らせた。

「それは別にいいです。先に情報を教えてくれて、役に立ちそうだったらお礼しますよ。焼肉でもお寿司でも。いっそお金でもかまいませんよ」

どうせ、ケンイチの仲間だろう。情報があるなら出してみろ、そんな気持ちで投げやりに言うと、「ほんとなん⁉」と女性が顔を明るくした。

「ええ、ええ。ほんとですよ！　それで、焼肉？　お寿司？」

「嘘じゃないんやね。ねえ、情報源っていうんかな。あたしのこと、黙っててくれたりする？」

「そんなにすごい情報があるんなら、先に出してくださいよ」

ため息を我慢して呑み込む。今日はもう帰ってしまおうか、なんて考えていると、女性はバッグの中からスマホを取り出して操作し始めた。ケースの紫のラメがギラギラ光っている。

「あのね、これなんやけど」

若い男性が、生ビールのジョッキを片手にキメ顔を作っている写真が表示されていた。

「これが？」

女性が画面を指でピンチアウトする。男性の後ろの部分が拡大され、背後におばあさんが写っていることが分かった。さらに画面いっぱいに拡大すると、こちらにきょとんとした顔を向けているることまで見て取れる。

「このひと、この店にときどき来てたばあちゃんなんよ。背中が曲がっとって、小さかった。ほら見て。写真でも分かる通り、横を歩いとる女の子の店員よりぐんと頭の位置が低いやろ」

心臓が大きく打った。

「お姉さんが調べとるのって、何日か前にテレビでやってた、山に埋められてた死体のことなんやろ？　あたしあのニュース見て、あー、あのばあちゃん死んじゃったのかーって思ったんよね、実は。だって特徴おんなじやしさ」

女性が少し寂しそうに言う。

「警察に、このこと伝えたんですよね？」

丸山からは何の連絡もないままだ。警察も進捗がないと思っていたのに。しかし女性は「しとらんよ」とあっけらかんと答えた。

「こっちの男さー、あたしの彼氏っちいうか、元不倫相手なんよねー。イケメンやったんけど酒癖悪くって別れたと。これ警察に持っていったら、絶対いろいろ訊かれるやん？　旦那にバレてもヤバいし。でもあたしが写真渡したこと黙っていてもよくて、しかも何か貰えるならラッキーかなっち思って」

「は、あ。不倫」

言葉が出ずにいると、女性はおばあさんの写真を眺めて「やさしいひとやったと思う」としんみりした声で言った。

「一回、三千円くらいかな。それ以上負けるとすっと止めとった。あたしはムキになるタイプやけん、しっかりしたばあちゃんやなっち思っとった。一度ね、ちかっぱ負けてこのベンチで泣いとったことあるんよ、あたし。生活費使い込んじゃって、旦那にバレたら叱られるどころやないけん、もうまじどうしようっち感じよ。そんとき、ばあちゃんがゆで卵くれたと。これでも食べ、っつってて。塩がきいててうまかったー。それから、顔見ると挨拶するようになったんよ。でも一年くらい前から見かけんくなって、死んじゃったんかなとは思ってたんけど」

女性がわたしに顔を向け「まあ、新聞のひとと、このばあちゃんがほんとうにおんなじひとかどうかは分からんのやけど」と肩を竦める。

「名前とか、分かりますか？」

何となくの勘としか形容できないが、写真のおばあさんが、捜している女性のような気がした。

「あたしはばあちゃんって呼んでた。でも、別のばあちゃんからは『スミちゃん』って呼ばれとったよ。そのひととは友達やったんやないかな」

「その友達のおばあさんのことは分かりますか！」

繋がるかもしれない！　女性の手を摑んで訊くと「えー、そのばあちゃんも死んだんやないかな。しょっちゅう見かけとったけど、ぱったり見なくなったもん。ええと、四、いや五ヶ月くらい前？」と思い出すように視線を彷徨《さまよ》わせる。

「他、他に何か思いだせることないですか」

いまはこの情報を信じるしかない。財布を出すと、嬉しそうに目を見開いた。

「えー？　ちょっと待ってよ。えっとねえ……あ、勝ったときはね、向こうの牛丼屋でゴハン食べてた。ばあちゃんたちふたりでゴハン食べてるとこも、何回か見かけたことある」

「牛丼屋。ここを出て左のところですね。ええと、この写真、いただけますか」

情報と写真を、三万円で買い取った。女性は「これ、あたしから貰ったとか絶対よそで言わんどってね！」と念を押してから写真をメールで送ってくれた。

「ありがとうございます！」

「こっちこそ、さんきゅー」

女性はお金をバッグに入れると、軽い足取りで店を出て行った。

ひとりになって、買った写真を改めて眺める。瞼《まぶた》が弛んで、頬に大きなしみがある。八十を越したくらいだろうか。顔つきは、どことなくやさしい。下がった瞼で垂れ目に見えるからかもしれない。

「スミ、さん」

少し、近づけた。少し、繋がれた。

牛丼の店に行くと、数人の客がいた。「いらっしゃいませ」と声をかけてくれた男性店員にスミの写真を見せ「ここにときどき来てたらしいんですけど、見覚えないですか？」と訊いてみる。

「背がええと、これくらいで。背中は後彎症でぐっと曲がっていて」

「はあ。そんなこと言われても、よく分かんないすね。あと一時間くらいで店長が出勤するんですけど、店長なら分かるかも」

「あと一時間……。じゃあ、ここで食事をしながら待ちます」

昼も適当だったし、と牛丼を頼んで店長が現れるまで粘る。しかし壮年の男性店長もまた、

「覚えてないなあ……」と頭を掻いた。

「ここ数ヶ月見かけていないおばあさんでも構いません。何か思いだせませんか」

「うー……ん。ああ、それなら、このひとじゃないですけど、タクシーで通ってたおばあさんがいましたね」

店長が顔を明るくする。

「気さくでおしゃべりが好きで、それで、小金持ちっていうんですかね。いつもタクシーでここまで来て遊んで、タクシーで帰ってるって聞いた覚えがありますよ。数ヶ月見かけてない気がす

るな」

スミの友達というおばあさんかもしれない。最寄りのタクシー乗り場は駅前で、ここから徒歩二分ほどだ。お礼を言って店を出た。

たまたまなのか、タクシーは停まっていなかった。数人が、列を作って待っている。おばあさんは配車手配をしていたかもしれない。いつも利用していたのなら、これと決めたタクシー会社があったのではないだろうか。

タクシー会社に直接行って、運転手たちから話を聞いたほうがよさそうだ。明日は朝から近辺のタクシー会社を回ることにしようと決めた。

しかし、体調を崩してしまった。翌朝起きた瞬間から体が重たくて、酷い頭痛がした。熱を測ってみれば38度5分。平熱が35度台な上、発熱なんて何年も経験していないせいか、数字を見ただけで眩暈《めまい》がした。

寝てなんかいられない。聞き込みに出かけなきゃ。そう思うも体が思うように動かない。そうこうしていると、起きだしてこないわたしを心配したのか、母が部屋をノックした。

「ちょっと、具合悪い」

ドア越しに言うと、「最近忙しそうにしとったもんねえ。すぐ、おかゆ持ってくるけん」と階段を下りる音がする。ありがたいけれど、こんな風に甘やかされ続けたから心がなまってしまったのだろうと苦く思う。親に手間をかけさせておいて、嫌な娘だ。

母がせっかく作ってくれたおかゆは殆《ほとん》ど喉を通らず、薬を飲んで寝て、目が覚めたころには日が暮れようとしていた。

「やばい」

体を起こすと、ぐらりと視界が揺れた。頭を振って、深呼吸する。全快とまではいかないけれど、眠る前よりはマシな気がする。いや、マシなはずだ。

貴重な一日を潰すわけにはいかない、これ以上時間を無駄にはできない。慌てて顔を洗い、服を着替える。「ちょっとどこ行くんね！」という母の怒鳴り声を背に、家を出た。

せめて、タクシー会社ひとつでも訪ねておきたい。

昨日のうちに調べておいたタクシー会社の中で、小倉駅に一番近い位置に営業所のある『日光《にっこう》タクシー』の小倉営業所に向かった。事務所のドアをノックし「すみません」と声をかけると、少ししてドアが開いた。

「へ？」

顔を覗かせたのは、井口だった。

「あれ、飯塚さんとこの。どうしたの、こんなところで」

「どうしたの……って、あの、井口さんこそ」

「ここ、勤務先」

そのいでたちは白いワイシャツにグレーのスラックス、足元は革靴だった。

「勤務先……タクシードライバーだったんですか」

「代行専門だけどね。それで、あなたはどうして？」

「あ！　あの、お訊きしたいことがありまして！」

所長を紹介してもらったわたしは、自己紹介をしてから事件のあらましを話した。同席していた井口は「こんなに頼りなくて、記者」と耳が痛くなる呟きを零していたけれど、それ以外は静かに聞いてくれた。

「小金持ちのおばあさん、ですか」

恰幅《かっぷく》のよい所長はお腹の上に両手を重ねて置き、「そんなのたくさんおりますよ」と苦笑した。

「分かってます。でも、少しの可能性にも期待したくて。こちらのおばあさんを含めて、誰か覚えてないか、ドライバーの方たちに訊かせていただけないですか」

スミの写真を見せて言うと、「まあ、訊くくらいなら構わないですけど」と所長は井口を見た。

「彼女、井口さんの知り合いなんでしょ？　じゃあ井口さんがうまいことしてやってください」

「え、自分ですか」

「ぼく、現場のひとたちとそんなに仲良くないし」

よいしょ、と応接セットのソファから立ち上がった所長はわたしに「彼、不愛想ですけど真面目なんで、ドライバーさんたちから信用されてます。ぼくよりも」と冗談めかして笑った。

「ありがとうございます」

じゃあ、と出て行く所長に頭を下げて見送ってから、井口を見る。「何で……」と面倒くさそうに呟いた井口は、わたしに「ほんとうに、記者なんて仕事をしてるの」と訝しそうな目つきで訊いてきた。

「名刺、お渡ししたでしょう。偽造なんてしませんよ。それと、所長さんはああ仰いましたけど、ご迷惑になるでしょうし、わたしが直接訊いてもいいのならそうします」

「ああいや、別に嫌とは……」

言いかけて、井口が眉根を寄せた。

「何、具合悪い？」

「え？」

怪訝《けげん》そうな視線を受けて、自分の頬に手を添える。びっしょり汗をかいていた。

「わ。何この汗」

「気付いてなかったの？　汗もそうだけど、顔色も真っ青だよ」

体調不良を指摘された途端、眩暈がする。

「き、今日はその、帰ります。調子悪いのに伺ってしまって、すみません」

うまく立ち上がれない。ソファの背もたれに手をかけてぐっと立ち上がる。

「外に誰かいると思うから、タクシーで帰りなよ」

井口がすっと外に出て行き、すぐに戻ってくる。

「ほら、帰りなさいよ」

「す、すみません……」

「スミさん？　とかいうおばあさんのことは、聞いておくよ。何かあったら名刺に書いてある電話番号に連絡すればいいよね」

井口が言う。

「いろいろと、すみません」

タクシーに押し込まれるように乗せられた。自己嫌悪のまま家に帰れば「どこで何してたの！」と烈火のごとく怒っている母が待ち構えていて、なおさら情けなくなる。母に叱られるまま薬を飲み、布団に潜り込んだ。薬のお陰か、朝まで夢も見なかった。

寝起きは、スッキリしていた。ベッドを降りて窓を開ける。気持ちのいい青空が広がっていた。

昨日の分を、取り戻さなくては。

自室から下りて、冷たい水で顔を洗う。母が「今日くらい休みなさいよ！」と大きな声をあげたが、そんな暇はない。食欲も戻ったのか、母のお説教を聞き流しながら朝食を完食し、身支度を整える。日光タクシーは井口に任せることにして、今日は第一交通に行ってみようか。予定を立てていると、スマホが鳴った。知らない番号だったけれど出てみると「あの、井口……井口雄久やけど」と低い声がした。

「ああ！　井口さん、昨日はありがとうございました。あれからぐっすり寝て、すっかり快復しました」

「それはよかった。あれから、数人だけど訊いてみた。そしたら、主に小倉駅前に行くドライバーがひとり思い当たるひとがいるって」

「ほんとうですか⁉」

「いや、それがあなたの言っているひとかどうかは分からん。所長も言っとったけど、金持ち風のおばあさんなんて、いくらでもおるけん」

「でも、可能性があるなら調べたいです。あの、そのおばあさんについて教えてください」

デスクに置いてあるメモ帳とペンを引き寄せる。すると、井口が「連れていこうか」と言った。

「おおよその場所……小倉競馬場の辺りだって教えてもらった。連れていっても、いいけど」

「え……でも申し訳ないですよ」

「昼間は暇だから。それに、タダとは言わない。ガソリン代と日当は出してもらおうかな」

十九時の出勤前までの拘束で、全部込みで五千円でどう？　そう言われて、悪くないと思う。

「どうする？　無理強いするつもりはないけど」

「じゃあ、お願いします」

「分かった。妙な噂が立つのも嫌だし、大通りのコンビニまで出てきて。時間は、三十分後で」

通話が終わり、スマホを握ったまま、あんまりにも親切だなと思った。何でこんなによくしてくれるんだろう。子どものころの一件を差し引いたって、お釣りがくる。

何かある、と疑うべきだろうか。でも嫌な感じは微塵《みじん》もなくて、もし仮に騙されるようなことになればわたしは記者をすっぱり辞めたほうがいいくらい、感覚が乱れていると思うべきだ。

「こちらから提案しておいて何だけど、あなたは警戒心を持った方がいい」

コンビニの駐車場に停まっていたシルバーの軽自動車の助手席に乗り込んだ途端、井口から言われた。

「のこのこと来るもんじゃないよ」

「え。騙される感じですか」

ぎょっとすると、井口は「そうじゃないけど、それにしても気を付けるに越したことはないでしょ」とふっと笑った。

「あなた、ほんとうに記者なん？　そういう仕事のひとってもっと警戒心が強くて、もっと疑《うたぐ》り深《ぶか》いものだと思ってたんやけど」

「それももちろん大事ですけど、警戒心を持ちすぎてせっかくの協力者を逃しちゃうこともありますから」

「まあ、それも一理ある」

「あと、ストリップを見て泣くひとに悪い人はいないって言ったの、井口さんでしょう？」

笑いかけると、井口はびっくりしたように目を見開いて「自分は、泣いたとは言ってない」と早口で言う。

「泣いたから、同じ感性のひとを信じるのかなと思いました」

わたしを信じてくれた理由こそ、わたしが井口を信じる理由になると、ここに来る途中で気が付いたのだ。井口はきまり悪そうにプイと横を向いて、「そういうこと、よく平気で言えるね」とぶっきらぼうに言った。

「ともかく、今日はよろしくお願いします」

「はいはい。じゃ、行こうか……と、その前に、それ止めて」

井口がわたしをちらりと見た。

「それ、とは」

「敬語。雇い主はあなただし、自分は、そういう喋り方は得意じゃないし」

「はあ、分かりま……分かった。そうする」

頷いたわたしに、井口も頷いた。

井口の同僚の話では、そのおばあさんは小倉競馬場の近くでいつも乗降していたという。勝ったときは決まってお釣りはとっといてと言っていたので覚えていたらしい。

「お釣りはとっといて、って言う客は、夜はわりと多いんよ。酔っぱらって、気が大きくなってるんやろうね。いや、でも最近不景気だからずいぶん減ったたか」

「井口さんは、夜の勤務だけ？」

昨日も夕方に営業所にいたし、今日もそのようだから訊くと、頷いた。

「代行専門だからね。日中はほとんど仕事がない」

「代行専門って珍しい気がする」

「そうでもないよ。客と話さなくてすむからってひとはけっこうおる」

代行を使う場合、客はあくまでも迎えに来たタクシー車両に乗らなければいけない、ということは知っていた。

酔っ払いと関わるのが苦手なのだろうか？　でもそれなら日中働けばいいような気もする。重ねて訊こうとして、止めた。嫌な質問になってしまうかもしれない。

小倉競馬場近くのコインパーキングに車を停めて、ふたりで歩いた。おばあさんはモノレールの通りで車に乗り、降りるときも同じだったらしい。

「競馬場裏にある今昔《こんじゃく》うどんってうどん屋分かる？　一度、そこで食事をしてるときにそのおばあさんを見かけたらしい。だから、その周辺を捜せばいいんじゃないか」

「ああ、あの辺」

タウン誌の仕事をしていてよかったというべきだろう。地理が何となく思い描ける。それでも念のためスマホの地図アプリを立ち上げて、今昔うどん周辺の地図を出す。おおよそ、聞き込みをして回る範囲を決めて「ここあたりから始めよう」と井口に言った。

付近の住宅を、一軒ずつ訪ねて回った。見せられるのはスミの写真しかないのに、捜しているのはスミの友人だ。手がかりは週に数回小倉駅前のパチンコ店に出かけていたことと、もしかしたら四、五ヶ月前に亡くなっているかもしれないこと。どの家でも意味が分からないといったような応対しかしてもらえない。中には「生きてたらどうすんだ！　失礼な訊き方しやがって」と怒り出すおじいさんもいた。

昼時を過ぎて、今昔うどんで昼食をとることにした。前に取材に来たときにも驚いたが、ランチタイムを過ぎても当たり前のように列ができていた。

「簡単じゃないとは思ってたけど、難しいなあ」

列に並び、スミの写真を眺める。ひとひとり捜し出すということは、何て困難なのだろう。

「いつもこういう仕事してたん？」

井口に訊かれ「いや、ひと捜しは初めてかな」と答える。

「聞き込みは慣れてるつもりだったけど、全然うまくいかないね」

「さっきのじいさんみたいな、キレやすいひともおったんじゃないの」

「ゼロではないね。でも今日は、井口さんのおかげで助かった」

わたしの背後にいる井口を見た途端、おじいさんは「おっとこりゃ興奮しすぎたの」とあからさまに誤魔化して苦笑してみせた。

「ひとりで訊いて回るより、誰かと一緒にいると格段に安心度が違うんだなって思った」

「そう。それならよかった」

話していると、わたしたちの前に並んでいるひとが「ひと捜し？」と振り返った。

「なになに？　面白そうな話しとうやん。おれ、顔広いよ。まじで」

「そうなんですか？　ええと、あなたは」

「床屋のおっちゃん。チャチャタウンの近くに店があんだよ」

自分を指さしてにやりと笑うその男性の頭は、最近ではちょっと珍しい、きつくかかったパンチパーマだった。

「母ちゃんに店任せて、サボり飯」

「なるほど、それなら顔が広そうですね」

チャチャタウンは小倉駅からは少し離れている。しかも理髪店をおばあさんが利用するとは考えにくい。けれど、どこに見かけたひとがいるか分からない。加藤《かとう》と名乗った男性に、名刺を渡して話すと、「そのニュース知っとるよ」と眉を寄せた。

「そうか、あのニュースのばあさんと、その知り合いを捜しよるんやな。よし、訊いといてやるよ」

「ほんとうですか！　ありがとうございます！」

「そん代わり、いい情報が手に入ったら、客で来てよ。そっちの兄ちゃん」

加藤が指を差すと、井口が自分の黒髪を撫でる。

「いいけど、パンチパーマは遠慮させて」

「ええー？　パンチかっこいいやん」

「自分には似合わんもん」

話しているうちに、わたしたちの順番が来た。手早くうどんを食べて、再び聞き込みに回る。日が暮れるまで歩き回ったけれど、何の手ごたえもなかった。

「ひと捜しって思ってたよりも難しいんやね」

疲れ切って駐車場の車に戻ると、井口が大きく伸びをした。

「今日は付き合ってくれてありがとう。すごく助かった」

「いや、結局何も見つからなかったわけだし、お礼を言われることもしてないし……って、いるだけで役立ってたんだっけ？」

訊かれて「もちろん」と頷く。

「井口さんがわたしの後ろにいるだけで心強かった」

ひとりの聞き込み取材よりもスムーズに進んだのは間違いない。

「明日も、付き合おうか？」

「うーん。それはありがたいけど、井口さんにも予定があるでしょ？」

「いや、わりと暇してるから、パチ屋にしょっちゅういたんだ。無駄に時間潰すより、誰かの役に立ってるほうがいい。せっかくだから最後まで見届けたいって気持ちにもなったんよ」

頭を搔きながら言う井口が「あ、でももし自分と一緒にいることであなたが不快なら遠慮する」と付け足す。

「ううん、わたしは不快じゃない。マイカーを持っていないから、車を出してくれるのは大助かりだよ。でも、井口さんは、大丈夫なの？　今日一日で分かったかもしれないけど、わたし、わりと喋る方だよ」

客と話さないでいいから、と代行運転の仕事をしているくらいだ。わたしと長時間一緒にいるのは負荷がかかっているかもしれない。しかし井口はわたしの言葉でようやく思い至ったようで、「それはそう」と独《ひと》り言《ご》ちるように言った後、首を傾げた。

「酷く人見知りする方ではあるんだけど、あなたに対しては不思議と居心地の悪さを感じなかった。近所の、ちょっと危なっかしい子どものイメージがいまも強いからかな」

「返答しづらい理由だけど、わたしといることが苦ではないのならよかった」

二十九にもなって『危なっかしい子ども』と言われるのはどうかと思うけれど、悪い意味ではないのだろう。

「じゃあその危なっかしい子どもの仕事にもう少し付き合ってもらえる？」

少しだけ冗談めかして言うと、井口は「うん。よろしく」とはにかむように笑った。

その晩、寝入りばなに宗次郎から電話がかかってきた。嫌みを言われるんだろうなと覚悟して電話を取ると、案の定、静かに罵《ののし》られた。

「取材するって言ってから、明日でもう七日だよな？ それでまだ進展なしって、期待外れもいいとこなんだが。宇宙人にアブダクトされて、ほんとうのお前はもうとっくに死んでるって聞かされたほうがまだいい」

付き合っていたときから、よくもそんな嫌みが飛び出すものだと辟易したものだけれど、相変わらずの毒舌ぶりに嫌気がさす。あんたは宇宙人の方がアブダクトを遠慮したがっているみたいね、と言いかけて呑みこんだ。悔しいが、口論して勝ったことは一度もない。

「スタートからこんなに行き詰まっていちゃ、もう無駄だな。あと三日で、見限るから」

一方的に電話を切られて、それからしばらく苛々が収まらず眠れなかった。やっと眠れたかと思えば、夢の中でも宗次郎の嫌み攻撃に遭って飛び起きる始末。なんて迷惑な男だろう。

深夜二時、眠れなくて何度も寝返りをうつ。カーテンの隙間から月明かりが遠慮がちに差し込んでくるのが見えた。

もどかしくて、自分自身の能力のなさに唇を噛んでいるのは、他でもないわたし自身だ。宗次郎なんかよりもよほど、自分に呆れてる。宇宙人がいるのなら、もっと有能にしてほしい。

あと、三日。それでどうにか、なるだろうか。

翌朝、前日と同じようにコンビニの駐車場で井口と合流し、競馬場付近の聞き込みを続けることにした。しかし、焦るばかりで何の進展もないままだった。

「今日、どうしたん？　昨日より苛立って見えるけど」

学生向けらしき二階建てアパートを訪ねたら、ほとんどの部屋が不在だった。それぞれの用事があって当たり前だということは分かっているが、無意識にため息が増えていたらしい。井口に指摘されて、はっとした。

「あ、ごめんなさい。焦ってしまってるんだと思う」

慌てて謝り「あと三日ってタイムリミットを設けられてしまって、つい」と頬を掻く。「焦ったって仕方ないのは、分かってるんだけど」

「タイムリミット。そんなのがあるんだ」

「記事には、旬があるの。取り扱うべき事件は、哀しいかな毎日更新されてる」

長くじっくり追うべきものはある。時を経て耳目《じもく》を集めるものもある。でも、今回の事件はまだそこに至っていない。

「新しい展開がないと、ダメ。だから、どのメディアももう高蔵山死体遺棄事件のことを取り上げないでしょ。数日前と同じことを記事にしても仕方ないもの」

「それは、そうかもしれんけど。でも誰かがじっくり調べてもいいんじゃないの」

「記事にならないとギャラは発生しないし経費も貰えない。無償で調べ続けるなんて、難しいよ」

井口は納得した顔をしたけれど「世知辛いね」と肩を竦めた。

「でも、あなたが焦る気持ち、やっと想像できた。こんな途方もない作業をして、しかも結果を必ず求められるってのは大変だ」

「分かってくれてありがとう。でも、わたしが未熟だから焦っちゃうんだけどね」

「いや、同じ立場なら自分でも焦る」

ついい、と井口が周囲を見回した。それから「ちょっと待ってて」と言って走っていく。戻ってきた手には冷たいレモネードのペットボトルがふたつあった。

「どうぞ。焦ったときは甘いものをゆっくり飲むといいって、昔、母が言ってた」

「え？　わあ、ありがとう」

アパートの屋根付き駐輪場の日陰で、ふたりでレモネードを飲んだ。冷たくてさっぱりとした甘みがやさしく喉を滑り落ちていく。

「甘い。けど、すごく美味しい」

「よかった」

井口も喉を鳴らしてレモネードを飲む。喉仏が上下するその様子をちらりと見て、不思議なひとだなと思う。あてのない聞き込み取材に付き合ってくれることもそうだけれど、ほどよい距離感を保ってくれ、言動のそこかしこに気遣いを感じる。そして、その気遣いのどこにも、下心のようなものがない。そんな安い欲をこのひとは絶対に抱いていないと言い切ってもいい。濃厚でも豊富でもないけれど、わたしのこの二十九年の経験だけでもそれは断言できる。だからこそ、ただ手伝ってくれることが不思議だ。

この三日で成果をあげられなかったとしても、井口というひとと知り合えたことは自分にとってきっとプラスになる。そんな気がした。

「飲んだら、向こう側まで足を延ばしてみようか」

先に飲み終わった井口に言われて、わたしは急いで残りを飲んだ。

昼どきを迎えたころ、わたしのスマホが鳴った。知らない番号だったけれど出てみると「昨日今昔うどんで会った、床屋のおっちゃんやけど！」と大きな声がした。

「ああ、昨日はどうも」

「飯塚さん、あんた今日も競馬場んとこおるんかい？」

「そうです。何かありましたか？」

「うちの店のお客さんに、野村《のむら》さんちいうひとがおるんけどな。北方《きたがた》で焼き鳥の店やりよるんよ。カリカリに焼いた鶏皮《とりかわ》がうめえ」

「はあ」

「その野村さんがいま店に来とってな。昨日飯塚さんに聞いた話をしたら、知っとるち言うんよ」

「え⁉」

思わずスマホを両手で握りしめる。

「っち言うても、飯塚さんの捜しとるばーさんやないで、ばーさんの知り合いのばーさんでもないで、ばーさんの知り合いのばーさんの息子やって。そやろ？　野村さん」

向こうで話している声が聞こえる。ええと、スミの知り合いのおばあさんの息子を知ってるってこと？　と脳内で整理する。

「もしもし？　そんでさ、野村さんはまだしばらくはうちの店でパーマあてよるし、その息子のこと話してくれるっち言うとるけん、こっちに来て話を聞いたらどげんね。チャチャタウンの近くの、カットサロン加藤っち店よ」

「いますぐ行きます」

通話を終えて、井口を見る。加藤さんが大きな声だったから、電話の内容は聞こえていたらしい。井口はポケットから車のキーを出して「行こう」と言った。

「や、どーも！　こんな状態で失礼」

理容椅子に座り、てるてる坊主よろしくパーマ用クロスをまとった野村は、五十代くらいの男性だった。加藤が細長い器具でパンチパーマをかけているところだった。大仏の頭のように、短い髪がくるりくるりと巻かれてゆく。

「競馬場ん近くに住んどって、金遣いが荒くて四ヶ月くらい前に亡くなったばあさんを捜しとんやろ？　それ、間違いなくオレん友達の、柴崎《しばざき》の母ちゃんやと思うよ」

他にお客がいない店内で、野村は饒舌に話し始めた。柴崎は、オレの店によく来るんよ。いい奴なんやけど、酒癖が悪い。ほんで酔うといっつも母ちゃんの愚痴を零しとったんよ。なんべん言うても、タクシーに乗ってパチ屋通いを止めん、ち。父ちゃんが遺《のこ》した財産を母ちゃんが全部使いこんじまって、せめて大きな借金作る前に死んでほしい、っち言うとった。ほんでまあその悩みの種の母ちゃんが四ヶ月前に心臓発作でぽっくり死んだんよ。うちの店で、祝い酒じゃちゅうて大酒飲んどった。

柴崎家の住所を訊くと、野村は「同級生ちゅうても大事な客のことやけん。オレが言うたっちことは黙っとってくれんね」と初めて困った顔をして見せて、絶対に言わないと約束するとすぐに教えてくれた。

「兄ちゃん、野村さんの情報がビンゴやったら、パンチパーマな」

手をしっかり動かしながら加藤が言う。

「親からパンチパーマにだけはするなと言われとるんで」

真面目な顔で答える井口に、加藤がケラケラと笑う。その笑い声を背に、店を出た。

小倉競馬場から車で十分ほどのところに、柴崎家はあった。年季の入った和風の家で、チャイムを押すと五十代くらいの小綺麗《こぎれい》な女性が出てきた。

「突然申し訳ありません。四ヶ月前にお亡くなりになったおばあさまについて、少しお話を聞かせていただきたいんですけれども」

「えぇー、ちょっとやだあ」

女性は泣きそうな顔をしたかと思えば外を見回し、それからわたしと井口を乱暴に玄関の中に引き入れて戸を閉めた。「お金、やろ⁉」と嚙みつくように訊いてくる。

「借用書はあるん？　お姑《しゅうとめ》さんがちゃんと書いたって分かるような、そういうのがないと、こちらは一切払いませんからね。本人は何にも言わずに死んじゃったんだから、そういうの、証明できないんだからね！　お、男のひと連れてきたって、簡単には払いませんけんね！」

声を震わせて、わたしと井口を交互に睨みつけてくる。

「いえいえ！　そんなんじゃないです。ひと捜しをしているんです、わたし」

変に疑われても困る。名刺を渡し、説明する。

「わたしが捜している女性が、どうやらこちらの柴崎家のおばあさまのお友達だったようなんです。ご家族の方からもお話をうかがいたくて、でもお名前もお住まいも分からなくて……。いろいろと調べていたら、おばあさまをここまで乗せたことがあるというタクシードライバーさんと会ったんです。それで不躾《ぶしつけ》ながらお伺いした次第です」

強張《こわば》っていた女性の顔が、ますます硬くなった。

「ええ⁉　タクシードライバーさんがうちのお姑さんを覚えてたっちいうん？　何それ、やだわあ。顔を覚えられるほど使ってたってことやないですか。ああもう、パチンコ通いなんてみっともないことが近所で噂になると嫌やから、タクシーを使っても絶対に家の近くで乗り降りせんでね、って何度も頼んでたのに！　結局こうして訪ねてくるひとがおるじゃない！」

なるほど、それで競馬場周辺を捜しても見つからなかったのか。亡くなったおばあさんのためには真実を話してあげたいけれど、野村との約束も守らないといけない。心の中でおばあさんに手を合わせて詫《わ》びた。

わたしが事情を知っていると分かったからか、女性は「うちのお姑さんはそりゃあ真面目なひとやったんですよ。でも、年を取ってからギャンブルを覚えて、それで異常にハマっちゃって。お金を使い込むだけじゃすまなくて、死んだ後に『お金を貸してた』ってひとが何人も来て大変やったんです」と上がり框《がまち》に腰掛けて喋り始めた。

「みんな、パチンコで知り合ったって言うとったですけどね。それが八十過ぎたおじいちゃんから大学生までですよ！　うちの息子より若い子に『返してもらわんと困るんです』って泣きつかれたときのショック、分かりますか」

「それは、お辛かったですね」

「最初のうちは舅《しゅうと》の保険金で羽振りがよかったし、外では上品な奥様風やったもんやけん、みんなお姑さんにお金がないなんて思わずに貸したみたいなんですよねえ。ギャンブルに夢中になる前は踊りの会に入っていて、そこではお友達もたくさんいたんですよ。そっちはいいひとばっかりやったんですけど、すっかり縁遠くなっちゃって……。半年に一回、お友達と博多座《はかたざ》に観劇に行くのが趣味だったころは、よかったんですけどねえ」

いくぶん、落ち着いてきたのかもしれない。女性は懐しむように遠い目をした。

「あなたたちの捜しとる女性がギャンブル関係の友達なら、悪いけど私は何も答えられません。

ギャンブルで知り合ったひとたちの方は、まったく知らんもの。というよりも、知りたくもないってのが本音です。ここを訪ねて来たのはお金を貸してたっていうひとたちだけやし、全然、友達って感じやなかったです。借用書にうちの住所を書いていたから、とりあえず来たんでしょうね。仏壇に手を合わせもしなかった」

「わたしが捜しているのは、後彎症で……背中が大きく曲がった小さなおばあさんなんですが、やっぱりご存じないですか。借金のことでこちらに来てはいないと思うんですけど」

スミは柴崎家のおばあさんよりも先に亡くなっているはずだから、仮に借金があったとしてもこの家を訪ねてくることはなかったはずだ。

「背中が曲がった？」

ぶつぶつと愚痴を零していた女性が、ふっと顔つきを変えた。空《くう》を眺め、「あ、知っとる」と呟いた。

「真っ白い髪の、小さなおばあちゃんでしょ？　一度だけですけど、ここに来たことありますよ」

喋っているうちに思い出したらしい。「そうだそうだ」と独り言ちるように頷いた後、「偏見ですけどね、ギャンブルでできた知り合いのわりには感じがいいなっち思うひとがいたんですよ。二年くらい前に、お姑さんがお店で具合が悪くなったことがあって。勝っとるからって、冷や汗かきながらスロット打ってたらしくて、ほんっと信じられんでしょ？　命より数千円の儲《もう》けが大事なんね！　ってあのときは喧嘩になって……ってごめんなさい、話が逸れちゃいましたね」と続ける。

「それでね、体調を崩したお姑さんを、その知り合いのおばあちゃんがここまでタクシーで連れ帰ってくれたんですよ。腰の低い穏やかな印象のひとで、ご家族に引き渡せて安心したのでこれで失礼しますって、すぐに帰ろうとして。でも乗ってきたタクシーは返しちゃっていて、どうするのか訊けばモノレールとバスを乗り継いで帰るって言うでしょう。それを聞いて、私も申し訳なくなっちゃってね。お姑さんを息子に任せて、そのおばあちゃんの自宅まで車で送ったんです」

思わず井口と顔を見合わせた。「その自宅、覚えてますか？」と訊く。無意識に前のめりになりかけていたのを、必死で堪える。

「赤坂《あかさか》ですよ。赤坂の手向山《たむけやま》公園の近く」

あっさりと女性が言った。

「古い二階建てのアパートの、一階です。名前はもう忘れちゃいましたけど、ナントカ荘って名前だったと思いますすけどねえ」

地図アプリを立ち上げて、どの辺りか分からないか訊いてみる。女性は慣れた手つきで地図を拡大して「確か、この辺り」と言った。

「昔、この辺りに友達が住んでてよく遊びに行ってたんで、懐かしくて覚えてたんですよ」

「助かります。ありがとうございます」

「いえいえ。ああでも、うちのお姑さんのことはもう忘れてくださいね。我が家の恥なんで」

「もちろん、口外しません。突然お邪魔したのに、お話を聞かせてくださってありがとうございます。あの、遅くなってしまいましたけどお線香を上げさせていただいてもいいですか」

買ってきて渡しそびれていた菓子折りを渡すと、女性は「あらあら。私こそ、こんなところでごめんなさいね」と慌てて立ち上がり、「どうぞ」と中に案内してくれた。年老いた男女の小さな写真が飾られた仏壇には、綺麗な生花が供えられていた。

その足で、女性の教えてくれたアパートに向かった。海がちらちらと視界に入る海岸沿いを走る。少しだけ、気持ちが高揚していた。

「ちゃんと繋がってるといいね」

ハンドルを握る井口が言い、わたしは頷く。繋がっていると、信じたい。この先に、どんな事実が待っているのかは分からないけれど。

空き地に車を停めて古いアパートをいくつか見て歩く中、『ひなぎく荘』という朽ちかけた銘《めい》板《ばん》の掲げられたアパートを見つけた。二階建て、八戸。築何十年だろう、スレート葺《ぶき》の屋根には草が生え、外階段は錆《さ》びて赤茶けている。

「ここ、かな」

位置もちょうどだし、二階建てという条件も合っている。一階とのことだったけれど、どの部屋にも表札はない。ゴミの処理が雑なひとがいるのか、ふわりと生ゴミが腐ったような嫌な臭いがした。端の部屋から訪ねてみようとブザーを鳴らしたけれど、左端は不在なのか誰も出なかった。隣も、その隣も出ない。右端の部屋は、玄関ドアの横に金属ゴミの山を築いていた。ブザーを鳴らすとよれよれのタンクトップにスウェットパンツを穿いた六十代くらいの男性が不機嫌そうに出てきた。スマホの写真を出し「お忙しいところ申し訳ありません。あの、このおばあさんを捜しているんですけど」と言いかけると一瞥《いちべつ》もせず「知らねえよ」とすぐにドアを閉められそうになった。

「すみません、あの、他に誰か、この辺りに詳しいひとご存じないです？」

ドアが閉まる寸前、井口が足を挟んで止めて訊いた。

「分かる範囲でいいんで、お願いします」

井口が穏やかに言うと、男性は面倒くさそうに舌打ちをし、「右に出て、突き当たり。長野《ながの》って家のババアがここの大家」と指を差した。

「ありがとうございます」

井口が足を抜くと、勢いよくドアが閉まる。

「素早かったね」

「ほんとだね」

「いや、井口さんが」

「絶対閉めると思ったけん」

小声で話してから、教えてもらった長野という女性の家を訪ねた。

出迎えてくれたのは、白髪の女性だった。八十を越している様子だが、つやつやした肌で声も溌剌《はつらつ》としていた。玄関先で「ひなぎく荘のことで」とわたしが言いかけると「あらあらまあまあ、もしかして入居希望？　若いご夫婦なのに、なにもあーんな古いアパートに住まなくったっていいっちゃないいと？　あたし、他にもマンション持っとるけん、そっちを紹介してもよかけどね」

と笑顔で捲《まく》し立てた。

「待ってください、あの」

「ああ、あたしは長野です。長野かるた。かるたってほんとの名前やけんね。ウフフ」

「あ、ええと飯塚といいます。こういう者でして」

名刺を渡し「わたしは入居希望ではないんです、すみません。あの、この方、入居されていませんか」と次にスミの写真を見せた。長野は「はいはい？　ちょっと待ってよ」と靴箱の上に置いてあった老眼鏡をかける。それから写真を見てすぐに「ああ、これはヨシヤさんやないの」と当たり前のように言った。

「ご存じなんですね⁉　あ、あの、ヨシヤ、スミ、さんですか？　間違いなく？」

声が上ずった。つい長野の腕を摑みかけ、慌てて手を引っ込める。

「ええ、うちの店子《たなこ》やもん。間違えませんよ。ひなぎく荘の一号室。この方がどうかしたと？」

「一号室って、左端ですよね？　さっき伺ったんですけどご在宅ではないみたいで」

「そりゃ、出かけとるんやないん……あらでも最近とんと見かけんかもしれんねえ」

頰に手を添えて、少し考えるように長野が言う。

「ときどきスーパーで見かけよったけど、そういえば会わんくなった気もする」

「最後に見たのはいつか覚えていらっしゃいますか？」

「全然覚えてないわあ。いつやろう？　家賃は口座から引き落としやけん、昔みたいに徴収に出向くこともないし、わざわざ会うことってないんよ。それにヨシヤさんってあんまり付き合いがよくないけん、近くに住んどってもちゃんと話したことは少ないっちゃねえ。会っても会釈するんがせいぜいいで」

「あの、ヨシヤさんについてちょっとお伺いしたいんですけど、よろしいですか」

改めて名刺を見てもらうと、長野は「あらあらまあああ！　記者さん！　なあに、あのひと何かしたと？」と眉をぎゅっと寄せた。

「ちょっと、困るっちゃ。前にも一度、店子さんが大麻所持とかで捕まって、警察が来て大変やったんよ。評判は落ちるし、気持ち悪いっち言うて退去したひともおったし」

「あ、いえ、そういうことではないんです」

慌てて言うも、長野は老眼鏡の向こうから疑わしそうな目を向けてくる。

「調べている事件の関係者かもしれないので、その」

そのとき、部屋の奥から電話が鳴る音がした。固定電話のようだ。長野が「あら。ちょっと失礼しますねえ」と言って奥に行く。喧嘩をしているような話し声がしたかと思うと、納得がいかないような顔をして戻ってきた。

「ちょうど、ひなぎく荘のひとから苦情。ものすごく耳が遠いひとやけん要領が分からんけど、どうも虫が湧いとるっち」

「はあ、虫」

「昔、屋根裏でイタチが死んで腐っとったことがあったんやけど、そういうのやろか。それともシロアリ？　どっちも嫌ぁ。お金かかるやないの」

思いきり顔を顰めてみせた長野が、靴箱の上に置かれていた帽子を被った。

「あたしはちょっとひなぎく荘まで行ってくるけど、あなたたちも来る？　ヨシヤさんの部屋、もう一度訪ねてみたら？」

「ぜひ」

長野は、歩き始めると年相応に感じた。驚くほどゆっくりゆっくり歩くのだ。ひなぎく荘から長野宅までわたしたちの足では数分だったけれど、彼女の足ではその倍はかかるだろう。しかしそのお陰で、スミの話を聞くことができた。

「大吉の吉に屋敷の屋で吉屋《よしや》。スミはカタカナ。あそこに住んで、五十年は経《た》つんやないかねえ。長いこと病院の清掃員の仕事しとったけど、十年くらい前に辞めたんやなかったかな。いつやったか、年金と貯金でどうにか暮らせちょります、って言うとったよ」

「ひとり暮らし、ですか？」

「うん。ずーっとひとりやったね。こっちに来たばかりの若いころは愛らしい顔しとったし、真面目に働くし、トウは立っとってもまだまだ嫁に行けようもんっち言ったこともあったんけどねえ。でも、結婚はいいです、ち笑っとったよ」

「親戚とか、そういうひとはいたんでしょうか」

「さあ？　あたしは一度も見たことないけど」

電話をよこしたのは一階の左からふたつめの部屋の住人だったらしい。長野はブザーを鳴らさずに、やにわにドアを開けた。「楠本《くすもと》さぁん！」と大声を張る。

「くーすーもーと！　さぁん！」

耳が割れるくらいの大声だ。思わず耳を押さえる。

「おう。遅いじゃねえか、ばあさん！」

ジャージ姿のおじいさんが怒鳴るようにして出てきた。さっきはいなかったはずだけど、と思うが、もしかしたらブザーの音くらいでは聞こえなかったのかもしれない。

「楠本さん！　ここは、『早く来てくれてありがとう』やろうもん。それで？」

「いや、おれな、朝イチで病院行ってきたんよ。また薬が増えてよ。年取るってのはめんどくせえったらねえな」

「そげんこと聞いてないっちゃ。虫の話やろうもん」

音量設定を間違えているのではないかと思うくらい、怒鳴り合いのような会話だ。井口と視線を合わせて、小さく苦笑した。

「いや虫の話やけん、黙って聞けっ！　今日朝イチで病院行ってきて、さっき帰ってきたんだけどよ、部屋中がくせえんだ！　虫も相変わらずだしよ。そんで、隣のばーさん、死んでんじゃねえかっち思ったんだよ！」
　楠本の言葉に、はっとする。わたしも最初にここに来たとき、生ゴミのような臭いを感じた。
「はぁ？　やめてよもう。ひとが死んだ部屋はいろいろ面倒なんやけん。ちょっとあなた、ええ
と飯塚さんやったね。あなた、隣の一号室のブザー鳴らしてみてくれんね」
　長野が言い終わる前に「でねえよ」と楠本が怒鳴る。
「おれ、昨日も鳴らしたけど出んかった。さっきも鳴らしたし声もかけたけど、無理じゃ！　や
けん、あんたに電話したっちゃないか！」
「はぁ？　それならそうっち早く言ってよ。そしたら合鍵持ってこれたんに！」
　わたしはすぐに一号室のドアに向かい、ブザーを鳴らした。一度、二度。返事もなく、中に誰
かいるような気配も感じない。ドアに耳を押し当てながらもう一度ブザーを鳴らす。ふわりと、
吐き気を連れて来るような嫌な臭いがした。
　この臭い、知ってる。
　過去の経験が、ざあああ、と音を立てて迫ってくる。この臭い、わたしは取材の中で嗅いだこと
がある。
「臭い、ます」
「ほらな。死んでんぞ、こりゃ」
　あーあ、と楠本が言うと、さっきまで緩慢に歩いていたのが嘘のように長野が駆けてきてドア
をどんどん叩き始めた。
「吉屋さん、吉屋さーん！　いる？　吉屋さーん！」

「そんなんで出てくるわけねえやろ。合鍵持ってこいって」

楠本が呆れたように言うも、「え、待って、ちょっと待って、金庫の番号何やったっけ」と長野が泣きそうな顔をする。

「金庫って何だ」

「息子の嫁に盗《と》られそうなもん全部、金庫に入れてんの！　でもいま、すぽんって番号忘れちゃった。ああー、どうしよう。死んでたらどうしよう」

すっかりパニックになってしまっているらしい。半泣きで「どうしよう」と長野が繰り返していると、井口が「裏側に回ってみようか」と言った。

「あ、そうね！　そうして、そうして！」

長野がヒステリックに叫び、わたしと井口は揃って建物の後ろ側に回った。

一階は、それぞれ猫の額ほどの広さだけれど庭があった。一メートルくらいの高さのフェンスで囲われている。スミの庭には土だけのプランター——何か植わっていたようだけれど枯れた跡がある——がふたつあるだけ。楠本の庭は洗濯物が綺麗に干されて揺れていて、一番向こうの庭は金属ゴミが山積みになっているのが見えた。

「許可貰ったし、乗り越えていいよね？」

井口に訊かれて、頷く。足元から、嫌な震えが起こっていた。心臓も鼓動を速めている。

人違い、だった？

わたしの捜している女性がスミだとしたら、スミはもうすでに死んでいる。そして長野の話ではスミはひとり暮らしで、だからここには誰もいないはずだ。

でも、わたしが嗅いだ臭いは、間違いなく生きものが腐りゆくときのものだ。冬に孤独死をし、二週間後に発見された老人の部屋に取材で入ったときに嗅いだものと同じ、まだ生々しい死の匂い。

スミが、ペットを飼っていたとか？　猫、犬。そういう生きものがスミの死後放置されていた？　でも、スミは半年も前に亡くなっている。

ああ、わたしはこんな状況でも、高蔵山の遺体がスミであって欲しいと思っているのか。ひととして間違って……いや違う、わたしは確信している。高蔵山の遺体は、スミだと。

フェンスを悠々と越えた井口が掃き出し窓を覗き込む。

「カーテンが閉まってる。少し隙間があるけど、中は見えないな」

窓枠に手をかけ、引く。鍵がかかっているだろうと思っていた窓が、すんなりと開いた。

「え？　開いた」

驚いた井口がそのままカーテンに手をかけ、ジャッと音を立てて開ける。途端、羽虫が溢れ出た。黒いスプレーを噴射したかのような黒の霧が井口に向かい、越え、外に広がっていく。小さな羽音が大きく聞こえ、井口の——いやわたしのかもしれない——とにかく悲鳴が起こる。そして、虫とともに、おぞましい臭いも放たれた。

「どうしたの⁉　何があったの！　いや、臭い！」

声を聞きつけたのか長野がよたよた現れて、鼻を手で覆った。次いで楠本が来て「ほら、ほら！　死んでら！」と興奮したように叫ぶ。

「い、井口さん！　大丈夫ですか！」

両手で虫を払っている井口に訊くと「ひと！　死んでる！」とわたしを見て叫ぶ。

「手みたいなのが見えた！」

今度こそ、間違いなくわたしが悲鳴をあげた。
ねえ。この家で死んでるのは、誰？

三章

亡くなっていたのはスミではなく二十代の女性で、警察の調べによると、絞殺体――他殺であるとのことだった。畳を剝がして遺体を埋めようとしたが、何らかの事情で中断し、現場から逃亡したようだ。遺体は体の半分に土を被せられた状態だった。

大家である長野は、亡くなっていた女性に心当たりはないと警察に話した。けれど隣人の楠本勝《まさる》は『孫みたいな若いのが出入りしとった』と言った。

『若い男と女。隣のばーさんの孫夫婦やろうなっち思っとった。挨拶？　そんなめんどくせえことするかい。向こうだって、こっちを知らんぷりやったけんな』

二階に住む佐久紀夫《さくのりお》という五十代の男性も、若い男女を何度も見かけたという。

『どっちもいつもマスクしとったけん、顔は知らん。女は、変装してたんやないなら、ふたりおったんやないかな。服とか、髪とか印象が違った気がするけんが、じろじろ見たわけやないけん自信はない。でも、男の方は気味悪うてよう覚えとるぞ。挨拶したら、やけに馴れ馴れしかったんよ。ほんでな、そんとき何かこう「いい奴」の演技をしとる感じがした。おれは昔演劇を齧《かじ》っとったけん、演技しとりゃ一発で分かる。あいつは胡散《うさん》臭かった』

「――というのが住人から聞いたおおよその情報です。まあこの佐久という男を調べたところ、劇団に所属していたなどの演劇経験はなかったんですよ。虚言癖があるとするならば、どこまで信用していいのか……」

遺体発見の二日後、わたしは丸山に連絡を取って無理やり時間を作ってもらった。小倉中央警察署から少し離れた古い喫茶店で会った丸山は「まさか飯塚さんが発見者だとは思わなかったですよ」と肩を竦めて笑った。

「わたしもです。まさか遺体を見つけることになるなんて……。正直怖かったです」

掃き出し窓から虫が溢れ出した瞬間を思い出すと、いまでも肌が粟立《あわだ》つ。

「まあそりゃそうです。同じ状況ならオレでも腰ぬかしますよ」

大きな体軀をすぼめてみせて、丸山は「話を戻しますけど、室内から採取した吉屋スミのものと思われる白髪と、高蔵山で発見された遺体のDNA鑑定を進めています。オレは間違いなく一致すると踏んでいますが、確定すれば連続死体遺棄事件の可能性が出てきます」と表情を改めた。

「連続、死体遺棄……」

その予感はしていたけれど、誰かの口から聞くと改めてぞっとする。丸山も、苦い顔をした。

「鑑定を急いでいるので、近日中には判明するかと。そして吉屋の住居から発見された絞殺体ですが、こちらは歯の治療痕から身元が判明しています」

丸山が差し出した書類を受け取る。

「菅野《すがの》、茂美《しげみ》さん……。若いですね。二十一歳だなんて」

中高生のときのものだろうか、ブレザー姿の写真が載っていた。こちらに向かってはにかむように笑っている顔はあどけなく、左目の下に大きなほくろがある。

「実家は下関《しものせき》市で、昨日今日と別の班が家族に事情聴取しているところです。ただ菅野は十八歳のころに実家を出ていて、現住所は不明です。菅野と吉屋、ふたりの接点は、いまのところ見当たらないですね」

二十代と八十代の女性に、どんな接点があるというのだろう。空で描けるほど眺めたスミの写真と、手元の茂美の姿を重ねて想像してみるけれど、思いつかない。

「重要参考人となるのが、目撃情報のあった男です。メモの『みちる』がこの男である可能性もありますし、他にまだ『みちる』が存在するかもしれません。佐久の『女性はふたりいた』という証言を信じるのであれば、そちらが『みちる』かもしれませんしね。ああそうそう、菅野が偽名として『みちる』という名前を使っていたということだってありえますね」

わたしは、あのメモは女性が書いたものだという気がしている。茂美の偽名というのはありえそうでもあるが、わざわざ名前を偽る理由が分からない。

「いまのところどんな人物かまったく分かっていません。捜査はまだこれから、といったところです」

丸山がため息を吐いたのち、「しかし、これから大変ですね」とわたしを見た。

「事件、もちろん追うんでしょう？　堂本が張り切っている姿がありありと想像できるんですけど。あいつは昔っからひと使いが荒いからなあ」

憐《あわ》れむように笑われて、わたしも曖昧に笑う。そうしながら、胸の内に暗い靄《もや》がかかってゆくのを感じていた。

『タウン誌の仕事で、何で死体なんて見つけるんよ⁉』

一昨日、警察から事情を訊かれて自宅に帰るころには日付が変わろうとしていた。ふらふらになって自宅玄関に入ると、怒りを全身に滲ませた母が上がり框に仁王立ちしていた。

た。

『あんた、親に隠れて何しとったとね⁉』

怒鳴る母を前に、失敗した、と思った。気が動転して嘘を吐く余裕がなく、馬鹿正直に『取材中に遺体を発見してしまったので警察の取り調べに協力して帰る』とメールしてしまったのだった。

『いや、事件を、追っていて』

言い訳しても仕方ない。いつか分かってしまうことだし、と覚悟を決めると、母は『ばかやないと⁉』とひときわ大きな声で叫んだ。

『二度とせんでいいって、なんべんも言ったよね？　それを何で、何で……！』

『やめなさい。こんな時間に、近所迷惑やろうもん』

父が、不機嫌な声で現れた。寝間着の上にカーディガンを羽織った父は、わたしを見て『いい年した娘が、親に心配かけたらいかんやろうもん』と苦々しい顔をした。

『お母さん、連絡貰ってから食事も喉を通らんかったんやけんな。明日の朝でいいけん、説明してくれ』

普段なら父はベッドに入っている時間だ。父もまた、寝ずに待っていたのだろう。

『ごめんなさい』

頭を下げると、母の安堵《あんど》混じりのため息が降ってきた。

翌朝、高蔵山で遺体が発見されたことに端を発して取材を行っていたことを説明すると、両親は子どものころ以来の険しい顔をして『止めなさい』と言った。

『事件を追うことは許しません』

『待って、聞いて！　わたしは自分を見限って北九州に帰ってきた。これからも自分に呆れて生きていくのかなってほんとうはずっと不安だった。でもこの事件を追うことでやっと前に進めそうな気がしてるんだ』

途中で止められるわけがない。そんなわたしに、父は『それを鵜呑《うの》みにはできん』と首を横に振った。

『東京から帰ってきたとき、自分がどんな有様だったか覚えとるか？　おれたちは大事な娘にとんでもない仕事をさせてしまったち、後悔した』

『そうよ。見てられんやった。こっちの大学に行かせて、こっちで就職させていればよかったっちどんだけ悔やんだか。それに、ひとが殺されとる事件に関わるなんて恐ろしいこと、到底認められるもんやないよ』

母が身を絞るようにして言い、わたしの手を取った。痛いくらい、握りしめてくる。

『みちるのことを考えて、言っとるんよ。万が一のことがあったら、と思うと怖いんよ。悔やんでも悔やみきれん』

めったに泣かない母が、目を潤ませている。熱い手に包まれていると、うまく言葉が出なかった。

北九州に帰ってきたとき、両親は黙ってわたしを受け入れてくれた。働けない時期はただただ労《いたわ》り、父の休みのたびにわたしを外に連れ出した。わたしの心が少しでも穏やかになるよう心を砕いてくれたことはちゃんと覚えているし、感謝している。両親がいたから、わたしはここまで立ち上がれた。

でも、だからといってここで中途半端に止めることはできない。わたしは今度こそと決めてこの事件を調べているのだから。

両親に対する申し訳なさと、それでも事件に向かわねばならないという気持ちが、わたしの中でせめぎ合う。何も言えず俯《うつむ》いていると、父が『お前は、女なんよ』と声音を和らげた。『もう、三十を目の前にした女なんよ。周りを見てみ？　結婚して子どもを産んどるような年やろう。お母さんなんか、お前の年のころにはもうふたりの子どもを育てとった。あんときは金こそなかったけど、しあわせやった。おれは、家族のためにもっともっと働こうっち思って、お母さんは家庭をひたすら守ってくれた』

後のほうは思い返すような呟きになり、母が『そうやったよねえ』と頷く。

『平凡なもんよ、おれたち夫婦は。なーんも、取り柄はない。でもな、その平凡が一番大事なんよ。おれたちは、ありふれたしあわせをお前も手に入れて欲しいと思ってきたんよ。穏やかに、平和に満たされて生きて欲しいち、願ってきたんよ』

喧嘩腰や、押し付けがましい口調だったら、言い返せた。いまは時代が違う。結婚したってしあわせになれるとは限らない、くらいは言えた。でも、父の声は心底哀しそうで、母は静かに頷くばかりだった。そして、わたしは両親が仲睦《なかむつ》まじい夫婦で、支え合って生きてきたことをよく知っていた。ふたりは間違いなく、結婚のしあわせを語ることができる。

『いまのみちるは、大きな発見をして興奮しとるんやと思う。でもそれは危険と隣り合わせやったっちいうことをもういっぺん考えて欲しい。娘を心配する親の気持ちのことも。落ち着いたら、改めて話そうやないか。な？』

あくまでも穏やかな父の言葉に、わたしは小さく頷くことしかできなかった。

「――関係ですか？」

丸山に訊かれて、我に返る。問われたことを聞きとれなかったから問い返すと、丸山は「一緒に聞き込みをしていた男とはどういう関係ですか？　恋人？」と言いにくそうに訊いてきた。

「井口さんのことですか？　いえ、違いますけど」

思わずぽかんとしてしまう。

「昔から近所に住んでいるお兄さんのようなひとで、今回たまたま親しくなったのでドライバーをお願いして、だからちゃんとお金も払っていて……ってこれ、取り調べのときにも言いましたよね？」

「あ、ほんとのことなんですね。よかった。いや、彼が新しい恋人なら堂本が可哀相だなって」

「は？　どうしてですか」

「いや、これを機にヨリを戻す気でしょ、あいつは」

意味ありげに笑いかけられて、首を傾げる。

両親と話し合いをしたあとすぐに、宗次郎に連絡をした。遺体を発見したことを告げると、宗次郎は『っしゃ！』と短く声をあげた。

『やったな。やればできると信じてたぞ』

『見限ってたくせに、嘘ばっかり』

『ともかく、先発記事をすぐ書いてくれ』

締切や文字数の指定をして、宗次郎は忙《せわ》しく電話を切った。その会話には、色気は微塵も存在していなかった。

「そういうのは、ないと思いますけど。わたしは元より、向こうも」

執着心のない男だし、わたしはとうの昔に関心を失われている。しかし丸山は元から大きな目を見開いて「あるでしょ」と言った。

「少なくとも堂本は元サヤ待ちでしょ」

「そんなことないですよ、ありえない」

「いや絶対、待ってます」

自信ありげに丸山が笑う。

「あの男が、『よろしく頼む』って電話口で言ったんですよ。そんな殊勝な台詞《せりふ》、いままで聞いたことがなかった」

宗次郎が、わたしを？　想像だにしていなかったから、フリーズしてしまう。そんなわたしに丸山は「困ったな、本気で意識してなかったのか」と頭を掻いた。

それからすぐに丸山は上司に呼び出されて慌ただしく店を出て行ったのだったが、わたしはその場に何となく座り込んだままだった。動き出す気になれなかった。ただ、前に進めばいろんな問題が起こるのだなと、汗をかいたグラスを眺めながら思った。

喫茶店を出てからも、どこか気分が乗らなかった。何となく駅の方面に歩いていると、バッグの中のスマホが震えた。井口からで、すぐに取る。

「今日、警察から情報を聞いてくるって言ってたよね？　どうだった？」

穏やかな声がして、ほっとする。丸山との話をしたのち、ふっと「あのさ。いま、暇？」と訊いた。

「ちょっと、話を聞いてもらいたいっていうか、愚痴かな」

「どうしたの」

「事件を追うことを、両親に反対されてるんだ」

短く言うと、電話の向こうで少しの間ののち、「ふむ」と声がした。

「それはやっぱり、危険だから？」

「その通り。危ないことはしないで、って。実はわたしね、東京で大きな失敗をして、挫折してこっちに戻って来たんだ。東京で、その……いろいろあって」

うまく説明できない。あのときのことはまだ、舌に載せられない。

「そのことで両親には心配させたし、いっぱい迷惑もかけた。親として、あのときのわたしの有様は見ていられなかったと思う。だから、わたしがまた同じように傷つくんじゃないかと不安になるのは当然のことなんだよね」

そう、両親の抱く感情が分からないわけじゃない。

「ただささ、それだけじゃないんだ。両親はわたしに、平凡なしあわせのために結婚して欲しいって言うんだよ」

おかしくもないのに、小さな笑いがこみ上げてきた。

「わたしの安全を考えてくれるのは、ありがたいよ。これまで両親が心を砕いてくれた分、二度と不安を抱かせたくない、安心させたい、ってほんとうに思ってる。だけどさ、わたしは仕事についての話をしているのに、わたし自身のしあわせの在り方に繋げることに納得がいかないんだ。それに」

さっきの丸山のことを思い出す。わたしは事件のことだけにまっすぐ意識を向けているのに、井口との関係を疑われ、宗次郎との関係の再構築を期待された。

仕事の話をしているはずなのに、どうしてわたしの意図しないところまで口出しされなくてはいけないのだろう。

「どうしたん？」

「……うまく、言えないんだけど。心配とか応援とかって言葉を使えば、誰であってもひとの人生に踏み込んでいいのかな。すごく、モヤモヤしちゃうんだよ。でも、善意の気持ちを拒否していいのか不安にもなる。自分の心が狭いのか、って」

言葉を探していると、「いまどこ?」と井口が言う。「ちょっと、一緒に出かけようよ」

家に帰るのも嫌だったわたしは、「行く」と即答した。そして待ち合わせに現れた井口が向かったのは小倉ミュージックだった。

「観るの?」

何もこんなときじゃなくたって、と思うけれど、別に行きたい場所があるわけではない。壁際の席に並んで座って、ステージを観た。先日とは別の踊り子が登場し、初めての演目を前にわたしはあっという間に心が奪われてしまう。張りのある豊かな肉付きのからだが、アップテンポの曲にのってしなやかに奔放に動く。次第に気持ちが持ち上げられていく。

夢中になってしまえばあっという間だった。幕間《まくあい》にライトがつき、劇場内が明るくなって、はっとする。こぶしを握って前のめりになっていたことに気付いて慌てて背筋を伸ばしたわたしに、井口がくすりと笑った。

「ほんとうに、好きなんやね」

「そうみたい。元気でる。あ、もしかしてそのために連れてきてくれたの?」

訊くと、井口は壁に背中を預けて「まあそれもあるけど」と続けた。

「自分もね、ストリップが好きなんよ。気付けば来てる。自分は、彼女たちが自分のからだを芸術として高めて、何もかもを晒している様子を見るのが、好きなんだ」

それにわたしも頷く。磨き上げた己のからだには誤魔化すところも隠すところもない、と言わんばかりの堂々とした姿はとても眩しく映る。

「自分は……」

何か言いかけた井口が、ふっと口を閉ざしてステージに目を向ける。ポラ写真の撮影タイム中で、楽しそうに撮影しているところだった。リクエストに応えたのか、踊り子が女性客と手でハートを作って笑っている。

「自分は、いわゆる、トランスジェンダーなんやと思う」

ステージ上の和やかな様子を見ていたわたしは、顔をゆっくりと井口に向けた。井口の視線は、踊り子たちの方に向けられている。

「小さなころから、自分の生まれ持った性別に違和感を覚えとった。年を重ねると、からだと心のずれがくっきりしてきて、乗り物酔いをしたみたいに始終、気分が悪かった。病気かもしれんと思いながら、でも誰にも相談できんくて、十代のころはひたすら、終わりのない吐き気に堪えとった気がする」

井口は淡々と、ときどきゆっくり呼吸をして、続けた。十代を終えるころ、自身の心とからだが乖離《かいり》していることを認めた。認めざるを得んかった。目を逸らし続けるのも限界やった。認めたら少しは楽になれるはず、そんな気がしてたけどそれは間違いで、今度は心に合っていない器が醜く感じられるようになった。濃くなっていく体毛、筋肉質なからだ、武骨な顔立ち。鏡を見ることすら、苦痛になった。

わたしは、ただ黙って静かな告白に耳を傾けた。

「肉体を心に近づけるべきじゃないかって考えたこともある。心に従って女性として生きていきたいと思ったし、自分の中の苦しみを世間に知ってもらえば、同じような苦しみを抱いている誰かと繋がれるかもしれん。そういうひとたちと生きていければしあわせになれるかもと考えたこともある。持って生まれたこのからだを、せめて最大限うつくしく整えたいという欲を抱いたことも、あったな。でも、何ひとつできんかった。親を哀しませると思うと、怖かった。あのひとたちを傷つけるくらいなら、自分の痛みに鈍感でいればいいと、諦めた」

井口はひとり息子だ。親がかけた期待がどれほどだったかは分からないけれど、でも、確実にあったであろうことくらい、想像がつく。

「母は、平凡で善良なひとやった。家庭の平和こそ自分の喜びって感じでさ。だからと言うべきか、当たり前に息子の結婚や孫の誕生を願っとった。父親が死んだあとは、あんたが家庭をちゃんと築くのを見届けるんがお母さんの最後の仕事やけん、っていうのが口癖で」

井口の母のことは、うっすらとしか覚えていない。会ったときに挨拶を交わした程度だけれど、物静かで品の良さそうなひとだった。

「いいひとだよ。あのひとの子どもでよかったと思っとる。でも、母の夢は絶対に叶《かな》えてあげられない。だから、せめてもの気持ちで母を最優先にして生きてきた。認知症と診断を受けた後も、ひとの手を借りずに世話をしていこうと決めた。大変やったけど、でもむしろ、手をかければかけただけ、許された気がしとった。ばかだよ、そんなわけないのに。そうこうしてる間に病気が進んで、罪悪感からくるやる気だけじゃどうしようもなくなって、施設に入れることになってしまったけど……」

ふっと井口が口を噤んだ。唇が、戦慄《わなな》く。目元に薄い赤みが差す。

「入所する日、言われた。いままでごめん、好きなように生きてくれっち言えんでごめんね、って。いつごろからなのかは知らないけど、母は自分……わ、わたしの葛藤に気付いていたんだ。

でも、言えずにいた」

井口の手を取って深く頭を下げたという。お母さんね、こんな病気になってしもて、頭に靄がかかったみたいになって失敗ばっかしするようになってしもて、自分の努力ではどうしょうもないことがあるち、ようやっと分かった。自分ではどうにもできん苦しさっち、あるんやねえ。たーちゃんも努力すりゃきっと普通になれるなんち思っとって、ごめんね。こんなに遅うなって気付いてから、ほんとうにごめんね。そうして、泣いた。

ず、と井口が洟を啜った。手の甲で乱暴に赤い目元を拭う。

「わたしの話と重ねて悪いけど、親はいつかきっと、子どものことを理解してくれる。だから、自分が『やりたい』と強く思うことがあるのなら、それに従うべきだよ。親のことを気にして、ほんとうに大事だと思ってることを諦めなくていい」

「……それを言うために、自分の話を、してくれたの?」

本来なら、ここまで告白しなくてもよかったことだ。自分の傷を晒さなくたってよかったはずだ。うまく言葉を紡げないでいるわたしに、井口が「重たいよね」とぎこちなく笑った。

「ごめん。でも、重たく受け取らんで欲しい。母から謝られた後、これから先、受け入れてもらいたいと感じたひとには自分の話をちゃんとするって、決めたんよ。わたしがそういうひとを増やせたら、母もきっと、喜んでくれるはずやけん」

上がった井口の口角に、緊張が残っていた。微《かす》かに、震えている。それを認めると、胸の中にさっと温かなものが広がるのを感じた。

「まあ、こうしてちゃんと言えたのは飯塚さんが初めてやけん、そういう意味では重たいかもしれん。でもこれから、増えていくと思うし。きっと」

勇気を出して口にしたのだろう。緊張が伝わってくる。わたしを信頼してくれたのだと思うと、嬉しかった。

「重たくなんかないよ。井口さんのお母さんの話を聞けてよかった。いいひとなんだろうな、きっと」

「自慢になってしまうけど、あのひとの悪口を言うひとに会ったことがない」

井口の声が少しだけ明るくなり、わたしは「子どもがそう言えるなら、間違いない」と微笑《ほほえ》む。

次のステージが始まるようだ。ライトが落ち、アナウンスが流れる。「話はまた後で」と言う井口に頷いた。

ステージに目を向けながら、この事件を最後まで追いかけなくてどうする、と腹を括《くく》った。最後まで、きちんとやり抜こう。両親には、いまここで手放してしまえばわたしは前に進めないということを何度だって説明しよう。いつかきっと、分かってくれるはずだ。

赤いスポットライトを浴びて、着物姿の女性がゆるりと現れる。一瞬目が合った彼女は、わたしにやさしく微笑みかけた。

小倉ミュージックを出てから、取材を続けることをもう躊躇わないと井口に告げると、「いいと思う」と力強く返された。「それなら引き続き、わたしを雇う気はない？」と訊かれる。

「体力には自信があるし、車だって出せるし、ふたりの方が危険度はぐっと下がると思う。いままで通り日当五千円で構わない」

「待って、いまさらだけど、夜も仕事してるひとにお願いしてもいいのかな……。大変だよ？」

「いいから、提案しとるんよ。わたしがいる方が、あなたにとってメリットはあれど、デメリットはないんやない？」

どうかな？　と重ねて訊いてくる井口の顔を見て「不思議すぎる」と答えた。

「何が」

「井口さんはとてもやさしいひとなのに、いままでわたし以外に告白できる相手がいなかったなんておかしすぎる。もっともっといたっておかしくないのに、どうしてわたしが初めてだったんだろう」

いまわたしに向けてくれているやさしさや気遣いがあれば、ひとに好かれないわけがない。井口と向き合いたいと思うひとは、きっといたはずだ。しかし井口は、「そんなに、いいひとと思われとるのか」と困ったように頭を掻いた。

「誰彼関係なく親切にしてるわけじゃない。あなただけ特別……と言うと別の勘違いを生むかもしれないけど、あなたにはちょっと、負い目がある。カブトムシのことで」

「カブトムシ？　それは前にも聞いたけどそれにしたって」

「あのとき小さかったあなたを怒鳴ったんは、あなたの警戒心のなさを心配してのことやなかった。わたしは腹が立っただけやったんよ。この子はわたしの心の中で暴れている苦しみも分からず、傲慢なことを言っとる。まだこんなに小さいくせに、もう女を振りかざしとるって」

さっき出てきたばかりの小倉ミュージックを、井口は振り返った。

「あなたは泣きながら逃げていって、わたしはしばらく苛立ちを抑えられんかった。でも母の言葉を聞いて、あなたと再会して、気付いたんよ。あのとき、別に抱っこなんてしなくてよかった。わたしひとりでカブトムシを捕まえて、あなたに手渡すこともできたんよ。そんな簡単なことが、あのときのわたしはできんかった。わたしは、わたしの問題や苦しみを誰にも言わずに堪えてきたつもりやったけど、自分の苦悩を盾にして手を差し出しもしなかった」

顔をわたしに戻した井口は「勝手に諦めていたのに、分かってもらえないと怒っていたんよ」と眉尻を下げた。

「だから、手を差し出せなかったあなたのために何かしたいと思っとるだけ。あのときのやり直しをしとるだけ。やけん、善人というわけではないんよ。ともかくそういう個人的な感情で、あなたに手を貸したいと思っとる。どうかな？」

井口は、自分なりに前に進もうとしているのだ。背中を押されるような心強さを感じた。手を差し出して、「よろしくお願いします」と言う。井口はわたしの手をそっと握り、「よろしく」と小さく言った。包んできた手は少し強張っていて、温かかった。


家に帰り、両親に「取材を続ける」と伝えた。夕飯の支度をしてわたしの帰りを待っていた母は顔色を変え、父は苦虫を嚙み潰したような顔をした。

「許さんよ！　何を言っとるの！　タウン誌の会社も辞めてしまいなさいって言うつもりでおったんやけんね」

ダイニングテーブルの上には、求人広告のチラシが置かれていた。

「中途半端なことはしたくないから、タウン誌の方は事情を伝えて辞めさせてもらった。取材は、最後まで続けたい。絶対に、と言っても信じてもらえないだろうけど、危険なことはしない。帰りが遅くなるときは必ず連絡を入れる。だからお願い、わたしがこの仕事を続けることを認めて欲しい」

お願いします、と頭を下げると「親に心配かけるって分かっとるのに続けるんか？」と父の冷静な声がした。

「捜査は警察に任せとけばいい。お前がわざわざやることやないとおれは思う」

「そうよぉ。雑誌の記事なんて、別にあってもなくてもいいもんやろ？」

「そんなことない！」

無意識に、声が大きくなった。

「警察の捜査だけじゃ明らかにされない……伝えるべきなのに伝えられない部分っていうものが絶対にある。見逃しちゃいけない、大切な部分なんだよ。そしてそれを誰かが……わたしが書くことで、知ることができてよかった、救われたと感じるひとがいるはずなんだよ」

たくさんの大きな声の中に埋もれて消えてなくなりそうな言葉を拾い上げ、響かせることができるのが、記者だ。わたしはそう信じてきた。

「子どものころから目指していた仕事だってことは、お父さんたちも知ってるでしょ？　一度は挫折して手放してしまったけど、でもやっぱり続けたい。これから先、あのとき諦めるんじゃなかったと後悔しながら生きていきたくないの」

「いつまでかかるかも分からん、危ない仕事をする方が後悔するんやないと？　あのとき結婚して子どもを産んだ方がしあわせになれたんに、って悔やんだときには適齢期を過ぎとるかもしれんのよ」

母が言い、父が「もう少し自分の人生を大事に考えんといかん」と頷く。

「自分の人生を大事に考えてるから、後悔したくないって言ってるの。ていうかいまは結婚のことなんて話してなくない？　相手もいないのに慌てて間に合わせの結婚をしろっていうの？　そんなのしあわせになんかなれるわけないじゃない！」

両親と睨み合いになり、沈黙が落ちた。それを破ったのは、「邪魔するよー」という兄の暢気《のんき》な声だった。

「勝手に入るよー。お、三人揃って怖い顔してからくさ。話がもつれとるん？」

兄の潮《うしお》は、わたしの四つ上。いまは福岡市内でスペシャルティコーヒー専門店を経営している。どうして急にこのタイミングで、と訝しんでいると、兄は「かーちゃんがみちるの説得を一緒にしてくれって電話してきたとよ」と頭を搔いた。

「しゃあしいち思っとったけんが、たまたま門司港《もじこう》に用事ができたもんやけん、その帰りに寄ったったい」

「お兄ちゃん！　やっぱり来てくれたんやね。ちょうどよかったわぁ。聞いてよ、みちるったらまた記者の仕事をするって言い張って親の話に耳を貸さんのよ」

母が声をひときわ大きくし、兄のためにダイニングテーブルの椅子を引く。兄はそこにどさりと座り、わたしをちらりと見た。

「みちる。お前、殺人事件ば見つけたらしいな」

「殺人事件っていうか、まあ、他殺体は見つけた」

敵が増えたか。憮然《ぶぜん》としていると、兄はほろりと笑った。それから両親に顔を向ける。

「新聞にも記事がでとったけど、すごいことやってのけたよなあ。みちるがおらんけりゃ、そのひとはいまも見つけてもらえてないかもしれんわけやろ？　みちるはえらい仕事をしとる」

「は？　あのねえ、お兄ちゃん。いまはそんな話をしてなくて」

「未来《みく》が、みちるおばちゃんはヒーローったいって言うとる」

未来とは兄のひとり娘で、六歳になる。

「たいした仕事やん。とーちゃんたちが反対しとる意味が、おれはよく分からん」

不思議そうに言う兄に、父が「お前も親なんやけん、分かるやろうもん」と顔を顰めた。「お前だって、未来の安全をまっさきに考えるんと違うんか」

「そりゃもちろん考えるけど、心配やけんお前の人生を狭めろなんてことは言わんやろ。ひとさまの役に立っとるなら、なおさらたい」

なあ、と兄はわたしに向き直る。

「ここでびびって逃げる方が、情けなかーっちおれは思う。いいか、最後までやり通せ」

「反対、しにきたのかと」

てっきり、そう思っていた。驚くわたしに、兄は「するわけなかろうもん」と肩を竦めてみせた。

「れっきとした大人が、やりがい感じて働くち言うのを止めたりできるわけがないやろ。まあ、親は心配する生き物やけん、なるべく不安にさせんよう気を付けてやりい」

「潮、お前は親の足を引っ張りに来たんか」

父が苛立った様子で言うと、兄は「わざと嫌な言い方してからくさ。妹の手助けったい」とけろりと返した。

「みちるがしょぼくれてこっちに帰ってきたんは知っとうよ。でもいま、みちるはそんだけ辛い仕事でも戻らんばいかんち思っとるわけやろ。家族がまず応援してやらんでどうすっと？　いじめられて泣いとったみちるに、いまが頑張りどころやけんって背中押したことあったん、忘れたわけやないやろ？　あんときと同じことしてやりないよ」

兄とは不仲ではないが大の仲良しというわけでもない。上京してからは年に一度会うか会わないかの距離感で、メッセージをやり取りすることもめったにない。結婚も、姪《めい》が生まれたことも、両親づてに聞いた。

「お兄ちゃん、ありがとう」

頭を下げると「礼ば言うことやなか」と兄は首を横に振り、両親に「娘やけんっち、言うこと聞かそうと思ったらだめやん」とどこまでも明るい声音で続けた。

「おれが銀行辞めたときも、店出すときも、『男は夢を追え』っち応援してくれたやろ。そういう広い気持ちで構えてやらんね」

母が気まずそうに「女の子やし、命の危険が」と言いかけるも、兄は「何してたって危険はゼロやなかろうもん」と言葉を被せる。

「ともかく、みちるがやりたいって言うんなら黙って見守ること」

兄がパンパンと手を叩いて「これでおしまい」と勝手に話を締める。父と母が揃って、仕方ないという風にため息を吐いた。父が「潮に連絡したけん、こうなった」と母を軽く睨みつける。

母は「だって」と唇を尖らせた。

「みちるを止めてくれるち思ったんやもん」

「止めるかよ。そんな古臭い縛りを認めとったら、未来に嫌われるったい」

兄がわたしに笑いかける。その笑顔に感謝しながら、しかしどこかで感情が黒くうねるのを感じていた。兄がここまで足を運んでくれたのはありがたいけれど、兄の言葉で状況が変わったのは助かったけれど、でもどうして兄がいないとダメだったのか。

「十分、気を付けて働くように」

父が言い、母も「そうよ」と続く。ふたりにこの黒い感情をぶつけたい衝動に襲われ、でもせっかく丸く収まったのだからと呑み込んで頷いた。

翌朝、丸山からの電話で目が覚めた。

「高蔵山で発見された遺体と、吉屋の部屋から採取された毛髪のDNAが一致しました。高蔵山の遺体は、吉屋スミで間違いありません」

うっすらと寝ぼけていた頭が、一気に目覚める。

「死因はまだ分かっていないんですが、これ以後連続死体遺棄事件として扱うこととなりました。吉屋の部屋で発見された菅野ですが、吉屋と一緒に生活していたようです。また、ふたりだけでなくその他複数名の生活の痕跡も見られました」

「複数名……。あの部屋に、スミと茂美以外の人間も住んでいたってことですか？　どれくらいの人数ですか？」

「……いやそれは、うーん、でも堂本に頼まれてるし、な」

少しだけ躊躇うように言葉を切った丸山が、声をぐっと落とした。

「四名で暮らしていたと思われます」

「四人……。亡くなったふたりと、目撃証言のあった男、あともうひとりいるってことですよね。佐久の証言通りだと、女性。メモにあった『みちる』でしょうか」

「それは、明言できません。ただ、菅野茂美は船頭町《せんどうまち》にある風俗店で働いていたということも分かりました。部屋から、給与明細が出てきましてね。プリティードールという店で乃愛という名前で働いていたそうです」

ベッドから飛び降り、メモ帳に書き留めていく。ひなぎく荘には、少なくとも四人が住んでいた。茂美は乃愛という源氏名を使っていた。源氏名がすでにあるのに、偽名を使い分けるだろうか？　そんな面倒なことをするだろうか。ここは、スミと茂美、男、そしてみちると名乗る女の四人と考えておこう。

プリティードール、船頭町、と続けて書いて、脳内で地図を描く。スミが通っていたパチンコ店から、徒歩で五分ほどの距離だ。茂美とスミがどこかで出会った可能性は、低くないのではないだろうか。もし茂美にパチンコの趣味があれば、可能性は高くなる。

手がかりが増えた。肌がぴりりと痺《しび》れるような緊張を覚えた。

「丸山さん、いろいろとありがとうございます。助かります！」

「菅野の死亡推定時刻も判明したのでお伝えしておきます。腐敗が激しく判断がつきにくかったそうですが、死後十日前後とのことです」

卓上カレンダーに目をやる。十日ほど前といえば、スミの遺体が発見されたころだ。

「遺棄した遺体が発見されたことが引き金になった、とか」

思わず呟くと「そこまでは、どうでしょう。分かりませんね」と丸山が曖昧に言う。不確かなことは口にできないというところなのだろう。

十日ほど前。一体何があったのだろう？

丸山との電話を切ったあとは大急ぎで出かける支度をし、いまだ納得しきれていない顔をしている母に見送られて家を出た。井口の車で、まずは下関市にある菅野茂美の実家に向かった。

市営団地の三階に、菅野宅はあった。チャイムを押し、インターホン越しに「鶴翼社の飯塚と申しますが、茂美さんについて」と喋り出すと、短い悲鳴があがった。それからぷつんとインターホンが切れる音がした。室内で誰かが言い争う気配がして、井口が「どうしたんやろ」と小さく呟いた。

「家族が亡くなってるんだもの、取材なんて受ける余裕がないんだよ」

被害者の身内に取材をするなんて、傷口に塩を塗るような乱暴な行為だと分かっている。他に記者の姿はなかったけれど、わたしより先に訪ねてきたひとがいてもおかしくない。となれば、彼らに何度目の痛みを与えてしまったのか。罪悪感を覚えながら、もう一度だけチャイムを押してみる。少しの間の後、ドアの向こうから「帰って！」と女性の叫び声がした。

「う、うちは何もお話しすることないです！　帰ってください」

「あ、あのわたし、鶴翼社の飯塚という者で」

「帰って！」

涙声で言われると、胸が痛んだ。

「……落ち着かれたときには、どうかお話をお聞かせください。名刺、ポストに入れておきます」

こういうときは、嫌な仕事だと憂鬱になる。見られていないと分かっていても、玄関ドアに向かって頭を下げた。

一階に設置されているポストに名刺を入れて、ため息を吐く。戻りがてら、ひなぎく荘に寄ろう、と井口と話していると「あの、すみません！」と女性が階段を駆け下りてきた。

「すみません！　あの、あたし、菅野の家の者です！」

わたしよりいくつか年下だと思われる女性だった。栗色《くりいろ》の髪をお団子にした、スウェットワンピース姿の彼女は、わたしと井口を交互に見て「さっきは失礼いたしました」と言った。

「鶴翼社の飯塚さんって、もしかして茂美ちゃんを見つけてくださったひとじゃないですか？　警察のひとから、雑誌記者の方が茂美ちゃんを見つけてくれたと聞いてます。もしそうなら、ただの記者さんじゃなくて恩人だから、追い返さないで話を聞いた方がいいんじゃないかと思って。あ、あたしは茂美ちゃんの、ええと、兄嫁の菅野知依《ちえ》です。今日は夫とこちらに帰ってきていまして……」

「そ、そうです。わたしが茂美さんを発見した者ですが、お話を聞かせてくださるんですか？」

こくこくと頷き「どうぞ、上へ」と示した。

「ただその、家族はみんな……特に義母《はは》は酷く混乱してる状態なんです。茂美ちゃんはまだ警察で、いつ戻ってくるかも分からない状態で。なので失礼があるかもしれないんですけど……」

「それは、当然のことです。ご迷惑でないのなら、少しだけお話聞かせていただけますか」

頭を下げると、彼女は何故かほっと息を吐いた。

通されたのは六畳ほどの部屋で、雑多な印象を受けた。サイドボードにはたくさんの写真立て。ダイニングテーブルには調味料が乱雑に転がり、壁にはハンディ掃除機と釣り竿《ざお》が並んでいた。ローテーブルの前のソファに、茫然自失《ぼうぜんじしつ》の体《てい》の女性が座り込んでいた。その隣には、比較的若い男性。掃き出し窓の向こうのベランダでは、白髪の男性が煙草《タバコ》を吸っていた。

「夫の保志《やすし》と義母で、ベランダにいるのが義父《ちち》です」

ここどうぞ、と知依が座布団をふたつ並べてくれる。

「こんなときに、申し訳ありません。わたしは鶴翼社の飯塚と申します。こちらは、井口です」

井口と揃って頭を下げる。保志はのろのろと頭を下げ、母親はぼうっと壁のカレンダーの方に視線を投げていた。

知依が「お茶淹《い》れますから」とキッチンに立つと、「茂美を、見つけてくださった方なんですか」と保志がのろのろと会釈してため息を吐いた。

「お礼を言うべきやって分かってはおるんですが、すみません。いまは何か、頭ン中ごちゃごちゃで何も言葉が出てこんくて……」

「いえ。心中お察しいたします。混乱されて当然かと」

家族が突然いなくなったのだ、平静でいられるわけがない。

「お悔やみ申し上げます。このようなときに大変心苦しいのですが、娘さん……茂美さんのお話を聞かせていただけませんでしょうか？　どういう、方だったのか」

「……昔っから、親を困らせる子でした」

ぽつりと、母親が呟くように言った。

「忘れ物は多いし、授業は聞かんし。落ち着きがなくて思い付きでふらりといなくなって、あんな子を捜してまわったことは、何度も。いつも、誰かに頭を下げとりました」

浮腫《むく》んでいた目のふちが赤く染まる。

「頭が悪くて、勉強は全然できん。それでもどうにか私立の高校に入れましたけど、半年で行かなくなりました。何でお前はそげんだらしねえんかって、なんべんも叱って」

ぐっと喉元を鳴らしたかと思うと、母親は両手で顔を覆って泣き声を漏らした。その背中を保志が撫で「ずっと、悩みの種やったんですよ」と困ったように言った。

「ふざけてるんかと呆れるほど、普通のことができん子やったんですよ、茂美は。何もかんもルーズで、待ち合わせはできんし、期限も守りきらん。我慢するっちいうのがとにかくできん。それと、えらい激しい依存症……恋愛依存っていうんですかね、それでした」

茂美は高校一年の冬に、学校をやめるといって当時付き合っていた恋人と同棲《どうせい》を始めたのだという。家族や学校関係者がどれだけ止めても『愛の方が大事やけん』と言い張って、帰ってこなかった。戻ってきたのは、退学手続きを終えてから二ヶ月後のこと。恋人に捨てられて着の身着のままに近く、手元に三千円ほどしか持っていなかった。

「両親は必死に説得してましたけど、勉強は嫌いやけん高校にはもう行かんって頑《かたく》なに言って、ガソリンスタンドでバイトを始めて、一ヶ月くらいでまた恋人ができてそっちの家に入り浸りになってクビ。そういうんを何べんも繰り返して、あいつが十八のとき、我慢の限界がきたオヤジと大喧嘩して、『こげんとこ、二度と帰らん』って啖呵《たんか》切って出て行ったんです」

「それ以来、こちらには……？」

「おふくろが言うには、オヤジがいないときを狙って何度か帰ってきたらしいですけど」

保志が母親を見ると、顔を覆ったままの母親が頷いた。くぐもった声で「お金がないっていうけん、一万とか二万とか」と言う。うちもそんなにお金ないし、あんまし渡すとお父さんに怒られますけん、あたしのへそくりを渡してまして。

「お前がそうやって甘やかしたけん、こげんことになったんぞ！」

ベランダから部屋に入ってきた父親は、険しい顔をしていた。

「甘ったれの考えなしに育てたお前のせいじゃ。お前が茂美を殺したんよ！」

うっと母親が呻《うめ》く。「すみませんすみません、お父さんの言う通りです」と手の中で繰り返す姿に父親は一瞥をくれ、「記者さん、あんたさんのお陰で娘が見つかったんは、感謝します。ありがとうございます。でもね、あん子のことなんて、こげん恥さらしな、みっともない話しかないんですよ」と早口で言った。

「あん子はばかで甘ったれで、男にだらしない女やったんです。どうせ、ろくでもない男と付き合《お》うて殺されたんでしょ。真面目に生きとれば出会わんやったような男に決まっとる」

「お義父《とう》さん、そんなこと」

お盆に湯呑みを載せた知依が慌てて言うと「知依ちゃん、あんたは黙っとき」と父親は止め、わたしと井口を交互に見て「娘は、殺人だか死体遺棄だかにも関わっとるかもしれんちいう話やないですか」と声を震わせた。

「ひとを殺して、自分も殺されとったら世話ないですよ。自業自得です」

「そんなこと、まだ分からんやないですか」

わたしより先に、井口が言った。

「家族やけん、信じてあげましょうよ」

「信じられるもんじゃ、ないでしょうや……！」

吐き捨てるように言った父親が頭を振り、保志が「さすがに、な」と乾いた笑いを零す。

「記者さんも、もう知っとるんでしょ？　茂美が風俗で働いとったって。うちの両親は真面目で、頭の固いひとたちなんですよ。娘がそんな仕事に就いとるなんて、周りがなんち言おうと傷つくんですよ。生きていくのが辛いほどの苦しみをいま感じとるんですよ。おれはそれを知っとるし、おれの妹ももちろん、知っとったはずなんです」

母親が悲鳴のような声をあげて泣き、父親がぐっと目を閉じた。それからゆっくりと目を開けた父親は、ため息を吐いて言う。

「俺たち夫婦は、子どもたちが普通に結婚して、普通にしあわせになることを望んどったとですよ。保志はしっかりしとる子やけん安心しとったけど、茂美には、茂美をちゃんと面倒見てくれるいい男と結婚して落ち着いてくれりゃいいいち、それだけを願っとったんです」

知依がわたしたちの前に湯呑みを置く。その遠慮がちな音と母親の泣き声だけが響いた。

「あん子は、俺たち両親を哀しませてもいいち思って、したらいかんことをし続けた。茂美がこげんことになったのは、あん子自身のせいです」

「いえ。それは、まだ分かりません」

彼らを見回して言うと、保志が「だからねえ、あなた」と声をざらつかせる。それを目で制して、わたしは言葉を続けた。

「事実も分かっていないのに、断定するのはよくありません。ほんとうの犯人の姿を分からなくしてしまいます。茂美さんは騙され、利用され、殺されたかもしれないんです。少なくとも、茂美さんを殺めて放置したひとはいまも、見つかっていない。犯人を捕まえなければ、真実は分からないはずです」

保志がぷいと目を逸らす。「そ、そうですよ！」と知依が声を張った。

「茂美ちゃんは騙されただけだとあたしは思います！　だって茂美ちゃん、子どもみたいに素直でひとを疑わないとこがあったじゃないですか」

「……それは、そうやった」

泣くばかりだった母親が、ぼそりと言葉を落とした。

「子どものころから、それでよく泣いて帰ってきとった。いじめられとるんに、それに気付かんこともあって……。幸い、賢い友達がおったけん、そん子にうちの茂美の面倒を見てやってねって頼んどりましたけど」

ぽつ、ぽつ、と母親が話し始める。

「小学四年のころ、痴漢に遭《お》うたこともありました。知らんおいさんに、気分悪いけん付き添ってくれって声かけられて、多目的トイレに、連れ込まれそうになって……。たまたま見とるひとがおって助かりましたけど、騒ぎになってもあん子はなーんも分からん顔しとりました。おいちゃんはもう大丈夫なん？　ってきょとーんてしとって。あたしはあんとき、茂美をどげん叱ったらいいんか分からんやったです」

ときどき、涙で声が詰まる。知依がティッシュを手渡し、母親はそれで目元を何度も拭った。

「ひとを疑うことのできん、危機感がない子やって分かっとりました。でも、ねえ。親が首に縄付けて見張っとくわけにもいかんでしょ。親のあたしらの方が先に死ぬでしょうし、かといって保志に面倒見させるわけにゃいかん。保志にはもう別に家庭がありますでしょ。いずれは子どもだって、できるでしょうし」

ダイニングテーブルの椅子に腰掛けた父親がそれに頷いた。

「茂美には生きる力をつけて欲しかった。どうにかうまいこと生きて欲しいいち思って俺たちはあいつに厳しくしたんです。だけど、まあ、それが重荷やったとでしょ」

「……おれははっきり、あいつが苦手やった。ガキのころからずーっと、妹を持て余しとった。警察に、最後に会ったときはいつかち訊かれて、まったく思い出せんかった」

保志が苦々しく呟いて、俯いた。

混乱する中で、彼らは散らかった部屋から何かを拾いあげるように、ひとつ、またひとつと言葉を零した。そのどれもに、後悔が滲んでいた。

話を聞いた後、わたしは茂美の写真——高校の入学式のものを一枚だけ借り、部屋を後にした。

「何か、寂しいな」

かつんかつんと階段を下りていると、途中から黙りこくっていた井口が独り言のように言った。

「飯塚さんの質問に、誰ひとり満足に答えられないなんてさ」

どんな髪形をしていたのか、好きな恰好は、お酒は飲むのかパチンコをするのか。どんな男と付き合っていて、どこに住んでいたのか。生活圏はどの辺りだったのか。彼らはどの質問にも、殴られたかのような顔をして、『分からない』と答えた。

「疎遠、だったんだろうね」

恋愛依存、と兄の保志が言っていた。異性からの愛に縋りたかったのは、家族との縁が薄かったからなのだろうか。

「あの、飯塚さん！」

車に乗りこもうとしたとき、知依が走ってきた。手にエコバッグと財布を持ち、肩で息をしながら「あの、ちょっと、いいですか」と急《せ》いたように言う。

「はい？　何かありましたか」

「あたし、あの、家族には買い物に行くと言って出てきて、その」

背後を窺《うかが》って誰もいないことを確認する知依に向き合い、頷いてみせる。

「実はあたし、家族の誰にも言ってないんですけど、警察にも……言えなかったんですけど、八ヶ月くらい前に茂美ちゃんからお金の無心をされたことがあるんです」

「お金、ですか？　お母さまからも茂美さんにいくらか渡していたということでしたよね」

「それが、額が。二十万……中絶費用、と言っていました」

周囲に誰もいないのに、知依はそっと声を潜ませた。彼氏の子どもを妊娠してしまったけれど、いまは産める状況じゃない。両親に言うと絶対叱られるしお金も出してもらえないから、お金貸して。茂美は電話をかけてきてそう頼んだのだという。

「最初は、断りました。正直にお義父さんたちに相談した方がいいって。でも、そんなならお腹の子どもと一緒に死ぬしかないじゃんって、泣かれて。菅野の家のひとたちは茂美ちゃんにとても厳しくて、だから……」

いままさに己が責められているような苦しい顔をして、知依は「あたしの独身時代の貯金から渡しました」と言った。

「厳しい、ですか？」

知依はまた背後を窺ってから、頷いた。

「厳しいという表現で合ってんのかは、ほんとは分かんないです……。あたし、保志さんと付き合ってる間も、結婚した後も、妹さんがいるなんて教えてもらっていなかったんです。知ったのは偶然、あたしがここに来ていたときに茂美ちゃんがやって来て、それでやっと挨拶できたくらいで。お義母《かあ》さんは、あからさまに迷惑そうな顔をしてました。連絡先を交換したって保志さんに言ったら、ブロックしておけ、あいつはうちの問題児やけん無視していい、って。普段はそういう酷いこと、言うひとじゃないんですけど」

誰かに見咎《みとが》められたら困る、というようにそわそわしながら知依は続ける。夫の妹だから仲良くしたいと思っていたし、茂美ちゃんも『おねーちゃん』ってメッセージを送ってきてくれて嬉しかったんです。悪い子だなんて思えなかった。だからあたし、こっそりとお金を渡しました。

茂美ちゃん、近くまで取りに来ました。

「彼女は恋人と一緒でしたか？　恋人の顔は見てませんか？」

知依はゆっくりと首を横に振る。

「ひとりでした。ただ、あたしも『どういうひとなのか知りたいから、お金を渡す前にせめて話をさせて』と言ったんです。万が一、保志さんにバレたときには、あたしも怒られちゃうって思ったから。そしたら茂美ちゃん、その場で彼氏に電話をかけてくれて、少しだけ話しました。声だけですけど、とても真摯《しんし》でやさしそうな印象でした」

男は知依に、茂美のことを誰よりも大事に思っていること。いつか必ず結婚してしあわせにしたいと思っていること。両親にも挨拶をして、正しい順番で子どもを迎えたいことを切々と語った。

「タカハラ、と名乗りました。このひとならきっと大丈夫だろうと思って、茂美ちゃんに二十万円を渡しました。『いいひとそうやから、安心したよ』って言ったら、すごく嬉しそうな顔をしてました。でも」

さっと知依が顔を曇らせた。

「二週間……もう少し短かったかな。茂美ちゃんからまた電話がかかってきて、中絶手術の後、体調がよくならなくて仕事にも行けないからもう少しお金貸してって言われたんです。その声の様子で、妊娠の話が嘘だったんだって気付きました。だからあたし、さすがに出せないって言ったんです。これ以上はもう保志さんに相談しないといけなくなるって。そしたら茂美ちゃん、電話の向こうで誰かと話してる気配がして、それから態度ががらっと変わったんです」

きさん、こっちがへこへこ頭下げとるけんっち、偉そうにしてんじゃねえよ。ぶちくらすぞ。黙って金出せよ。出せんのやったら、保志と住んどるマンションに火ぃつけるぞ。黙って金を用意しろや。茂美は、聞くに堪えない物言いで怒鳴ったという。

「そんな風にひとに怒鳴られたこと、これまで一度もなかったから、あたしびっくりして泣いちゃったんです。泣いて、それなら警察に相談するしかなくなるって言うと『もういい！』ってぶつんと電話を切られました。夫や菅野の両親にこのことを言わなきゃと思ったんですけど、そうするとあたしが勝手に二十万を渡したことも話さなくちゃいけないでしょ？　叱られるんじゃないかと思うと、言えなくて……」

　知依が泣きそうに顔を歪《ゆが》めて「怖かったから」と続ける。叱られるのが怖かったから、黙ってたんです。あのひとたちは茂美ちゃんを持て余していて、保志さんなんかははっきりと嫌っていて、そんな茂美ちゃんに大金を渡したなんて言えば絶対に怒られちゃう。だから警察にも、言ってません。

「お話ししてくれて、ありがとうございます」

　深く頭を下げた。

「茂美さんがタカハラという男と付き合っていたということ、とても大事な情報です。話してくださって、ほんとうにありがとうございます。タカハラや茂美さんと話したとき、どんな印象でしたか？　思い出せることがあれば」

　バッグからメモ帳を取り出して訊く。知依は遠くに視線を投げて「タカハラってひとのことは、何度思い返してもいい印象しかないんです。ただ、二回目の茂美ちゃんからの電話なんですけど、後から考えると言わされていたんじゃないかなって」と思い返すように小さく言った。

「言わされていた？」

「あの子と話したのは数回だし、ひととなりを知ってるわけじゃないです。でも何ていうか、あの電話を落ち着いて振り返ってみると、子どもが大人を真似《まね》ているようなぎこちなさがあったような気がするんです。それとなく保志さんに茂美ちゃんのことを聞いたんですけど、口は昔から悪くなかったようで、だから」

「茂美さんにお金を集めさせて、うまくいかなかったら恫喝《どうかつ》させていたひとがいる、ってこと……？」

それは、知依がいい彼氏だという印象を抱いた男――タカハラだろうか。考えていると、知依がずずっと洟を啜った。

「あのとき、怒られてもいいから保志さんにちゃんと言えばよかった。茂美ちゃんが変な男のひとと一緒にいるみたいって。そしたら、茂美ちゃんはこんなことにはならなかったかもしれないですよね……」

「それは、もう分からないことですよ」

慰めにもならないかもしれないけれど、言う。誰がどれだけ制止しようとしても、動いてしまうものがある。

「あっ」

知依がワンピースのポケットに手を突っこみ、スマホを取り出す。菅野家の誰かからメッセージが入ったらしい。画面を見ながら「そろそろ行かないと」と呟いた。それから、わたしを見る。その顔は、とても傷ついているようだった。

「こんなことになって、あたしは茂美ちゃんとの間にあったことを家族に絶対に話せません。あたしたち夫婦もおかしくなってしまう。あたし、茂美ちゃんに対する保志さんの態度は嫌だけど、でもあたしにはとてもやさしいひとだから、だから別れたくはなくて」

「大丈夫です。このことを誰から聞いたかは、口外しません」

そう言うと、知依は「あたしのこと、ばかだって思うでしょ」と自嘲気味に笑った。

「あたし自身が、ばかだって思ってます。勇気のないばか。警察が来たときに、さすがに言わなきゃって思ったけど、でも……言えなかった。何度茂美ちゃんを見殺しにすればいいんだろ」

あまりに強い言葉にわたしが答えを探している間に、知依は「失礼します」と去っていった。その背中が消えるのを待って「行こうか」と井口を促した。

　気分が持ち上がらないまま、ひなぎく荘に向かう。しばらく車窓の向こうを眺めていたけれど、「似てた」と、考えていたことが口をついて出ていた。自分の中に、収めておけなかった。前を見たままの井口が「何が？」と訊いてくる。

「菅野家。我が家と似てた」

「どこが？」

「女の低さ」

　口にして、その乱暴さに唇を噛んだ。そこまで酷い言い方を選ばなくてもいいのに、でもそう吐かずにいられなかった。

「彼女たち、怒られる、叱られるって当然のように口にしてた。男性の許可なく勝手なことをしたらダメって考えなんだよね」

　どれだけ世間で男女は平等だと言われても、家庭という小さなコミュニティの中ではいまも当たり前のように格差が息づいている。男女間の立場に大きな差がある。そんな家庭が、この世にどれだけあるだろう。

「わたしの家もそう。わたしがどれだけ言葉を重ねても無理だったのに、兄の言葉であっさり動いた。かたちこそ違えど、でも根っこは一緒だよね。性別だけで、言葉の重さが全然違う」

　東京で働いていたときだって、あった。目に見えない、限りなく薄いヴェールが張り付いているような僅かな息苦しさ。それがいま、はっきりと存在を濃くしてわたしを締め付けている。

「飯塚さんの言いたいことは、分かるよ。ここはそういう土地だし……というとあんまりにも括りが大きいか。でも、長く染みついてしまって簡単に薄まらないものはある。いろいろと、生きづらいよね」

井口の最後の言葉を聞いて、はっとする。井口もまた、わたしとは違うヴェールに苦しんできたに違いない。

「ごめん」

「え？　どうして謝るん。まさか、自分よりわたしの方が痛いはずだと思った？」

はっきり言われて、答えられない。

「わたしたちの痛みは、一緒やんか。こっちの方が痛いとか、あっちの方が苦しいとか、比べるものやないよ」

まっすぐ前を向いている井口の横顔を見る。このひとは、痛みに向き合い続けてきたのだろう。きっと、わたしよりもずっと真摯に、目を逸らすことなく。わたしは、これくらいなら我慢できるとか、時代がいつかどうにかしてくれるとか、痛みのやり過ごし方ばかりうまくなってしまったから、予想外に痛みを感じたときに狼狽《うろた》えてしまう。

「井口さんの言う通りだ。ダメだね、わたし」

頰を掻くと「ダメじゃないよ」と井口が言う。

「ただ生きていたいだけなのに、そこに痛みを伴わないといけないっていうことがおかしいんだ」

「そう、だよね」

車窓の向こうに視線を向ける。海が広がり、太陽の光を受けた水面《みなも》が眩しいくらいに輝いていた。

ひなぎく荘は、何事もなかったかのような静けさだった。警察の捜査はいったん終わったのか、警察官の姿もない。スミの家は当然施錠されていたので長野の家を訪ねてみると、「ちょうど連絡しようと思っとったんよ！」と出迎えられた。

「ずーっとバタバタしとって、お礼も言えんかったでしょ。ごめんなさいねえ、あと、あのときはありがとねえ」

長野はこの数日とんでもなく忙しかったという。所有アパートが死体発見現場となればその心労も大きいことだろう、と思いきや、息子の嫁に家業を譲れと迫られて大喧嘩をしている最中だということを延々と話し始めた。

「口開きゃ金の話しかせん品のない女なんよ。ほんと、息子の女を見る目のなさにはうんっざり。結婚式のお金もマンションの頭金も出してあげたんやけん、それで満足しとればいいのに、あたしのお金を全部奪い取る算段なんよ。だーれがやるもんですか。あたしはねえ、旦那が遺してくれたお金はぜーんぶ使ってから死ぬつもりなんですっ」

鼻息荒く嫁の文句を重ねる長野を遮って「あれから、どうなりました？」と訊く。そこで長野はようやく本題に入ってくれた。

「それが、吉屋さんねえ、結局遺骨の引き取り手がおらんのよお」

ぐっと眉尻を下げる。

「警察のひとが言うには、長崎出身なんて。実家はとうの昔にのうなったみたいで、遠い親戚がおるだけ。吉屋さんの遺骨の引き取りができるか連絡するっち言うけん、うちのアパートの清掃費や退去費用の話もしてくれん？　っち頼んだんやけんどね、ウチにゃ関係ないっち遺骨の引き取りもきっぱり断られたって。そりゃ気持ちは分からんでもないんよ？　でもこっちだって大変よお。いくらかかると思うんよ」

「長崎出身だってこと、長野さんはご存じなかったんですか？」

「知らん知らん。何十年も前に契約書のやり取りを一回したきりやもん。あのときはまだうちの旦那は元気に生きとって、旦那が吉屋さんと直接話していろいろ決めとるけん、なおさらねえ。ほらこれ、警察に言われて、必死になって捜したんよ」

黄ばんだ紙の束を渡される。それは手書きの台帳で、名前や生年月日、連絡先などが書かれていた。

「前住所、長崎県としか書かれてない……」

「いまじゃ大問題よねえ。まあでもあのときはまだゆるーい時代やったけん。あ、保証人のとこはね、当時ここいらで民生委員をやっとったじいさんの名前やったけど、とっくに死んどる。このときのことを知っとるひとなんて、もうおらんのよ。警察のひとと、何かツテがあってこっちに来たんかねえっち話したけど、ほんとうのとこはどうなんやろね」

はーあ、と長野が大きなため息を吐いた。

「そういえばひなぎく荘に行ったら警察の姿がありませんでしたけど、部屋の捜査は済んだんですか？」

「ああ、終わったよ。明後日には清掃業者が入ることになっとるんよ。中、見る？」

「ぜひ！」

それから長野と三人で、スミの部屋に向かった。長野がドアを開ける瞬間、遺体を発見したときのことがフラッシュバックして息を呑んだが、もちろん、何も飛び出してこなかった。

「臭いがねえ、まだ残っとるんよ。清掃で、臭いがちゃんととれたらいいんやけど」

長野は、井口に「悪いけど窓ぜーんぶ開けてくれん？」と言った。

「そうせんと、とても中におられんけん。はよしてね。あ、ふたりともこれ使いなさい」

個包装のマスクを貰ったわたしたちはありがたくつけて、中に入った。

玄関を入って、すぐにダイニングキッチンがある。右手の引き戸を開けると、トイレと洗面所、浴室がある。正面の襖《ふすま》を開けると八畳ほどの居間があり、その奥が、茂美が亡くなっていた部屋のようだ。

室内は、明らかに老人のひとり暮らしの様相ではなかった。まず、異常なほど物が溢れている。ふたり用の小さなダイニングテーブルの上に散乱したメイク道具や鏡、スナック菓子の空き袋。キッチンの流しには、洗顔料やシェービングクリームなどが転がり、床には漬物用の茶色い瓶や調味料の紙パック、箱買いされたカップラーメンなどが所狭しと置かれている。高級シャンパンの空き瓶がいくつも並び、発泡酒の空き缶が詰まったポリ袋もあった。警察がいろいろ押収しているだろうに、多い。

居間として使われていたらしい部屋も、とにかく物が散乱していた。マニキュアの小瓶や汚れがこびりついた雪平鍋などが載った小さなテーブルに座椅子がふたつ、小ぶりなクッションが三つ。ラッピングされたままのクマのぬいぐるみやコンビニスイーツの空き容器、コンビニのポリ袋が落ちている。窓のカーテンレールには若い女性が好みそうなタイトなワンピースやシャツが干されたままだった。壁がうっすらと黄ばんでいることに気付いてマスクをずらすと、腐臭とは違う、はっきりとした煙草の臭いがした。キッチンにいた長野にスミは喫煙者だったのかと訊くと、「吉屋さんは、煙草は吸ってなかったような……」と首を傾げた。

小窓の下には小さなテレビ。壁際にはサイドボード。銀行の名前の入った、日付の大きく表示されたカレンダーが貼られている。いまは十月なのに七月のままだ。ぐるりと見回して、元は質素な生活をしていたのではないかなと思った。部屋を乱雑にしているものはどれも、高齢女性が使うものではないように感じた。

それもそうか。スミが亡くなってから約半年が経っていると考えられる。スミの痕跡は上書きされているのだ。

ざっと肌が粟立った。元々の住人を殺め、山中に埋めてその死を隠蔽し、住居を奪い続けたひとたちがここにいたかもしれないのだ。先住者が生きた痕跡を蹂躙し、どころか新たな罪を犯して、逃げた――。

重要参考人と目されているのは、目撃情報のあった男。そして、みちる。

どんなひとたちなんだろう。どうしたら、こんな恐ろしいことをやってのけられるのだろう。

「飯塚さん、こっち」

井口の声に振り返ると、続き間の襖を井口がさっと大きく開けた。

茂美の遺体があった部屋だ。一瞬どきりとしたが、案外何もなかった。元々寝室にしていたのだろうか。端に布団が何組か重ねられている。茶色いカーテンが、風をはらんでふわりと舞った。

「警察って、何もしてくれんのやね」

先にこの部屋に入り、窓を開け放ってくれていた井口が呆れたように言う。中央の畳が剝がされて、穴の空いた地面が見えた。畳には、泥や靴跡がこびりついている。

「そうなんよ。せめて穴を埋めてくらいのことしてくれたってよかろ？　善良な市民のために誠実な仕事をしろって話よお」

窓から入った日差しが明るい。しかし、部屋の中央に現れた真っ黒な穴までは届かない。

ここに茂美は、からだ半分埋められていた。

誰もいない部屋でじっと闇の中にいた茂美は、どれだけ哀しかったことだろう。

穴に向かって、そっと手を合わせた。

室内を改めて見て回る。サイドボードの上に、クリップで挟まれた紙の束を見つけた。河豚づくしだけではない、いろんな店の包装紙が丁寧に束ねられている。束は四つもあって、中にはすっかり黄ばんでいるものもあった。その傍には、おかきの写真が印刷された古びた丸缶。はさみや耳かき、ボールペン、サインペンが入っている。その横に置かれた缶の蓋は小物入れ代わりにしていたのか『吉屋』のはんこやクリップ、爪切り、ボタンが数個載っている。

「ねえこれ」

わたしの傍にいた井口が不思議そうに言ったので目をやると、井口は壁に掛けられたカレンダーを手に取って捲っていた。

ぺらぺらと捲っては戻しを繰り返し、七月のページに戻した井口は「ほら、ここ」と指さした。

「途中まで、花が咲いてる」

日にちの数字の下に、手描きの小さな花が散っていた。

「赤と黄色。七月のはじめからは、描かれてない。これって何か意味があるかも?」

「ほんとだ。でも、何だろ……」

描いてない日もあれば、いくつも散っている日もある。しばらく眺めていたものの分からなくて、とりあえずすべて写真に収めた。

ひなぎく荘の室内を見て回る間に、井口の出勤時間が迫っていた。井口に小倉駅近くで降ろしてもらい、その足でプリティードールに向かった。客引きの男性たちをすり抜けて、店に行く。わたしを体験入店希望者だと思ったのか、にこやかに事務所に案内してくれたのは杉本《すぎもと》という不健康そうな男だった。くたびれたソファを勧められ、座る前に記者の名刺を出すと、すぐに顔を顰めた。

「何だ、そっち」

「乃愛さんについて、ひととなりなどお話を聞かせていただければと思いまして」

「何もないすよ」

面倒くさそうに煙草に火をつけた杉本は、わたしへの興味を失ったらしい。書類や雑誌で山になった事務机を漁《あさ》りはじめ「ドタキャンせずに真面目に働く子で、特にトラブルもなかった。客と必要以上に仲良くしてた感じもない。他のスタッフとも特に親しくもなく仲が悪くもなく」と覚えた台詞のように言った。

「警察からもしつこく訊かれて、あげくに店の営業状態にまでチェック入れられて、たまったもんじゃねえすよ。乃愛に恨みはねえけど、迷惑な死に方してくれたなって感じ」

捜していたのは灰皿だったらしい。煙草の灰を落とし、それから杉本は「十月四日」と壁に掛けられたカレンダーを指した。

「そこから無断欠勤。スマホにかけたけど繋がらねえし、家は……一応ウチの寮ってことになってたけど、どこで寝泊まりしてたかは知らねえっす。お陰でオーナーが警察でこってり絞られたんだけどそれはおいといて、うちとしては無断欠勤のままいまに至ったって感じっすかね」

「十月、四日……」

手帳を取り出して確認する。それは、高蔵山で遺体が発見された日だった。

「仲の良かったスタッフはいないということでしたけど、まったく会話がなかったわけではないと思うんです。お話を聞かせてもらうことって、できませんか？」

無理だね、と杉本が切り捨てた。

「警察が来てみんなピリピリしてんすよ。別に後ろ暗いことがなくたって、痛くもねえ腹探られるのは、気分悪いっしょ？　それに、女の子たちがあんたみたいなひとにいろいろ訊かれて素直に喋るとも思えねえ」

嫌な目を向けられて、自身を見下ろす。

「まあとにかく、無理っす。働く気がないんなら、この辺りで帰ってくださいよ」

追い払われるようにして、店を出た。

とぼとぼと駅の方角に歩きながら、丸山に電話をかけた。プリティードールでの捜査内容を聞くと「あんまりこれといって」と歯切れが悪かった。

「みんな、何も知らないの一点張りなんですよ。どうも、オレたち警察の印象が悪いみたいで。非協力的っていうか」

明日も聞き込みに行く、と丸山は言ったけれど、その声は明るくない。わたしは在籍している女性たちに会わせてももらえなかったと言うと「お互い大変ですね」と同情された。

「まあでも、どこかから切り込んでいかないとですよね。何か分かったら、丸山さんに共有します」

警察もダメだったか。電話を切って、薄闇が広がる空を仰いだ。

翌日、いつものように井口と待ち合わせた。すっかり馴染んだ車に乗り込んですぐ、井口に昨日のプリティードールでの愚痴を零してしまった。井口は考えこむようにしたあと「わたしが客として店に行こうか」と言った。「そしたら少しでも話を聞かせてもらえるかもしれない」

「だめだよ、そんなの。嫌でしょう」

頼んでいいことではない。手を振って「いい、いい」と慌てるわたしに、井口は「その方が直接話せる。そうしよう」と頷く。

「だめだって。そこまで頼めないよ。嫌なことさせたくない」

「……あなたには、やさしさに似た偏見があるなあ」

井口がわたしを見た。

「わたしの心が女だと聞いたから、風俗店に行かせることを申し訳ないと思ったんだよね？　でもいま、わたしはお金を出して女性の体を買いに行くと言ってるわけじゃない。お金を出して、話を聞く時間を買いに行こうという提案をしてる。それに、もし逆の立場であなたが同性を買いに行くシチュエーションがあるとしたら、あなたは行くんじゃないの？」

まっすぐ見つめられて、振っていた手がだらりと落ちた。

「やさしさゆえの気遣いだと分かっていても、嫌だと感じた。わたしは、自分がほんとうに嫌なことはしないし自分から提案したりもしない。だから、わたしが自分から言ったことに対しては勝手に気を遣わないでいいよ」

「あ……ごめん。わたしまた」

「いや、心配してくれるのは嬉しいんだ」

井口が困ったように頰を掻いた。

「ごめん、わたしもうまく伝えられてないな。あなたの心配や気遣いが迷惑っていうわけじゃないんだ。わたしの心を考えてくれることは、ほんとうにありがとう」

わたしはそれにうまく答えられなくて、間にぎこちない沈黙が満ちた。それを破ったのは井口だった。ふっと笑って「何かわたし、すごく重たい奴だな。受け入れてくれただけでいいと思っていたはずなのに、いろいろ要求してしまってる」とやさしい声で言った。

「そんなことないよ。言ってくれて、助かる。わたし、気遣いの具合が分かんないとこあるみたい」

「いや、当然だと思う。わたしがあなたの立場でもきっと戸惑う」

ちらりと視線を交わし、ふふふと笑う。それから井口が「ともかく訊きに行こう」とハンドルを握った。

「店外で三人で話ができるよう、交渉してみる」

「じゃあ、お願いします。もし断られたら、その場でいろいろ訊いてみて欲しい」

「分かった。訊いて欲しいこと、メッセージで纏めて送って」

プリティードール近くの駐車場で井口を待つこと、一時間。戻ってきた井口は車内にいるわたしと目が合うと、ぐっと親指を立ててみせた。

「うまくいったの？」

「最初に、茂美さんと年の近そうな子を指名したんだけど、仲が悪かったって言うんで焦ったよ。だけど、追加でお金払うって言ったら茂美さんと一番仲良かったっていうジュリって子と連絡取ってくれた。今日の十六時……二時間後だね。小倉駅の一階にある焼き鳥屋さんで待ち合わせ」

「やった！　すごい！」

「といっても、あなたから預かってたお金をほとんど使うことになったし、ジュリって子にも払わないといけないけど」

「全然！　大丈夫！」

話が聞けるチャンスを得ただけでも十分だ。

焼き鳥店に現れたのは、十代でも通りそうな若い女性だった。小柄で、からだが驚くほど薄い。だぼっとしたスウェットにミニスカートというういでたちで、スカートから伸びる足は小学生のように細かった。

「ジュリです」

四人掛けテーブルのわたしの真向かいに座ったジュリは、微かに会釈をした。赤いインナーカラーが目立つシルバーの髪をツインテールにし、真っ白い肌に濃いアイメイク。下唇にシルバーのピアスがふたつ。わたしの知識が間違っていなければ、地雷系と呼ばれるタイプだろうか。

「初めまして、鶴翼社の飯塚といいます。同じお店で働いていた乃愛さんのことで、詳しいお話を聞かせてもらえればと思いまして」

名刺を差し出すと、ジュリはそれをどうでもよさそうにテーブルの端にやり「乃愛と仲がよかったのかは分かんないけど」と言い、店員に「生と焼き鳥盛り合わせ」と注文した。わたしたちは、ウーロン茶をふたつ頼む。

「お互いの事情とか、詳しく知らんし。でも、わりと気はあった方なんかな。好きなひとのために働いとるとことか」

すぐに飲み物が運ばれてきた。ジュリはジョッキを摑むと一気に半分ほど飲んだ。子どもが息を吐くみたいに、小さくけふんと漏らす。

「好きなひとのために、働いてる？」

「ウチ、博多に推しがおるんよ。ホストやっとるひとなんけど」

ジュリはメニューをつまらなそうに眺めながら喋り出した。推しの仕事を応援せないけんけん、この仕事しとるんよ。ウチが稼いでお店に行かんと、推しが困ると。ほんで、自分がどうやったら一番稼げるかっち考えたら風俗しかないけん、風俗やっとる。でも、それをひとに言うとけっこうばかにされる。『騙されとる』とか『利用されとるのに気付け』とか。こっちの気持ちを分かっとらん奴が多いっちゃん。ウチは自分のしとること、ちゃんと分かっとるよ？　こういうかたちでしか推しに愛情伝えられんけん、お金しか渡せんけん、分かってやっとる。でも乃愛だけは『それな』っち言ったんよ。『あたしもジュリと一緒やけん、気持ちめっちゃ分かる』っち。

焼き鳥盛り合わせが目の前に置かれ、ジュリは串を手に取った。ちまちまと串から外し、それから箸で口に運ぶ。そうしながら、独り言のように続ける。乃愛は、彼氏のために働いとるっち言っとった。すごい頭よくてやさしいっち自慢しとった。乃愛の仕事も、彼氏が管理してくれるっち。

メモを取っていたわたしは手を止めた。

「管理？」

「乃愛はぶっちゃけ、あほやった。やけん、自分の生理の予定も分かっとらんかったんよ。乃愛の彼氏は、次の生理の予定や、一日どんだけ客を取ったらどんだけお金になるかとか、全部乃愛に教えてくれとったらしいよ」

ねぎまのネギだけを皿の端に雑に除けて、ジュリは肉を口に運ぶ。

「やけん、乃愛は毎日彼氏に言われた数の客を取らないけんっち言って頑張っとった。キモ客でも文句言わんでさ。数こなさんと、彼氏から叱られるけん仕方ないけど」

「叱られる……。それって、一日に取る客数は目安じゃなくノルマに近い気もしますが？」

「ノルマっちいうか、宿題？　宿題っち、ちゃんとせんかったら先生から叱られたやん？　決められたことはちゃんとせないかんって。それと一緒。いつやったかなあ、雨と雷がすごい激しい日があって、客が全然来んかったんよ。出勤してた子のほとんどがお茶ひき状態やったんけど、乃愛だけ『やばいやばい』っち焦っとった。まじ、あんときは焦りすぎててウケた」

　思い出したように、ジュリが目を細めた。

「ウチも乃愛に付き合ってぎりぎりまで粘ってみたけど、まじで客来んくて。そしたらあの子、立ちんぼしてくるとか言い出して。外行ったって絶対無理な天気なのに。でも、彼氏のことガチで好きなんやなーっち思った。で、その日結局ふたりともゼロで、帰ろうとしたんやけど、乃愛の彼氏が、迎えに来とってさ」

　店を出たところで、傘を差して待っていたのだという。背の高い、けっこうかっこいいひと、とジュリは言った。

「ウチに気付くとにこっと笑って『乃愛がお世話になってます』っちイケボで言って、ちょっとキュンっちした。でも、キュンはほんと一瞬ね。多分あれは俺様系」

　鶏皮を串から外そうとして、うまくいかなかったジュリはぱくりとかぶりついた。「ばいばーいって手を振って別れた後、何となく振り返ったら、乃愛が傘差しとった」と、もごもご口を動かしながら言う。乃愛の方が明らかに背が低いんに、背伸びして彼氏に傘差しかけとった。肩とかあっという間にびしょ濡《ぬ》れでさ。ふたりきりになったら偉そうにするタイプと思う。ああいう男、ウチ嫌い。ウチの推しは自分が濡れても絶対にウチを濡らさんけん。

いままでだるそうに話していたジュリが、可愛らしい笑みを見せた。首元を擦《さす》るような仕草をする。

「その彼氏、タカハラって名前でした？」

「は？　名前やら知らん。キョーミないし。あ、でも写真はあるよ」

来たときにテーブルに置いた、ヴィトンのスマホケースを取り上げたジュリが手早く操作し
「これ」と突き付けてくる。

「乃愛以外の女と歩きよったの見かけたことがあって、隠し撮りしたんよ」

それは、男女が並んで駅付近を歩いている様子だった。女性の方は背中を向けているが、男はこちらに顔を向けている。ピントが合っておらず、はっきりとは分からないけれど、端整な顔立ちだというのは見て取れた。

「乃愛に見せたらすぐ分かったみたいで、『この女のひとはそういうんやないひとやけん』っち言っとったけど、写真撮る前は腕組んどったんよねー。乃愛じゃなくてこっちの女が本命かもっち雰囲気やった。乃愛は男に騙されとるんやない？　っち思ったけど、まあ、ウチには関係ないし」

「あの、この写真、わたしにくれませんか」

「いくらで？」

すかさず問われて「いままでのお話含めて」と言いながら広げた手のひらを見せる。ジュリは「ま、いいよ」と頷いて「エアドロで送るね」とスマホを操作した。わたしも自分のスマホを取り出す。

タカハラに近付いたかもしれない。緊張で微かに震える指先で、送られてきた写真をタップす

る。ジュリは「乃愛ももうおらんし、消しとこ」とドライにスマホを操作していた。

「乃愛さんが彼氏にされていた管理って、どんな感じだったの？」

これまで黙っていた井口が訊くと、手元に目を落としたままのジュリが「はー？」と尋ね返す。

「どんな感じって？」

「いや、そういうの、よくあるのかなって思って」

「あるよ。管理されてるって話、けっこう聞くよ」

片手でジョッキを摑んだジュリがぐっとビールを飲む。それから「ていうか、いいよね」とどこかうっとりとした顔をした。

「彼氏がさー、ウチがちゃんと稼げるようにウチの代わりにいろいろ考えてくれて、ウチの毎日を見守ってくれるわけやん？　愛されてるっちいう感じ、するんやろうなあ」

「え？　愛されてるって、思うの？」

「当たり前やん。ウチのことを考えて、守ってくれるっち、愛やん。愛に従っておけばしあわせになれるやん。乃愛も絶対しあわせやったはずよ。仕事上がるとき、今日は本指《ほんし》が何本でフリーはこんだけ、とかあほなりにメモってたよ。彼氏の宿題をちゃんとこなしたときはめっちゃ嬉しそうやったし、足りんときは餌を貰えん犬みたいにしょぼーんっちしとった。俺様系彼氏は嫌やけど、そういうのはちょっと羨ましかったかも」

信じられない。そんな言葉が喉元までせり上がっていて、でもどうにか飲み下した。大事な恋人に、性の仕事をノルマとして押し付けるだろうか。それが正しい恋愛のはずがない。愛情を残虐に搾取されているだけじゃないか。

ジュリがまた、首元を擦る仕草をした。よく見ればスウェットの下のアクセサリーを触っていた。きらりと光ったそれを見てわたしはどきりとする。Tスマイルペンダントだ。イエローゴールドに、うつくしいダイヤが整然と並んでいる。

「素敵なネックレスですね」

思わず言うと、花が咲くようにジュリが笑った。口元のピアスがきらきらと光を零す。

「これ？　推しから買ってもらったんちゃ。推しがラスソン一週間通しでやりたいっち言うけん、めっちゃ頑張ったことがあって、そんときにプレゼントしてくれたと。喜んでくれただけでしあわせなんに、プレゼントまでくれてまじ泣いた。一生推してこ、っち感じ」

「とてもよく似合ってます」

「まじ？　なんかこれ、ウチのイメージと違って清楚系やし、ほんとはアルハンブラがよかったんやけどね。でもやっぱ、大事やけんさー」

嬉しそうに笑うジュリはどこかあどけなく、やはり十代に見えた。

彼女の首元を飾っているものと同じものを、わたしも持っている。

宗次郎からプレゼントされた。わたしが初めて、短期ではあったけれど連載記事の仕事を終えたときのことだった。自分なりに必死に取材をし、推敲《すいこう》を重ねて原稿を書く。仕事を任せられたことが嬉しくもあったけれど、それ以上に期待に応えなきゃというプレッシャーもあった。最後の記事を脱稿したときには全身から力が抜けたような気がした。そんなとき、宗次郎が『よくやった』とブルーの箱を放ってよこしたのだ。

誕生日も記念日も意識しない男からの、初めてのプレゼントだった。ああ、このひとはこういうときにお祝いをしてくれるのかと知ると同時に、仕事を認められて誇らしいと思った。それから、自分の体の一部じゃないかと思えるほど、身に着け続けた。仕事に躓《つまず》きそうになったときや疲れ切ったときには、無意識に首元のやわらかなカーブを指で辿っていた。

いまはジュエリーボックスの奥にひっそりと眠っているペンダントを思い出す。

「あ」

突然、井口が何かに気付いたように自分のスマホを操作し始めた。それからわたしに「これさ」と画面を見せてくる。覗き込むと、それはスミの部屋にあったカレンダーの写真だった。

「これ、茂美さんのノルマと関係してないかな」

井口が画面を拡大し、赤と黄色の花が大きくなる。

「ない、とは言い切れないかも……。あの、ジュリさん」

焼き鳥盛り合わせを食べ終わって、今度は三人分のお通しのトマトのマリネを食べているジュリに「茂美……乃愛さんの先月の売り上げを調べることってできないですか？」と訊いてみる。

ジュリは「えー？　そういうの、杉本っちが管理してるからなー」と視線を空に彷徨わせた後、「それ分かったら、お金くれんの？」とわたしを見た。

「もちろん買い取る。できますか？」

「杉本っちかー。うー……ん」

しばらく悩んだそぶりだったけれど、ジュリは「見つかったら怒られるやつだから、お金多めにちょうだいね」と言った。それにもちろん頷いてみせて、「今日の分」として封筒にお礼を入れて渡すと、ジュリはこのまま『推し』に会いに行くのだと言って去っていった。

飲まないまま氷が解けてしまったウーロン茶を一口飲んで、大きく息を吐く。井口は黙ってグラスに口をつけた。

「すごく、ショック」

何と言っていいのか分からず、喉元に一番近かった言葉を吐く。

体を売ることしかできない、と自分で言う女性を、誰かが搾取している。搾取されていることにも気付かず、むしろそれを『愛』だと信じている女性がいる。それはあまりに酷い構図だと思う。

「ジュリさんに、自分の稼いだお金は自分のために使わなきゃ、って言いそうになった」

スタイルがいいを通り越した細すぎる体のためにお金を使って欲しい。でもそんなことをわたしが言ったって、彼女に響かないことは分かっている。きっと、すでにたくさんのひとがそういう言葉を投げかけたはずなのだ。

「わたしは……彼女の気持ちはちょっと理解できたよ」

井口が言う。わたしも、わたしを受け入れてくれるひとがいたら、愛と感じるものを示してくれたら、嬉しいと思ってしまう。しかもそのひとがわたしのためにわたしの生きる道筋を考えて示してくれたら、多分、喜んでしまう。そのひとが強くて自信家であればあるほど、信じて、縋ったんやないかな。それが、間違っていたとしても。愛に従っておけばしあわせになれるって彼女の言葉を聞いて、わたしも、妄信的に誰かを頼って自分を差し出す可能性がゼロじゃないなと思ってしまったよ。わたしは愛情を撥《は》ねのけられるほど強くない。たまたま、そういうひとと出会わなかっただけだ。それは幸運だったのか、不運だったのか。そういうことも、考えた。

それはとても、頼りない声だった。悩みをそっと告白するような繊細さだった。

「飯塚さんは、そういう気持ちは分からん？」

やさしく訊かれて、押し黙る。思い出したのは、あのペンダントを着けていたころ——『私立蓉明中学校二年生女子生徒いじめ事件』を追っていたときだ。いじめ加害者グループの中に西の存在を入れるか入れないかで悩んでいたわたしは、宗次郎に相談した。宗次郎は『もちろん、入れるべきだ』と断言し、わたしはその言葉の強さに安堵し、信じて、言われるままに書いた。あのときわたしは無意識に、宗次郎の持つ『強さ』に従っていたのだ。自分自身でどうすべきかを考えなくてはいけないのに、それを放棄した。

『愛に従っておけばしあわせになれる』

ジュリの言葉を思い出す。わたしは『強さ』に従っていたのだろう。従うことで、思考を手放して楽になろうとしたのだ。わたしたちは、まったく同じペンダントを持っていた。

「わたしだって、気持ち、分かるよ」

小さく発した声が、微かに震えた。

女が低いとか、生きにくいとか、そんなことを言ったけれど。でも自分の根っこに『強さ』に甘えて依存する心があった。信じるといううつくしい言葉の陰に、思考を委ねる弱さがあった。

ひとと対等に生き、ひとを信じて生きるというのは、うつくしくも醜く、強くも頼りない。

四章

警察もタカハラという男に辿り着いたと丸山から聞いたのは、北九州市役所近く、紫川《むらさきがわ》沿いにあるスイーツが売りのカフェでのことだった。実は甘いものには目がないという丸山は、ホットコーヒーを飲むわたしの前でパンケーキを美味しそうに食べながら「プリティードール周辺で菅野のことを待っている男の姿を見た、という話がいくつかあがりましてね」と言う。

「ほとんどのひとが、イケメンと形容してました。背が高くて、綺麗な顔をしてるとか。吉澤《よしざわ》昴《すばる》って俳優いるじゃないすか、あれに似てるっていう話も」

丸山が、いま人気の若手俳優の名前を挙げる。

「吉澤昴……？　確か最近、うつくしすぎる女装とかで話題になったひとでしたっけ？」

「それですそれです。ちょっと中性的っていうか、透明感？　っていうのがある感じの。髭《ひげ》が生えなそうで、羨ましいっす」

少し青い自分の顎先を、丸山が撫でた。

「話は戻りますが、菅野がプリティードールに入店したのは一年半ほど前。入店して一ヶ月ほどでタカハラが目撃され始めている。入店と交際開始がほぼ同時なのか、入店前から交際してたのかは分かりません。このタカハラ、写真が出てこないんですよ。どこからも上がってこない」

「実は、これ。出どころは明かせませんけどタカハラの写真です」

ジュリから買い取った写真を見せると、「信憑性《しんぴょう》は？」と訊かれる。聞いた話を説明すると「なるほどね、菅野本人も確認してるってことですか」とため息を吐いた。

「それなら、疑いようがないっすけど……しかしすげえ。さすが、天下の鶴翼社の記者っすね。どうやってこれを手に入れたんすか」

「それは言えません」

自慢できるやり方ではない。短く答えると「気になるなあ」と丸山は子どものように唇を尖らせ、「それにしても、優秀っすねえ」とわざとらしく眩しそうな顔をしてみせた。

「そんなことないです。いつもこんなにうまくいくわけじゃないですし」

「そうかもしれないすけど、いやでも、すごいすわ」

「いえ、買いかぶりすぎです。だってわたしは、スミが車を買っていたってことは摑めませんでした」

会ってすぐに丸山が出した書類に視線を落とす。そこには、スミが一年前に中古の軽ワゴン車を買っていた、とあった。警察がスミの自宅から持ち帰ったものの中に、車購入時の契約書や、月極《つきぎめ》駐車場の引き落としが確認できる書類があったのだという。

ひなぎく荘から五百メートルほど離れた月極駐車場には、該当車両は停められていない。

「黒の軽ワゴン車、かぁ。その辺を走っていそうな感じですね」

「そうすね。その辺に紛れ込めそうな車です」

ぞっとすることを言ってから、丸山は「この車で、タカハラともうひとり、『みちる』とおぼしき人間が逃走していると考えられます」と続けた。

「菅野の実家に残されていた菅野の字から調べたところ、メモの字は別人の手のものだと判明しました。菅野は『みちる』ではない。となると、もうひとりが」

「みちる……」

はっとして、スマホを手に取る。「これ、みちるかもしれない」とジュリの撮った写真を再度見せた。

「この写真を撮って茂美に見せたひとの話では、茂美はこの写真を見て『この女のひとはそういうんやない』って言ったそうです。っていうことは、茂美の知っているひと……みちるだと考えられませんか」

「なるほど！」

丸山がわたしのスマホの画面を勝手に拡大する。タカハラの奥にいる女性はこちらに背を向けている。ひとつ結びにした髪が背中の中ほどまで伸びていることだけが分かる。

「くそ、顔が見えない。でも、飯塚さんの言う通りかもしれない。なるほど、これがみちるか」

髪は、栗色だろうか。少し癖があるように見えるのは、パーマ？　振り向かない女性を見つめる。あなたが、みちるなの？

「いやこれ、めっちゃありがたい情報です。オレ、これ持ってすぐ戻らんと」

丸山が慌てて、皿を空にする。立ち上がり「また何か分かったら連絡ください」と去ろうとしたが、思い出したように振り返り「飯塚さんはこれからどうする予定です？」と訊いてくる。

「博多に行きます。菅野茂美の同級生に会いに」

「同級生？　事件に関係がありそうな子、いましたっけ」

「どうでしょうか。ＤＭで簡単なやり取りをしましたけど、何年も会っていなかったそうですから」

「それ、意味あります？」

丸山は小首を傾げたが、わたしから得た写真の情報の方が重要だと考えたのだろう。「まあ、お互い頑張りましょ」と言って、今度こそ店を出て行った。

丸山と別れた後、旦過市場近くにある大型書店まで歩いて向かった。そこで井口に車で拾ってもらうことになっていた。井口が着くまで少し時間がありそうだったので、なんとなしに店内を歩いて回る。文庫の新刊棚を眺めているとﾠ「飯塚さん？」と声をかけられた。振り返ると、大きくブランドのロゴが入ったトートバッグを肩にかけた、ワンピース姿の女性がいた。少し派手な印象だ。見覚えがなくてぽかんとしているわたしに、彼女は「覚えてない？　私だよ、私。吉永《よしなが》遥《はるか》」と自身を指して笑う。左頰にぽくりとできた笑窪《えくぼ》を見た瞬間、背筋が凍った。

わたしをいじめたグループのひとりだ。吉永とは中学校まで一緒だった。

「あ……。どう、も」

「すっごい偶然！　ていうか久しぶりやーん、元気しとる⁉」

大きな声をあげた吉永ははっとしたように周囲を見回し、「もちろんしとるよねえ」と少しだけ声を潜めて続けた。

「飯塚さん、いま東京で記者さんやっとるやろ？　あ、驚いた顔しとる。なんで？　っち思った？　知っとるに決まっとるやん。地元組の情報網、なめたらいかんよ」

けたけたと笑って、わたしの肩をぽんと叩いてくる。過剰にびくりと反応してしまったが、彼女はそれに気付いた様子もなく「ていうか、蓉明中学校！　神奈川のいじめがあった学校！」と続けた。

「私、あの事件すごく気になっとって、いろんな記事を見てたんよ。それで、飯塚さんの書いた記事もちゃんとチェックしとったんよね。あ、私ね、娘がふたりおるんよ。いま小四と、幼稚園の年長さんなんよ。女の子の母親やけん、事件は他人事《ひとごと》とは思えんってわけ！　そんでさ、私はいま小学校のＰＴＡ副会長やっとるんやけど、学校全体でいじめ撲滅活動に力入れてってさ」

そうだ、名刺名刺、と吉永はバッグの中から同じロゴのカードケースを取り出し、薔薇《ばら》の透かし模様が入った名刺を差し出してきた。のろのろと受け取って視線を落とすと、名前の上に『子どもすこやか応援隊　副隊長』と肩書が入っていた。

「子どもたちひとりひとりがハブられることなく仲良く生きていける世界を、私たち大人が作らないけんっち思うわけよ。それにさ、私、こういう活動を頑張ってる背中を自分の子どもたちに見せたいんよね」

照れたように、吉永が舌をぺろりと出す。その仕草は見覚えがあった。体育の授業のとき、彼女は先生の目を盗んでわたしにボールをぶつけてきた。わたしにボールが当たるたび、いじめ仲間たちに舌を出して見せていた。わたしのノートを焼却炉に放り込んだときも、上靴をトイレに沈めたときも、同じ表情をしていたのだろう。

「あ、それでね？　私、飯塚さんに連絡取りたいなーっち思っとったんよ、実は！　飯塚さんさあ、小学校で講演会とかやってみる気、ない？　うちの小学校、ときどき講師を招いて子どもたちに向けて講演してもらうんよ。いじめは絶対ダメ！　的な感じでお願いしたいけど、せっかく飯塚さんに頼むんやけん、記者として世界を見て感じたこと、っていう方向の話がいいなあ。女の子もどんどん社会に進出していく時代って言われとるけどさあ、ここら辺はまだまだ考えが古いけん」

「いや……あの」

喉がからからになっている。本気なのだろうか。誰に何を頼んでいるのか、ちゃんと分かって言っているのだろうか。

「あ！　謝礼金の話もしないといけんよね。申し訳ないけど、あんまり出せんのよー。うちの小学校、ただの公立やけんさ。でも、前向きに考えてくれん？　子どもたちのためだと思って。ね？　おねがーい。飯塚さんがやってくれたら私、子どもたちに『講師のひとはママの昔からの友達』って自慢できるんよ」

両手を合わせ、下から窺うように見てくる顔は、ちっとも悪びれていない。ああ、ほんとうに、忘れているんだなあと思った。わたしをあんなに苦しめた日々を、彼女はちっとも覚えていないんだ。

ショックを受けなかったと言えば、嘘になる。けれど、いっそ清々《すがすが》しい気持ちになった。加害者にとって、誰かを傷つけた過去なんて長く覚えているものではない。傷つけたという自覚すらないなら、なおさら。

「ごめんなさい。わたし、人前で話ができるほど器用じゃないんだ」

にっこりと笑ってみせた。

「緊張しいで、うまく話ができなくなっちゃうんだ。他を当たった方がいいと思う。ええと、青《あお》木《き》くんとか佐山《さやま》さんとか、きっとすごい大人になってるんじゃない？」

小学校時代の児童会長と、スポーツ推薦で東京の有名校に進学した子の名前を挙げると、吉永は「ダメダメ」とかたちのよい眉をきゅっと寄せた。

「青木くんはカナダに移住しとるんよね。佐山ちゃんはオーストラリア。ふたりとも、もう何年も帰国してない」

「あ、そう。詳しいんだね……。ええと、あ！　伊東《いとう》さんは？」

情報網の細かさに気圧《けお》されながら思い出したのは、小中学校のときに学年一可愛らしかった女の子だった。はっと目を奪われるくらい整った顔は子どものころから垢抜《あかぬ》けていて、まるで精巧なお人形に魂が宿ったかのようだった。スタイルもよく、手足はすらりと長い。絹糸のような艶やかな栗色の髪をいつも高い位置でポニーテールにしていた。表情が豊かで、うつくしさをちっとも鼻にかけない素直さと明るさがあって、学校のアイドル的存在だった。剛毛で眉毛がげじげじだったわたしは、彼女のまっすぐで天使の輪がある髪を、やさしい色合いでゆるやかなカーブを描いた眉を、どれだけ羨ましく眺めたことか。あの容姿ならモデルや俳優として活躍していてもおかしくない。

「あー、ミチル？」

吉永が苦笑して、「だめだめ」と片手を振った。

「あの子のいい話、一度も聞いたことないもん」

「え？　いま……みちるって、言った？」

吉永は「あ、そっか。飯塚さんもみちるか。向こうはうつくしく散るって書いて、美散《みちる》だよ。いま考えると、美散の親のネーミングセンスってちょっと変わってるよね。キラキラネーム、とまではいかないけどさあ」と言う。

「え、っと。伊東さんっていまどうしてるか知ってる？」

突然の名前に、心臓が動きを早めた気がした。そんなに都合よく話が進むはずがない。でも、ここから河豚づくしまで歩いて五分。スミが利用していたパチンコ店キャッスルまでは十数分。

遠い世界のまったく関係ない話をしているわけじゃない。

吉永は「さあ、興味ない」と肩を竦めて見せた。

「高校まで一緒だったんだけどね。あー、でも、高校卒業した後はパチンコ屋さんで働いてたって聞いたことある。確か駅の近くの……キャット？」

「……もしかして、キャッスル⁉」

「あ、そんな名前。私、パチンコとかせんけん、よく知らんけど」

動悸《どうき》が激しくなる。偶然。そう、きっと偶然。

「でも、すぐ辞めたんやったかな。その後は紺屋町《こんやまち》のラウンジで働きよるって教えてくれたの、誰やったかなあ……。ああそうだ、哲也《てつや》だ。西村《にしむら》哲也っち覚えてない？　中学校のとき、野球部の部長やってた。あいつがいっとき、美散をロックオンして店に通いよるって言っとったんよ。ほら、美散って昔からえぐいくらい可愛かったやん？　めっちゃ人気あったらしいよ。でもさー、せっかくなら歌舞伎町《かぶきちょう》とか難波《なんば》とか？　少なくとも中洲《なかす》くらい行けばよかったんにねー。あの子ならそこそこ戦えたんやないかなー」

「い、いまも……、そのラウンジで働いてるのかな？」

「さあ？　その話聞いたのはずいぶん前のことやもん。ていうか、そういう店って二十代前半くらいの子やないと働けんのやない？　私たちの年齢じゃもう、ねえ」

「あの、伊東さんが働いていたラウンジの名前って、分かる？」

偶然だとは分かっていても、やはり気になってしまう。訊くと、どうでもよさそうな顔をしていた吉永が「なんで？」と眉を寄せた。

「美散に興味あるん？」

「あるっていうか、ええと、取材対象になりそうだなあって」

言葉を濁すと、吉永は「そういや週刊ツバサってときどき『キャバ嬢の実態』みたいな記事もあったね」と勝手に納得したように頷いた。

「小倉のラウンジ嬢なんて歌舞伎町に比べたらしょぼいやろうけん、記事にしても面白くなさそうやけど。でも飯塚さんって、そういうひとたちの取材もするんやね。手広いねー」

「まあ、うん」

「分かった。哲也に訊いてみるよ」

言うなり、吉永は自身のスマホを操作して西村にメッセージを送っていた。「返信来たら連絡すればいい？」と訊かれたので名刺を渡す。鶴翼社の社名入りの名刺を吉永は「すっご」と大げさに眺めた。

「別に、すごくないよ」

「すごいって。確か東京の大学にいったんやったよね。やっぱそういうところを卒業せんと、こんな有名な会社に就職できんのやろうねー」

ふっと目を細めた吉永は「いいなあ」と呟いた。その声音はさっきまでと違ってどこか低くて、「何が」と訊くと「あ、いやほらお給料高そうで？」と笑った。

「うちの旦那より稼いどるっちゃないと？　羨ましー」

「や、稼いでるかどうかは」

話しているとバッグの中のスマホが震えた。井口からの到着したという連絡だったので、吉永に「次があるから」と言って別れた。「またねー」と手を振る吉永に居心地の悪さを覚えながら、店を出た。

井口の車は店の近くの道路脇に停まっていた。「待たせちゃってごめん」と慌てて乗り込む。返事がないので顔を見れば、井口は怒ったようなしかめっ面をしていた。

「あ、ごめん。外で待ってた方がよかったよね」

ここまで来てもらったのに、悪いことをした。しかし井口ははっとして「ああいやいや」と片手を振って見せた。

「飯塚さんのせいじゃない。これは、別」

「別？」

「さっきまで母の施設に顔を出しとったんけど、ちょっとね。思い出し怒り」

眉間の皺を指先でほぐすようにして、井口は困ったように笑った。

「母の親友がお見舞いにきてくれてたんやけど、娘さんが結婚詐欺に遭ったって話をずっとしててさ」

四十五歳になるその娘は、恋愛経験がほとんどなかったのだという。偶然知り合った——井口曰《いわ》く、出会いから仕組まれていた雰囲気の——年下の男性と恋に落ち、結婚を前提に交際を始め、いつかは同じ財布になるのだからと、自身の貯金を全部、男に求められるまま差し出した。

「結婚したら彼女の実家に近い門司駅の近くに住もうとか結婚式はお互いの家族だけを呼ぼうとか、具体的な言葉を重ねてたみたい。娘さんっていうのがひとりっ子でさ、ご両親を安心させたいって気持ちもあったんだろうね、両親のことまで気にかけてくれるなんてって疑いもしなかったらしい」

貯金を渡した後は、『いい土地があった。二世帯住宅を建てたいんだけど、頭金が少し足りない』と言われ、彼女はそれに応えようと、借金をして男にお金を渡した。

聞いているだけでうんざりしてしまうほど、よくある結婚詐欺話だった。どこをどう切り取っても、あからさまに怪しい。怪しすぎる。しかしまんまと騙されてしまうひとが後を絶たないのは、詐欺師が心の一番弱い部分に付け込むからだ。そのひとが信じたいと強く願う部分を、平気で食い物にする。

「これ以上搾り取れないと判断されたのか、ある日突然男と連絡が取れなくなった。勤務先なんかも知らなかったらしくてさ。それで娘さん、絶望して自殺しかけたんだって。いま、二十四時間態勢で家族が見守ってるらしいんだけど、『お金はいらないからせめて娘に土下座して謝ってほしい』って泣いてた」

認知症が進行し、ぼうっとしているばかりの井口の母に抱きついて泣いている友人の姿を思い出していたのだ、と井口は言った。

「それ、警察には届けてるの?」

「もちろん。あ、いま県内で詐欺事件が増えてるらしいよ。結婚詐欺もだけど、ひとり暮らしの高齢者が金目の物を盗られる事件も多いんだって」

「え! 強盗ってこと?」

高齢、まではいかないけれど、母は日中ひとりきりで家にいる。注意を促しておかなければ。

「いや、セールスを偽装して家の中に入り込んで、物色するみたい」

「それはそれで怖いな。ていうか、治安悪すぎでしょ」

セールスには気を付けてと母にメッセージを送ってから、「詐欺かあ。とりあえずその娘さんを騙した男は即刻捕まってほしいよね」と井口に憤りをぶつけた。謝罪だけなんて甘すぎる。騙し取ったお金を返すのは当然として、きちんと裁かれないと。そう話すと、井口も「ほんとだよ」と深く頷いた。

「ちゃんと罪を償ってほしいよ。あと、毎日嫌な目に遭ってほしいな」

「毎日嫌な目って、何？」

「下痢が止まらないとか鳥の糞が降ってくるとか犬の糞踏むとか」

「待って。それはもはやうんこの呪いでは」

思わず突っ込むと、井口は「ほんとだ」と自分の口に手をあてる。

「話を聞いてる間中、クソ男って思ってたからかな」

「え！　そこから？　でもいいね、クソ男にぴったりの呪いだ」

ふたりでくすくすと笑いあって、博多へと向かった。

宇部真麻《うべまあさ》と会ったのは、博多駅近くのカフェだった。女子大の四年生だという宇部にいらぬプレッシャーを与えたくないからと井口は同席せず、わたしひとりで対峙《たいじ》することにした。

まだ幼さの残る顔立ちの女性だった。ノンフレームの眼鏡をかけ、やわらかなグリーンのカーディガンにデニムパンツという恰好をした宇部はいささか緊張した様子で、「DMにも書きましたけど、あたし、あんまり話すことないんですけど」と椅子に座った。右手で眼鏡のつるを触りながら、「あの子と一緒にいたのって、中学三年生までだったし」と言う。

SNSで、茂美の身元が判明したというネットニュースの記事を引用した『これあたしの幼馴染だ……。嘘でしょこんな残酷な死に方するなんて。茂美、もう二度と声聞けないの？』という投稿を偶然見つけた。わたしがDMで取材の依頼をしたときはどこか興奮した様子で『茂美のことはよく知ってるんです。めっちゃ仲よかったんで！　中三までしか一緒にいなかったんですけど、それでも構わないですか？　あたし的には茂美を殺した犯人は付き合ってた彼氏だと思ってるんですけど、そのひとを逮捕するお手伝いができるなら、喜んでご協力します！』と即時に返信してきたが、目の前の彼女はとても居心地が悪そうだ。

わたしの差し出した名刺をじっと眺め「取材に協力したことであたしが危なくなるってことないですよね？」と迷惑そうな顔で訊いてくる。

「宇部さんから聞いた話だと書くわけではないですし、誰にもあなたの名前を漏らしません」

安心してください、と付け足すとほっとしたように顔を緩ませて「ドラマの見過ぎかもですけど、こういうときって情報提供者が危ない目に遭うこともあるなってあとから気付いて」と申し訳なさそうに言った。

「ていうか正直な話、DM貰ったときは何かちょっとテンション高くなっちゃってたんですよね。ランドセル背負って一緒に学校行ってた子があんな風にニュースになるなんて、普通ありえないじゃないですか。誰かにこのショックを知ってもらいたいっていうか？」

宇部の投稿は、インプレッション十二万、エンゲージメント七千を超す――いわゆるバズるという状態になっていた。それに対して宇部は『やばい。バズりすぎて怖い』と投稿していたけれど、件の投稿を消すことはなかった。

「ぜひ、そのお気持ちを詳しく聞かせてください。ではまず、最近は茂美さんとどういうやり取りをしていたかを教えてください」

「中学校までは一緒だったんですけど、高校は別々になりました。なので高校からは一緒に遊ぶことはなくなって、連絡もときどきになっていって。基本、SNSでメッセのやり取りをしてました」

これです、と宇部がスマホの画面を見せてきた。品の良いベージュのネイルが光る指先で画面をタップすると、いま流行《はや》りのキャラクターのイラストを背に、吹き出しが並ぶ。「前は、普通っていうか内容がまったくないやり取りしてて」と宇部が過去に遡る。『夜景キレイ』『限定コスメ買っちゃった』というような短いコメントと写真が入りまじった他愛ないものだった。

「それが、この辺。えーと、去年の三月十七日」

茂美が宇部に『彼ぴ、できたっぴ』とメッセージを送ってきていた。約一年半前——丸山の話から考えて、これはタカハラとの交際が始まったと考えていいだろう。宇部はそれに対して『おめでとう。どんなひと？』と尋ね、茂美は『どちゃくそいけめん』と答えている。

「この後、電話をかけて少しだけ話しました。年上で、めっちゃかっこいいひとだって自慢してて。でもそれからは全然連絡なくなって。あたしからも連絡しなくなって、そんで最後、これ」

最新のメッセージを宇部が表示させた。

「こわい夢ばっかみる……？」

無意識に、口に出して呟いていた。

『のあね、最近、こわい夢ばっかみるんよ。こわくて全然寝れん。まーちん、たすけて』

「あの子、昔っから自分の名前が嫌いで、自分のことを『のあ』って呼んでいました。そっちのが可愛いから、って。こっちの『まーちん』ってのは、あたしのあだ名です。そんで、あたしはこのメッセージ貰った後に、気になったから電話かけてみたんですけど、出なくって。時間を置いて二回かけて、二回とも繋がらなかったからもうかけるのをやめました。向こうからも、なかったです」

日付は、今年の七月十日。スミの遺体が遺棄されて、数ヶ月が経過したころだ。

スミの死後も、茂美は『タカハラ』や『みちる』と共にスミの家に住んでいたと思われる。茂美はスミの遺体を遺棄したことに罪悪感を覚えていた、とか？　考えすぎ？

「すみません。あんな投稿しておいて実は、こんなやり取りだけなんです」

考え込んでいるのを別の意味に捉えたのか、宇部が早口で言った。「まあでも、これもちゃんと事情があるんですけど」と続ける。

「茂美って呆れるほど男運悪いんで、今度の彼氏も酷い男で、その男の影響でドラッグにでも手を出しちゃったかなって思ったんですよね。下手に関わるとあたしにも害が及ぶかもしれないから、それ以上のコンタクトは避けてたんです」

「男運が悪いって、どういうことですか？」

「中学のころから、ろくでもない男にばかり引っかかってたんですよ。そんで、付き合うたびに彼氏の影響受けまくりで、中学のころはタバコにハマったこともあって。そんであたしに『まーちんも、のあと一緒に吸ってみよー』なんて平気で言ってくるんです」

宇部は「ひどいもんでした」と顔を顰める。それからふっと表情を緩めて、離れたテーブルに目線を流した。追うように見ると、四人家族がパフェを食べている。両親はコーヒーを飲みながら談笑し、小学生くらいの女の子が妹らしき小さな女の子の口周りをハンカチで拭いていた。

「SNSでは友達みたいに書きましたけど、あたし、ほんとうはずーっと茂美のこと嫌いだったんですよね」

独り言ちるように宇部が続けた。茂美が住んでた団地から歩いて三分のところにあたしの実家があるんです。近所に同い年の女の子ってあたしたちしかいなくて、だから自然と一緒に過ごすようになって。茂美と一緒にいて楽しかったのって、保育園まででした。茂美は空気が読めないし、だらしないしすぐパニックになって泣くし、怒るし。あたしはいっつも、そんな茂美の面倒を見させられてたんです。いま思えば、茂美のお母さんも悪かったと思うなあ。髪はいつもぼさぼさだったし、制服のプリーツスカートはしわくちゃ。ハンカチは毎日忘れるし歯磨きはしないし、宿題なんてしてきたためしがない。毎回あたしが注意して毎回泣かれて、毎回慰めて毎回尻ぬぐいしてたけど、あれってほんとうは茂美の家族や、担任のやるべきことですよね。だんだん嫌になって、茂美から離れて他の子と遊ぼうとしたら、茂美のお母さんもうちの親も、先生たちまで『お世話してあげて』って諭してくるんですよ。茂美ちゃんは真麻ちゃんがいないと何にもできない子だから助けてあげて、お願いって。

この子は、茂美の母が言っていた『賢い友達』だ。はっとしたとき、ふたり分のアイスティーが運ばれてきた。ストローを挿し、ひとくち飲んだ宇部が続ける。何がきっかけだったのかは忘れちゃいましたけど、小学校四年生のとき、もう嫌だ！　ってキレちゃったんです。それで、茂美を無視して他の子と帰り始めました。でも……三日目くらいで、茂美ってば変質者に公衆トイレに連れ込まれちゃったんです。たまたま通りかかった近所のおばさんが、ランドセル姿の女の子と挙動不審なおじさんがトイレの中に消えていくのを見かけて、その中から変な声がし始めたってんで慌てて警察呼んだんです。大人たちは未遂だって必死に言ってたけど、ほんとうのところはどうだか。茂美のお母さん、『真麻ちゃんが見ててくれたんじゃなかったの！』ってうちに怒鳴り込んできたんです。大人があんなに取り乱して泣いてるの、初めて見た。怖くて怖くて、泣いて謝りました。

宇部がテーブルに置こうとしたグラスが、がしゃんと大きな音を立てて揺れた。慌てて支えた顔は強張っていて、わたしは彼女がSNSに投稿した理由を考えた。

「まあそれで、元の木阿弥《もくあみ》でまた一緒にいるようになったんです。でも中学入ってすぐに茂美に彼氏ができて……二個上の先輩だったんですけど、そのひとと付き合うようになって、ちょっと距離ができました。ヤンキーだったんで、そのひと。あたし、ヤンキーって大っ嫌い」

彼氏ができたら少しだけ距離ができ、彼氏と別れたら宇部のところに戻ってくる。そんな三年間が終わり、宇部と茂美は別々の高校に進学した。卒業式の日、たまたま彼氏のいなかった茂美は『まーちんがいないと、のあは生きていけないよお』と泣きついてきたが、宇部は『これでやっと解放される』と清々しい気持ちになったという。『もう、世話を焼かなくってたっていいんだ』と。

「高校一年の冬でした。母から、茂美が高校を退学したって聞きました。いつかそうなるだろうなと思ってたけど、早かったなー。そのあとすぐ、街中で茂美を見かけたんです。絶対まともな大人じゃないっていう恰好をした男と腕組んで歩いてて、みんながあったかい恰好している中で、あの子は胸の谷間まで見えるような、下着みたいなうっすい服を着てへらへらしてました。あたし、それ見てさすがに腹が立っちゃって」

周りにいる大人は何やってんのって思いませんか？　と宇部はわたしに訊いた後、続けた。

「茂美って自由奔放そうに見えるんですけど、自分が大切に思ってるひとの言うことはちゃんと聞くんですよ。中学のときはあたしや保健室の先生、あと一年生のときの担任の先生が注意すると、耳を貸してました。タバコも、あたしが本気で怒ったら止めてくれたし。だから、茂美が好きなひとが注意すれば、あそこまであからさまに危ないひとと付き合ったりしなかったと思うんです」

「でも、誰も言わなかった」

「そうです。だからあたし、その日に茂美に電話したんです。街で見かけたけど、いまの彼氏は絶対によくないタイプだよ。すぐに別れな、って。でも……」

グラスに手を伸ばし、宇部はストローを摘まんだ。乱暴にがしゃがしゃかき回しながら「やだあって、笑い飛ばされました。のあのこと一番大事って言ってくれるひとだから、別れるなんて絶対しないもんって。めっちゃ、あっけらかんとしてた。あの瞬間、ああもう茂美はあたしのこと大切じゃないんだなあって分かりました」と続け、ぴたりと手を止めた。宇部の手の中で、カランと氷がぶつかる音がした。

「中学校を卒業したのをきっかけにフェードアウトしたのはあたしの方なんで、当然っちゃ当然なんです。でもちょっとショックで、いや本音は、だいぶムカついて。あたしは茂美のことを心配して、善意で言ってあげてるのに！ って。そう思って当然じゃないですか？ で、それならもう好きにしたらいいじゃんって言って、電話を切りました。一ヶ月くらい経ったころ、まーちんの言う通りだった、あのひと悪いひとだったぁ、って泣きながら電話かけてきましたけどね。いまさら何言ってんのって感じでした」

それからも、ふたりは浅く緩く繋がり続けた。

「茂美が付き合った男に、まともだなって思うひとはひとりもいなかったんです。ギャンブル好きに二股男。俺様タイプに借金持ち。殴られて顔がびっくりするくらい腫れちゃったーって連絡してきたこともありました。でも茂美はいつも『いいのいいの』って笑ってた。『のあのこと好きって言ってくれるひとだからいいの』って。好きって言われたら何でもいいんですよ。あの子は、ほんとうに男を見る目がない」

ふっと口を閉じた宇部が、じっと視線を向けてきた。メモを取るために手にしていたボールペンを、わたしは無意識に指先で転がしていた。

「ごめんなさい。癖で、つい。失礼しました」

手を止めて頭を下げると「そういう意味で見てたんじゃないです」と片手を振った宇部は「ただ、記者さん……飯塚さんはあたしのことをどう思って話を聞いてるんかなって気になっちゃって」とどこか哀しそうに笑った。意味が分からず「どう思って、って？」と訊く。

「や、酷い女だなって思ってるのかなって。そう思われても当然の話をしてるんですけどね。あたしも、自分で自分を酷いなって思うし」

困ったように天を仰いで、きょろきょろと目を動かした宇部は、ふっと口を閉じた。それから数拍の間の後「友情で繋がり続けたわけじゃないんですよね」と言った。

「そんなんじゃないんです。あの子のことが心配だったからってわけでもない。あたしはただ、茂美をヲチってたんです。茂美みたいな危機感のない、ひとりで生きてく力もないアホな子がこれから先どんな風になっていくのかなって興味本位で眺めてただけ。だから茂美の最後のメッセージを『ヤバいかも』って思ったけど、何もしなかった。何もしないことで何が起きるだろうって、そっちの方が興味あった。最低ですよね。『たすけて』なんて茂美からメッセージ貰ったの、初めてだったのに。おかしいと思ったのに、結局無視」

あはは、と宇部が乾いた声で笑う。

「ひとの善意とか悪意とか、全然分かんない子なんです。あたしはそれをよーく知ってた。誰より知ってた。その上で、あたしは悪意で繋がってた。それだけなのに、そんな奴にたすけてとか、ほんとアホ。きっと、彼氏に殺されたんですよ。そんで、あの子は死ぬ寸前まで殺されるなんて分かってなかったんじゃないかな。そういうアホだもん。ウケる」

宇部の空虚な笑顔が、知依の顔と重なって見えた。ひとしきり笑った宇部は「まさか殺されるとは思わなかった」と声を低くして続けた。

「そんなん、想像しないじゃないですか。いやでも、ほんとうは、心のどっかでちょこっとは、思ってたのかなあ。いやもう、どうでもいいことですけど。あたしが目を離すとあの子が酷い目に遭うって子どものころから分かってたのに、それでも目を離したのはあたしだし。酷いことをしたって自覚はあっても、もう遅いし。……あの子、死んじゃったし」

あーあ、と声をあげて、宇部は離れたテーブルの仲睦まじそうな姉妹を眺めた。

わたしは、数年前に書いた記事を思い出していた。

賢いから、聡《さと》いから、という理由だけでクラスメイトやきょうだいのサポートをさせられている子どもについて取り上げた。自分のやりたいことを我慢し、誰かのために時間を使う『いい子』を大人たちから強要される子がいる。

取材したのは、そういう『いい子』を求められて自分自身を見失ってしまった中学生の女の子だった。四人きょうだいの長子で、家庭的で面倒見がよかったが、両親が共働きで忙しくしていたから、そうせざるを得なかっただけだった。そんな彼女を、当時の担任教諭は『世話を焼くのが好きな子』として扱った。身体障碍《しょうがい》のある女子生徒のサポートを任せたのだ。同じクラスで、席はいつも隣同士。校外学習も修学旅行も、『お世話係』として傍にいることを求めた。その結果、彼女はうつ病を患って登校できなくなった。

やりたい部活がありました。参加したいイベントがありました。休み時間に読みたい本もあったし、輪に入って一緒に騒ぎたいと思うグループもありました。でも、あなたは健康で何でもできるんだから、あの子のためにちょっとだけ頑張ってと言われました。もっとやさしくなってと言われました。だから、やりたいことは全部我慢しました。でも、私はもう何にもできなくなっちゃいました。最初は好きだったあの子のことも、いまではもう、思い出したくありません。記事に寄せてくれた彼女の作文の字は、泣いているみたいに震えていた。

支え合うのは、正しいことだ。ひとはひとりで生きていけるものではなく、ひとりで完結できるものでもない。足りない部分を補い合って、支え合って生きていく生き物だ。それを子どものころから教え、誰かを支えるということを学んでもらうのも、決して間違いではない。けれど、それを大人の事情で押し付けるのは、違う。

本来大人がやらなければいけないことを子どもに任せ、その子が心を砕き、自身の自由を失って苦しむのを『うつくしい姿』として称賛するのは、間違っている。大人が讃《たた》えれば子どもはそれに応えようとして『痛い』『苦しい』と思う自分こそが悪いと思ってしまう。子どもを大人の都合で消費してはならない。

宇部も、記事で取り上げた子も、『ヤングケアラー』だ。大人たちがもっと責任を果たしていたら。宇部が茂美に対して当たり前の友情だけ抱いていられれば、もっとフラットな関係でいられたら。たられればを無意識に想像して、でもすぐに頭を振って意識の外に追いやった。

帰り際、宇部に「茂美さんは、彼氏について何か言ってなかったですか？　何でもいいから、思い出せることがあったら教えてほしいんです」と訊いた。話し終わってどこか気が抜けたような顔をしていた宇部は、「えっと……」と眼鏡の右側のつるを摘まんだ。考え込むようにしてつるを擦り、「あ」と呟く。「どうでもいいことだと思うんですけど」と前置きをして、「えっちがめちゃくちゃ気持ちいいって言ってました」と小声で言った。

「前戯、っていうんですかね？　それに時間かけてくれて、やさしくしてくれたみたいです。えっちで初めて愛を感じて、気持ち良すぎてえっちの間ずっと泣いてたとか、そういうことをすごい興奮して喋ってて。あたし、そういう話はひとと話したくないタイプなんで、それ以上はもう止めてって言って、あとは聞いてないですけど」

こうして性的な話題に触れるのも、ほんとうは苦手なのだろう、どこか怒ったように言って俯く。わたしは頭を下げた。

「そんなことでも、茂美さんを殺めた人間に辿り着くヒントになると思います。辛い中、お時間を作って話してくださって、ありがとうございます」

「あたしは、何も……。でも、早く犯人が見つかればいいって、思ってます。これは、心から言ってます」

宇部がわたしを見る。レンズの奥の目のふちが少し赤かった。


帰路の車内で、井口に宇部から聞いた話をすると、井口は「茂美さん、会ってみたかったなあ」と呟いた。

「ずっと、寂しかったんだろうな」

「そうだね」

「きっと、とても生きづらかったと思う。それをちゃんと理解してくれるひとにも出会えなかったんだろうな。友達とも、家族とも分かり合えなかったっていうのは、ぞっとするほど孤独だよ」

周囲にいた彼らを責めたいわけじゃないけどさ、と井口が付け足し、わたしも頷く。

茂美の家族は、茂美を愛していなかったわけではないだろう。彼らなりに愛情を注いでいただろうと思う。宇部だってそうだ。しかしその愛が茂美の心をきちんと満たすものであったかと言えば、きっとそうではなかった。どこか歪んでいて、どこかねじ曲がっていて、茂美にまっすぐ届かなかった。

茂美はずっと、『愛される』ことを欲して生きてきた。茂美の兄保志も『恋愛依存』と言っていたし、宇部の話を聞いてなおさらそう感じた。家族や友人から望む愛を得られなかった茂美は、愛してくれるひとを求めて、そのひとのために生きてきたのだろう。だから、愛のためならどんな扱いを受けたとしても受け入れ続けた。

さっき宇部は『どうでもいいこと』だと言ったけれど、わたしは茂美の人となりを知るための大事な話だと思った。茂美は自身の体を丁寧に時間をかけて愛されることで初めて『愛』を感じた。初めて心を満たしてくれた相手のために、茂美は何を許してどんな扱いを受け入れたのだろう。

バッグの中からスマホを出し、写真を開く。スミのアパートの部屋にあったカレンダーを撮ったものだ。拡大すると、赤と黄色の花が大きくなる。

宇部と会う直前に、ジュリからメッセージを受け取った。『五万』とだけ書かれたメッセージには写真が添付されていて、それは乃愛——茂美の売上表を撮ったものだった。井口と共に写真と照らし合わせてすぐに、本指名の数が赤い花、フリーの数が黄色い花の数と合致していることが分かった。

カレンダーに小さな花を描いている背中を想像する。今日はたくさん、今日はだめ。その表情はどんな風だっただろう。その日々に、ちゃんとしあわせはあったのだろうか。もう本人には訊けないけれど、せめて、安らかに微笑んで眠る夜があったことを祈らずにはいられない。

子どもの落書きにも見えるつたない花を、じっと眺めた。

「七月の頭で、花は描かれなくなってる。何が、あったんだろう……」

悪夢と関係があるのだろうか。花が描かれなくなっても、茂美は出勤し続けているけれど……。

「腹立つ」

井口が突然言い放つ。怖い顔をして「腹立つなあ」と車のハンドルにこぶしをぐりぐり押し付けていた。

「行きに話したクソ男もそうだけどさ。わたしは、好きって気持ちを搾取する奴が一番許せない。タカハラ、だっけ。絶対クズだよ、ドクズ。絶対、捕まってほしい。そんで、どんなイケメンなのか知らないけど、とりあえずいますぐ十円ハゲが五個できて、それが最終的にくっついて大きなハゲになれ」

ああ、ムカつく。ハゲろ。ハゲろ。そう言ってこぶしを何度もハンドルに叩きつける井口をしばらく見つめた後、わたしは思わずぶっと噴き出した。

「え、何？　どうかした？」

「いや、井口さんの怒り方って、独特って言うか、変わってるよね」

くすくすと笑いがこみ上げる。

「え？　嫌じゃない？　だんだん悪化してくハゲ」

「嫌だけど、何かおかしいっていうか。井口さんの呪いって、笑える」

いまにも摑みかかりそうな表情で「ハゲろ」を繰り返す姿がどうにもおかしくて、笑ってしまう。井口は「一緒に呪おうよ」と少しだけ楽しそうに言った。

「何かさ、事件に引きずられて暗い気持ちになるより、犯人を呪う方が気持ちが前向きになれると思う。わたしたちはせめて、少しでも前向きでいよう」

「確かに。よし、前向きに呪おう」

「前向きに呪う！　パワーワード！」

ふたりでくすくす笑っていると、井口が「あ。ちょっとごめん」と車をコンビニの駐車場に停めた。「電話がかかってきたみたい。どこからだろ」とスマホを取り出す。

「さくらの杜《もり》……母の入所先だ。どうしたんだろ」

井口が電話をかけ直す。短く通話を終えた井口が「ごめん、今日は家まで送れそうにない」と片手で謝った。

「母が、他の入所者さんの転倒に巻き込まれて怪我をしたらしい。打ち身だっていう話だけど、気になるからこのまま母のところに行きたいんだ」

「大変！　いいよいいよ、わたしここから適当に帰るよ」

わたしはどこからだって帰れるのだ。降りようとすると、「いや、小倉駅まででいいかな。そうすると、さくらの杜に近くて」と引き留められる。

「こんなときにわたしのことは気にしないで。バスでも電車でも帰れるんだし」

「いやさすがに置いていけない。あ、そうだ。よかったら付き合ってくれない？　駐車場で待っててくれてもいいし」

「え！　それならご挨拶するよ。まったく知らないわけじゃないんだし」

道端で会えば、互いに会釈しあっていたのだ。井口にはいま世話になっているわけだし、水くさい。申し訳なさそうにする井口だったが、やはり母親の様子が気になったのか「じゃあ行こう」とすぐに車を発進させた。

さくらの杜は一見マンションにも見える綺麗な建物だった。

「へえ、いまの介護施設って、施設って感じがしないね。住みやすそう」

「特別養護老人ホームで、ここは常に看護師がいて様子を見てくれるから、安心だよ。少し高いけど」

肩を竦める井口に付いて、中に入る。入口にある事務所カウンターの窓を覗いた井口が「あの」と短く声を発しただけで「あー！　申し訳ありませんでした！」と元気な声がした。次いでドアが開き、四十前後の男性が出てくる。坂本《さかもと》と名札を付けた彼は「申し訳ありません」と深々と頭を下げた。

「他の入居者の方が、転倒したときに近くに座っていた国子《くにこ》さんの肩を摑んでしまって、一緒に……。その方は普段はひとりでしゃきしゃき歩けていたので、いやこれは言い訳になってしまうんですが」

坂本は心底心苦しそうに言い、「国子さんはかかりつけの先生に診てもらいました。肩から落ちて、その部分が痣《あざ》になってしまったのですが、頭を打ってはいません。湿布を貼って様子見でよいとのことでした」ともう一度頭を下げた。

「ご対応ありがとうございます。ともかく、母に会って顔を見てもいいですか」

「ええ、ええ。もちろんです。どうぞ」

坂本に案内されて、井口の母の部屋へと向かった。

部屋は個室であるらしい。出入口ドアのところは個人名ではなく『すもも』とプレートが掲げられていた。『さくらんぼ』『あんず』などもあったから、果実で統一しているのかもしれない。

「国子さん、息子さんが来られましたよ」

引き戸を開けて、坂本が声をかける。先に入ったふたりに続いて中に入ると、ベッドにちんまりと眠る白髪の女性がいた。「お母さん」と井口が呼びかけると、うっすらと目を開く。

「お母さん、転んだんだって？　大丈夫？」

井口が言うと母は「知らん」と口をほとんど開けずに言った。

「どこか、痛いところはない？」

「知らん」

酔ったようなとろりとした目をした彼女は、井口の向こう側を見ているようだった。

「巻き込まれてびっくりしたでしょう」

「知らん」

「覚えてないのかな。でもそれならそれで、怖い思いを忘れられていいか。ね、お母さん」

「うるさい」

言い捨てて、口をきゅっとへの字に結んだ。もう喋りたくない、という意思表示だろうか。ため息を吐いた井口が坂本に目をやり、「パニックになっていないようでよかったです」と視線を下げる。

「転倒した際はひどく驚かれていましたけど、先生と話しているうちに落ち着かれて」

「そうですか、よかった」

わたしはふたりの後ろから、井口の母を見ていた。くるくるといろんな方向にはねた白髪の奥に、ピンク色の頭皮が見える。深い皺が刻まれ、頬には大小のしみがいくつか散っている。目は虚《うつ》ろなのに、ぐっと力を入れている唇。ささくれのように皮がめくれていた。

記憶の中のひとと似ているけれど、どこかが違う。以前、認知症患者とその家族の取材をしたときに、些細な日常の中に喜びを見出しても、目の前の差し迫った状況によってあっさりと消え去ってしまうという哀しみを聞いた。思うようにケアできず、愛された過去と照らし合わせては自身の力不足を痛感するという涙を見た。そういうことをぼんやりと思い返しながら、子どもの顔をした井口の横顔を見つめた。

視線を感じてふっと顔を向けると、井口の母がわたしを見ていた。その目に光が宿っているように見えて、思わず井口の服の裾を引く。井口はわたしの目の先を追い、それから「お母さん？」と声のトーンを明るくした。

「どうしたの、お母さん。機嫌がよくなったの」

井口が母親の顔を覗くと、井口の母は「けっこん」とはっきりと言った。

「たーちゃん、お母さんに、お嫁さんを見せに来てくれたんやね」

ぱ、と顔を明るくした母親に、井口が凍り付くのが分かった。坂本がわたしを見て戸惑った顔をする。

「おばさん、わたし、近所に住む飯塚の娘です。いま、仕事で雄久さんにお世話になっていて」

「ああ、お嫁さん！　やっと！　やっと来てくれたんやね！」

わたしの言葉を聞かず、井口の母は布団の中から細い腕を差し出してきた。

「ずうっと待っとったんよ。ずうっと。あ、嬉しい。嬉しい」

ぽろぽろと、涙を零す。震える手を受け止めないわけにいかず、わたしはその手を両手で取った。老人とは思えない力強さで握りしめられる。

「あの、わたしは仕事で」

「信じて待っていてよかった。たーちゃん、よかったねえ」

さっきまで自分の状況もきちんと把握できていなかったであろうひとが、しっかりとわたしの目を見て繰り返す。その目にあったのは、純粋な喜びだった。

言葉が出なかった。あなたの子どもは、あなたから貰った言葉で新しい一歩を踏み出したところなんです。自分の人生を生きようとしていたところだったんです。なのに、そんな風に言わないで。喉元で、言葉が凍り付く。

「ねえそこのあなた、熊本の義姉《ねえ》さんに連絡取ってくれんね。あんひと、井口の家に跡取りができんちずーっと嫌みを言ってきとったけん、はよう教えてやりたいんよ」

興奮気味に坂本に言い、坂本は「熊本のお姉さんね」と微笑んで答えた。

「それは連絡しないとね。あとから電話してみますね」

坂本がわたしにそっと近づき「あまり否定しないでください」と声を小さくした。

「否定されることがストレスになるので」

小さく頷いた。言動を否定されることがストレスになり、癇癪《かんしゃく》に繋がることもある。感情の高ぶりをセーブできないのは、周囲だけではなく本人にとっても苦しいことなのだ。

「ねえ、お嫁さん。名前なんち言うんですか」

井口の母に無邪気に問われ「みちるです」と笑みを作って答える。

「ああ、かあいらしいひとやねえ。ねえちょっと、お義母《かあ》さんち呼んでくださらんかね」

一瞬、井口が気になった。でも別人のように生き生きとしている様子を見れば断れなくて、「おかあ、さん」と呼んだ。とたん、彼女はまた新しい涙を零す。

「夢みたい。夢みたいよ」

がたん、と大きな音を立てて井口が後ずさりした。蒼白《あおじろ》い顔で、母親と、わたしたちを見回す。その顔は、刃を突き立てられたような衝撃と苦しみを張り付けていた。

「ふ」

井口の唇が戦慄く。いや、唇だけじゃない、全身が震えていた。

「ふざけんな！」

室内に、びりびりと怒鳴り声が響いた。「あ！」と声をあげた坂本に「すみません、これで失礼します！」と言い置いて、部屋を飛び出していった井口の後を追った。

駐車場の、井口の車の前でやっと追いついた。自分の車にしがみつくようにしていた井口に声をかけようとするも、何と声をかければいいのか分からない。井口が感じた苦しみを想像できても、それは本物ではない。わたしは井口の痛みをほんとうには理解できない。

少しだけ考えて、おずおずと井口の肩を抱いた。瞬間、力任せに振り払われて尻もちをついた。べたんと座り込んだわたしに、井口の視線が降ってくる。

激しい怒りだった。

「何。何のつもりで触るの」

井口の声が濡れている。涙ではなく、血のような気がした。わたしは井口の傷に手を突っ込むような乱暴をしたのかもしれない。

「気持ち悪い！　女に触られるの、気持ち悪いんだよ！」

井口が声を荒らげ、車のボンネットをばんばん殴る。それから、その場にへたり込んだ。両手で顔を覆い、しばらくの沈黙の後「ごめん」と絞り出すように言った。

「……わたしこそ、井口さんに嫌な思いさせて、ごめん」

じんじんと尻が痛む。思わず地面についた手のひらも痛い。でも、井口はきっと、もっと激しい痛みに耐えている。

「さっき、お嫁さんっていうのを否定できなくてごめん。井口さんにとって残酷なことだって分かってたはずなのに」

井口の言葉が本当なら、カミングアウトされているのはわたしだけだ。そのわたしが、井口の心を軽視するような行動をとってしまった。

「ううん。母に合わせてくれて、よかったんだ。それが最善なんだ。でも……」

井口の言葉が途切れ、わたしも黙る。鳥の鳴き声がして、空を仰ぐ。数羽の鳥影が、オレンジ色の夕日を背に山の方へゆうらりと去っていく。どこか優雅なその様子を眺めながら、カラスの子の歌を無意識に思い出していた。

手の甲にぬくもりを感じて、視線を落とす。井口の手が乗っていた。

「ごめん。慰められることなんてめったになくて、慣れてなくて動揺した。酷いことを口走ったけど、本心じゃない……。あなたのことは嫌じゃないし、労りだって分かってるんだ。ごめん」

手が震えていた。わたしはその手を握り返し「謝んないで」と言う。

「謝んないで。謝られたら、わたしはこれから、寄り添う方法が分からなくなる」

長い間の後に井口は「ありがとう」と言葉を落とした。

その日の夜遅く、『明日は何時に待ち合わせしますか？　どこへ行くか決まってる？』と井口からメッセージが届いた。

甘えていいんだろうか、と思ったのは一瞬だった。ここで、気まずいからと距離を取るのは違う。

『スミ名義の車が太宰府《だざいふ》で発見されたと警察から連絡を貰いました。太宰府に行きたいけど、いいですか』

自宅に戻ってすぐに、丸山から電話を貰っていた。わたしが『もしもし』と言う前に『発見されました』と早口で言われた。

『スミ名義の軽ワゴン車が、太宰府市内のコインパーキングで。しかし車両のみで、タカハラやみちるは見つかっていません』

『どういう状況でしょうか』

『事件を取材していた樂文社《がくぶんしゃ》の記者から通報を受けたんです』

丸山が苦々しげに言った。

『独自に何かを辿っている途中に見つけたってところでしょう。ま、そこのところは教えてくれなかったですけど』

車両はすでに警察が押収したあとだという。いくら何でもすぐに飯塚さんに連絡できるわけじゃないんで、と丸山は言い訳のように続けた。

『まあ、ともかく一応、情報は伝えましたよ。そちらは、手ごたえありました？』

『いえ……丸山さんにお伝えするほどのものは』

『ほんとうっすか？　いやまあ、そうっすよね。これ以上外部に出し抜かれたら、こっちも立つ瀬がないっす』

ははは、と丸山は力なく笑って、『ま、そういうわけなんで』と短く纏めて電話を切った。

井口から『了解』と短い返信が届く。『ありがとう』とだけ返した。

翌日、井口とどこかぎこちない空気を挟んで太宰府に向かった。しばらくしたころ、車内で井口が「昨日は、いろいろありがとう」と小さく頭を下げた。

「パニックになってしまって、飯塚さんにも迷惑をかけてしまったけど……」

「わたしは井口さんと、言いたいこと言って、我慢しないでいられる関係でありたいと思ってる」

一晩考えた言葉だった。

「だから、嫌なことは嫌だと言ってほしいし、パニックになったときも隠さず見せてもらいたい。そうじゃないと、わたしが同じ状態になったときに、困るから」

うまい言い方じゃないかもしれない。でも、本心だった。一緒に行動している以上、余計な気を遣いあっていたくない。井口は少しの間のあと、「ありがとう」と言った。

「あと、わたしも失敗したなと思ってるんだ。昨日、『わたしは雄久さんの友達です』って挨拶すればよかったな、って」

近所のひとや仕事上の関係のひと、ではない。井口はふっと笑った。

「それは、どうも」

「いえいえ」

空気がそっとほぐれた。

教えられたコインパーキングにそのまま向かう。昨日のうちに捜査を終えたのか、警察関係者の姿はなかった。代わりに、たくさんの観光客がいた。

コインパーキングから太宰府天満宮まで、歩いて十分ほど。太宰府天満宮の参拝者は年間約一千万人、県外や海外からの観光客も多い。飲食店や土産物店が多く、どこもとても賑わっている。コインパーキングから一番近い雑貨店に入り、レジにいた若い女性店員に、黒い軽ワゴン車とそれに乗っていたであろう男女二人組について訊くと「そんなんいっぱいいますよ」と笑われた。

「ていうか、昨日警察が来て、おんなじこと訊かれました。そこのコインパーキングでしょ？　この辺、どんだけのひとが利用すると思ってんですか。何日も停まってたとか言ってたけど、そんなんいちいち見てないし」

小馬鹿にするように言われるも、「何日も停まってたんですか」と訊く。

「何かそうらしいですよ。コインパーキングだったら防犯カメラとかついてるんじゃないですか？　そっち調べた方が早いんじゃないですか？　って言ったら、嫌な顔されました」

それから何店舗も回ってみたけれど、応対はだいたい同じようなものだった。中には「また来た」と言うひとがいて、聞けば樂文社の記者だった。

「樂文社……。それってきっと車を発見したひとだよね。誰が取材してるんだろう」

独り言ちると、井口が「樂文社っていうと、週刊ウタフミって雑誌？」と訊いてくる。

「多分そうだと思う。気になるな……」

同じ福岡県内とはいえ、太宰府市と北九州市は離れている。どこにでも走っていそうな黒い軽ワゴン車を一台、どうやって見つけ出したのか。わたしの知らない糸口がどこかにあったのか……。

太宰府市内を一日中歩き回ったけれど、これぞという情報は得られなかった。丸山からも進展を知らせる連絡は入らない。井口が「警察の面目潰されたと思ってるんじゃない？」と冗談めかして言ったが、笑えない。これからは丸山の情報も期待できないかもしれない。

太宰府駅近くの開店前の居酒屋に入ろうとすると、先客らしきひとが出てくるところとかち合った。

「あら、ごめんなさい」

女性がわたしの横をすり抜ける。その姿を見て、「あ」と声が出た。

仕立てのよさそうなグレーのスーツを着こなした、すらりと背の高い女性だ。年は五十前後といったところだろうか。グレーのメッシュが入った黒髪を顎先でばさりと切り落としている。顔立ちはきりりとしており、涼やかな目に少し薄めの唇。どこかで見覚えがある、と反射的に感じたのだが、「何か?」と見下ろされてはっきり思い出した。

「樂文社の方ですよね⁉」

間違いない、樂文社の記者だ。取材先で何度か見かけたことがある、と言っても会話を交わしたことは一度もなかったけれど。

このひとが、スミ所有の車を見つけたに違いない。

「初めまして。わたし、鶴翼社の飯塚みちると申します」

慌てて名刺入れを出し、一枚差し出す。受け取った彼女は「飯塚、みちるさん。鶴翼社」とゆっくり読み上げた。

「ああ、堂本のところの、ね。樂文社の伊能芹香《いのうせりか》です。主に『ウタフミ』で記事を書いてます」

名刺からわたしに顔を向け、眺めまわしてくる。小首を傾げると、彼女はふうん、と鼻を鳴らして再び名刺に視線を落とした。

「北九州で取材してるとき、鶴翼社の記者も動いてるって話を耳にしたけど、まさかあなた? 辞めたって聞いてたけど、復帰したの?」

声に、あからさまな敵意があった。隠しもしない棘《とげ》に「わたしのこと、ご存じなんですか?」と訊く。彼女に嫌われるようなことはしていない。そんな接点はなかった。

「知ってるわよ、もちろん。あなたがあの事件を中途半端に扱ったことも」

中途半端、のところをもったいぶって言った伊能は「あなた、記者向いてないわよ」とわたしに名刺を返してきた。

「ま、あなたがどんなクソったれな仕事をしてクソったれ記事を書こうがわたしには一切関係がないから好きにすればいいけど。ただ、もしあなたがわたしと同じ事件を追ってるんなら、わたしに関わらないでちょうだいね。見かけても、もう声をかけないで」

強く睨んで、彼女はカツカツとヒールの音を立てて、去っていった。

「何、あのひと。初めましてって言ってたし、初対面やんね？　そのわりに失礼すぎやしなかった？」

腹立つ感じ、と遠ざかっていく背中に井口が顔を顰めてみせる。わたしは何も言えなかった。

彼女が言っていた『あの事件』はもしや……。

何の進展もないまま太宰府市から自宅に帰った晩、宗次郎から進捗を尋ねる電話があった。伊能芹香と会った、と言うと宗次郎は苦々しい声を出した。

「あいつも、今回の事件を追ってるのか」

「それどころか、行方不明になっていた車両を発見したのが、彼女だった」

「まじかよ。出し抜かれてんじゃねえよ」

ばか、と付け足されてムッとするが、出し抜かれたのは事実だ。

「すごく敵意を持った目で見られた。わたし、彼女と接点なかったのにどうして嫌われたんだろう」

「そりゃそうだろうな。お前も、おれも」

「どうして」

「今年の三月ごろ、伊能は『いじめ加害者たちの更生とその未来』ってテーマで記事を書いた」

「いじめ、加害者……」

どきりとして、口を噤む。宗次郎は話し続けた。全部で五回にわたる、時間と手間をかけた連載だったよ。更生施設やそこで働く支援員の現状はもちろん、いじめ加害者たちの成人後の人生や被害者への贖罪についても言及していた。もちろん、『私立蓉明中学校二年生女子生徒いじめ事件』の西少年の今後のことも書いてた。どう大人たちがサポートし、社会に戻していくべきなのか、というような内容だったよ。

思わず、ぎゅっと目を閉じた。

北九州に戻ってきてから長い間、週刊誌やワイドショーから意図的に離れて暮らしてきた。自分が犯した罪と向き合う勇気がなくて、あのときの絶望が蘇るのが怖くて、避け続けた。最近になってようやく、少しは冷静さを保てるようになったけれど、あの事件だけはいまも振り返ることができない。だから、そんな記事が発表されていたなんて、いまのいままで知らなかった。

伊能と対峙したときのことを思い出す。あのとき、伊能芹香という名前にわたしが反応するかどうかを見られていたのだ。

わたしに嫌悪を見せたのも、当然だ。彼女からしてみれば、わたしは中途半端に西を取り上げ、傷つけ、そして逃げた人間なのだ。

「伊能さんに、記者向いてないって言われた。クソ仕事にクソ記事だってさ。腹が立ったけど、そういうひとになら、言われて当たり前だよね。あんな記事を書いてひとを傷つけたわたしを許せるわけない」

情けなくて、声が詰まる。「はあ?」と宗次郎が声を尖らせた。

「お前が尻尾を巻いて逃げたことは責められても仕方ないし、おれも責める。けどな、あの記事に関しては誰にも責めさせねえ。西少年には被害者の側面も確かにあるが、自殺した被害者からすればれっきとした加害者だ。だからおれは、あのときのお前の記事は間違っていないと何べんだって言える」

「でも」

「でも、じゃねえよ。事実だ」

きっぱりと、宗次郎が言った。

「ただな、伊能の書いた記事に関しては、完全にウチが負けた。こっちの手が遅かった。あれは本来、西少年の存在を告発したウチこそが真っ先に書かなけりゃいけないもんだった」

宗次郎の声のトーンが、少しだけ落ちた。自信家で皮肉屋で、ひとを貶《けな》す言葉だけ流暢《りゅうちょう》に溢れてくるひとが、悔やんでいる。それを聞いて、はっきりと分かった。

わたしが書かなければいけないことだったんだ。

伊能でも、誰でもない、わたしが書かなければいけないことだった。なのにわたしは、逃げた。スマホを持っていない方の手を、ぐっと握りこむ。力を入れすぎて、手のひらがびりびりと痛む。

「ごめん、なさい。わたしが書かないといけなかったのに、わたしが、逃げたから……」

「はあ？　わたしじゃなければダメなのー、ってか？　ばーか。自分を特別だと思ってんじゃねえよ」

ばさりと切り捨てて、宗次郎はわざとらしいため息を吐いた。

「ばかって、そんな言い方」

「ばかだろ。それか、ナルシスト。書き手なんてな、誰でもいいんだよ。大事なのは、確かな事実。それだけだ」

宗次郎はもうひとつ、ため息を吐いた。

「忘れてるみたいだから、話してやる。その大事な事実にも、おれたちはいつまでも固執してられねえ。おれは、記事にして掲載してしまえば、取り扱っていた事実……事件にいったん区切りをつけてる。事件ってのはひとつきりじゃない、次に取り上げなきゃいけないもんが待ってる。もちろん、事件を忘れ去るわけじゃない。大昔の事件がいまの事件に繋がることは多々あるから、ちゃーんと覚えておくさ。ただ、区切りだけはつけるんだ。書き手は次々起きる事実を書いていかなきゃならない。どうだ、思い出したか」

「思い出したっていうか……ちゃんと、覚えてる」

宗次郎に仕事を教わるようになってから、何度となく聞かされたことだ。終わった事件にいつまでも心を残すな。きっちり切り替えて、次の事件に向かえ。それが書き手の誠意だ。そう怒鳴られたことは何度だってある。

「伊能は、違うんだ。おれたち記者が勝手に区切りをつけてるだけで、事件に関わっているひとたちの日常や人生はこれからも続く。事件の傷や荷物を背負って、生き続けていくしかない。それを、てめえらの勝手で彼らの人生に句読点をつけてんじゃねえ、ってそういう考えだ。だからあいつに事件の後日談的な記事を書かせると、やたら読ませるんだ。ネット配信みたいに、文量がある記事にはもってこいなんで、うちにもああいう奴が欲しい……ってこういう言い方すると、ますます嫌われるんだけどな」

最後、宗次郎は冗談めかしたけれど、わたしは笑えなかった。

これまで取材して知り合った、たくさんのひとの顔が思い浮かぶ。福島でボランティア活動をしていた青年、徳島に移住して三十五歳で起業した男性。行方不明になった母に会いたいと泣いた高校生の女の子、父の遺品を頼りに自分のルーツを探していた女性。わたしは彼らとの出会いから得たものを記事にしてきたけれど、彼らのその後に思いを馳《は》せたことが、どれだけあっただろうか。自身の書いた記事をときどき見返したことはあったが、かつて読み終えた物語を振り返るような気持ちではなかっただろうか。それから彼らはいつまでもしあわせに暮らしましたとさ。そんなこと書いてないし、そんなこと言い切れるはずがないと、書いた自分がちゃんと分かっているくせに、なのに、そんな気持ちでいなかっただろうか。

「ま、仕事に対していろんな姿勢があるってこった。伊能が正しくておれたちが間違ってるというわけでも、その逆でもない。ただ相容《あいい》れない考えの人間だってことは覚えておけよ。あと、次は出し抜かれんじゃねえぞ。原稿も早く出せ」

そう言って、宗次郎は電話を切った。

スマホをベッドに放り投げ、茫然とする。伊能の顔が浮かぶ。次に、宇部の顔、知依の顔が思い出された。出会ったひとたちの顔が次々と浮かんでは消えていく。写真で見た西の笑顔が浮かんだ瞬間、涙が溢れた。

「ごめんなさい」

喉から勝手にこみあげてきた言葉は、誰にも届かず消えた。あなたの人生を中途半端に扱ってしまって、ごめんなさい。

五章

翌日、伊東美散の実家を訪ねた。

詳しい住所を教えてくれたのは、吉永だった。吉永は『いま美散がどこでどうしてるか全然分からなかったんだよね。実家に訊いた方が早いかも』と住所をメッセージで送ってくれたのだ。わたしの家から自転車で十分ほどの距離で、こんなに近いところに住んでいたのかと驚いた。

わたしの個人的なひっかかりだ。だから、井口に同行を頼まずにひとりで向かった。わざわざ実家まで訪ねるなんて、考えすぎに決まってる。そんな風に思っているのに、でもどうしても気になってしまう。

戸惑いにも似た気持ちを抱えながら辿り着いた伊東家は、広い庭を有した裕福そうな家だった。門扉から玄関までのアプローチが長く、陶器製の七人の小人たちが遊んでいる花壇には色とりどりのダリアが咲き乱れている。奥の方から、金木犀《きんもくせい》の甘い香りがした。

出迎えてくれたのは、セーターにロングスカート姿のしとやかな雰囲気の女性だった。髪も肌も手入れが行き届いていて、四十代半ばくらいに見える。美散の母親にしては若い気がするし、姉にしては些か年上すぎる。関係が摑めないまま名刺を出して名乗ると、「美散の同級生で、記者さん」と驚いた顔をした。それからすぐに「あの子に何かあったんですか」と急くように言った。

「家にもうずっと……長いこと帰ってこなくて、連絡も取れないんです。あの子に何かあったんですか！」

「ち、違うんです。わたしは彼女にちょっとお話を伺いたくて、それで訪ねただけなんです。それより、連絡が取れないっていうのは」

彼女はくしゃりと顔を歪めたかと思うと、俯いた。

「もう……何年も、音信不通なんです」

声が小さくなる。

「ある日突然、家を出て行ってしまって。いまではどこでどうしてるのかも分からないんです」

「それは、いつからですか？」

「高校を卒業して、すぐ……」

となると、十年以上になる。そんなにも長く、家に帰っていないなんて。

女性が我に返ったように、「あ、玄関先ですみません。よろしければ、どうぞ」と中を示した。

通されたのはリビングだった。庭を見渡せる大きな掃き出し窓。天井は高く、観葉植物がそこかしこでゆったりと葉を伸ばしている。勧められたオフホワイトのソファは質の良い革張りで、ローテーブルにはオレンジを基調としたソープフラワーのブーケが飾られていた。生花とは違うシトラスの香りが鼻を擽る。壁には大きな絵画が飾られていて、わたしの知識が間違っていなければユトリロ作品の複製画ではないだろうか。冬景色の街並みの中に白い建物がやわらかく溶け込んでいる。

とても豊かな生活だと感じる反面、モデルルームのようだとも思った。あまりに整っていて、どこかよそよそしい。生活の匂いが薄いと感じるのは、これまで訪ねたどの家にもそれぞれの匂いを感じ取っていたからだろう。

「お茶、淹れますね」

気落ちしたようにアイランド型のキッチンの方へ向かう背中が頼りなく、「お構いなく」と声をかけると「ちょうどお茶を飲もうとしていたところで、もう支度ができてるんです。なのでご迷惑でなければ」と言われる。居住まいを正してから壁際のチェストに目を向けると、家族写真がいくつか飾られていた。細工のうつくしいフレームに収まる写真たちだけが、住人の顔の見えない部屋の、唯一の個性のように感じる。写真は美散の幼少期のものだろうか、と目を凝らしていると、ハーブの爽やかな香りがした。

「ご挨拶もせずにいて、ごめんなさいね。美散の義理の母で、薫《かおる》といいます。それで、飯塚さんは美散にどんな御用があったんですか？」

ジノリのティーカップと焼き菓子をわたしの前にそっと置いた薫が小さく首を傾げる。

「地方で生きる女性の働く姿を記事にしたくて、それで当時の同級生のいまを辿っております」

一瞬、事件のことを口にしようかと思ったけれど、止めた。関係があるかも分からないのに、徒《いたずら》に不安を煽《あお》るような真似をしてどうする。薫は納得したように頷いて、「絶対、とは言い切れませんけど。まだ小倉のどこかで……多分水商売のお店で働いてるんじゃないかと思います」と言った。

「何年も前の話ですけど、小倉のラウンジで働いていました。とても人気があって、接客の才能があるって、美散を見かけたという知人が言ってました。あの子は高卒で何の資格も持っていません。一度夜のお仕事を知ってしまうと昼のお仕事に戻れないっていう話はよく聞きますし、だからまだそういうお仕事に就いてるんじゃないかと思うんですけど……」

「詳しいことはまったく分からないってことですね？」

「ええ。知人から美散が働いているラウンジを教えてもらって、すぐに夫とふたりで会いに行ったんです。そしたらあの子、わたしたちの顔を見るなり逃げだしてしまったんです。そのままお店も辞めてしまったらしくって……。わたしたちが下手に追えばあの子の首を絞めることになるから、追うのはもう止めた方がいいってその知人に言われたんです。それで、こちらからはもう何かアクションを起こすのは止めよう、って夫と話して」

そう言うと、カップに口をつけて、小さく息を吐く。その口ぶりに、話を聞いてほしそうな気配を感じた。突然訪ねてきた義理の娘の同級生に、ぺらぺら話す内容じゃない。

「薫さん。失礼かもしれませんが、美散さんと何かあったんですか？」

顔を覗き込むようにして訊くと、少し躊躇うそぶりを見せたのちに薫は、こっくりと頷いた。それから「娘が、死んだんです」と静かに告げた。

「わたしと夫の間の娘です。美散からすると、異母妹です。生まれつきからだの弱い子ではあったんですけど、五つのときに小児がんを患って……八つで亡くなりました」

彼女の視線が、チェストの写真の辺りで彷徨った。

「娘の……豊香《ほうか》のために、必死で生きた三年でした。でもその三年は、美散を蔑《ないがし》ろにした三年でもあったんです。わたしなんか、特にひどかった。豊香がいなくなって、やっとあの子の存在を思い出した始末で。馬鹿でしょう？　だから、憎まれても当然なんです」

カップをゆっくりと置き、薫は両手で顔を覆った。

「豊香がいなくなったっていう現実を受け入れられるようになったころには、美散の心はわたしたち夫婦から離れてしまっていたんでしょうね。あの子の信頼や愛情を取り戻そうと、夫と一緒に努力したものの、ちっともうまくいかなくて……。あの子は高校卒業を待つようにして、突然いなくなってしまったんです」

ぱ、と薫が顔を上げる。目のふちが赤くなり、声はすっかり濡れていた。

「言い訳になるかもしれませんけど、最初は、すごく……すごく仲のいい家族だったんです。あの子はわたしのことをママって呼んでくれて、たくさん旅行にも行った。でも、あの三年で何もかもが変わってしまった……。いえ、変わったのはわたしのせいなんです。謝ったって許されないのは分かってます。でも、できることなら何べんだって謝りたい」

わたしに向かって、彼女が深く頭を下げた。

「もし美散に会ったら、伝えてほしいんです。わたしは心の底から当時のことを悔やんでいるって。いつでも待っているから、いつか帰ってきて。豊香だってきっと、こんなかたちで家族が離れ離れなのは哀しいはず。だからどうか家族としてやり直させてくださいって、伝えてくださ い」

微かに震える肩を眺めて「会うことができたら」と答えた。

「もし会うことができたら、そのときはお伝えします」

薫は小さな声で「ありがとうございます」と言った。

伊東家を出ると、やわらかな風が吹いた。金木犀の香りが、重たくなっていた気持ちをほんの少し和らげてくれる。空を仰いで深く呼吸をしたところで、道路を挟んだ向かい側の家の前でこちらを見ているおばあさんがいることに気が付いた。わたしと目が合うと、なおさらじいっと見つめてくる。

「すみません。あの、伊東さんのお宅……美散さんのことでちょっとお尋ねしてもいいですか」

声をかけると、伊東家とわたしを交互に見比べたおばあさんは「美散ちゃんね……」と意味ありげに呟いたのちに顎で玄関の奥を指した。

通されたのは縁側だった。端の方で大きくて真っ白な毛の猫が一匹、おまんじゅうみたいに丸まって眠っている。わたしが近くに座っても、身じろぎもしない。猫を見つめていると、茶器とせんべいの盛られたかごの載った盆を抱えてきたおばあさんが「ほうかね、あんたさん、美散ちゃんの同級生かね。美散ちゃんは、ええ子よねえ」とやさしい声で言った。

「あんたさん、美散ちゃんの家族の事情は知っとるんな？」

「いまあのご自宅に住んでいる薫さんは美散さんの義理の母親で、異母妹の豊香さんは幼いころに亡くなってしまった、ということくらいです」

ついさっき聞いたばかりの情報を口にすると、おばあさんは「なるほどね」と何度か頷いてみせた。

「美散ちゃんの実のお母さんは莉江《まりえ》さんって言うてね。莉江さん似の美散ちゃんを見れば分かるやろうけど、そらもう綺麗なひとやったんよ。女優さんのごとあった。博多の化粧品屋で働いていた莉江さんを和之《かずゆき》さんが見初めて、日参して口説き倒したっち話やったねえ。でも、美散ちゃんが三歳のときに事故で亡くなってしもた」

よっこらしょ、と座布団に座ったおばあさんは、慣れた手つきで急須のお茶を湯呑みに注いだ。わたしの前にせんべいの入ったかごを押しやり、「あんときはほんとう、見とられんかった」と眉を寄せる。

「美散ちゃんはそりゃもう母親にべったりの甘えん坊な子でね。三歳やもの、当然っちゃあ当然よ。そんでまだ『死』っちゅうもんが分からん年やったけん、お葬式のときにきょとーんとしとってさ。ママ何であんなとこで寝とるん？　っちかあいらしい声で周りに訊くんよ。そんで棺《ひつぎ》覗き込んで、ねえママもう起きてよう、って揺らして。そのあどけない様子見てみーんな泣いたもんよ」

　思い出したらしい。おばあさんは、ずっと洟を啜った。

「莉江さんのご両親は長崎に住んどって、ひとり娘の忘れ形見になる美散ちゃんを引き取りたいって申し出たらしいんやけど、和之さんが、それは自分も同じこと、美散ちゃんを手放したくない、ってゆうて。まあ、気持ちは十分分かったもんで、あたしみたいな近所のババアやら莉江さんの友達やらが美散ちゃんのお世話を買って出てね。でもねえ……莉江さんの一周忌が来る前に和之さんが再婚して、あの後妻がきたんよ」

「おばあさ……ええとその」

「ああ、あたしは大平鶴代《おおひらつるよ》です。旦那ははように亡くなって、息子も出てったけん、ダイフクさんとふたり暮らし」

　白い猫はダイフクさんというらしい。確かにふわふわ丸くて、大福に似ているかもしれない。

　鶴代はせんべいを大きな音を立てて齧りながら、伊東家の話をしてくれた。その話は、薫から聞いた話と同じなようで、少しだけずれていた。

「ここだけの話やけど、和之さんは莉江さんが亡くなる前からあの後妻と浮気しとったんやないかってもっぱらの噂やったとよ。再婚も早かったけど、四十九日も過ぎんうちに、あのひとは自分の家んごと顔してあの家に出入りしとったけんねえ。そんで、最初こそ美散ちゃんにええ顔して懐かせておいて、いざ結婚すると、手のひら返しよ」

こうよ、こう、と鶴代がわざわざ手のひらを返して見せる。それから、ふっと表情を暗くした。

「そんでもね、美散ちゃんはあのふたりのことを大事にしとったよ。後妻のこともちゃんとママっち呼んでねぇ。後妻は外面がええ女やし、いまで言う、ほらええと、デーブイっち言うんかね、暴力振るうっちことはなかったけん、まあまだマシやったと思うとった。でもねえ、美散ちゃんが小学校三年生のときに妹が生まれてから変わってしもた」

妹ができると、美散は少しずつ家庭内に居場所がなくなった。お宮参りも七五三も、家族で食事に行くときも、美散は鶴代に預けられていた。

「面倒みるんは一向に構わん。でもね、美散ちゃんを連れていけばええやないねっち言ったんよ。そしたら和之さん、『美散が残りたいと言っとるんですよ』って困った顔して言うて、美散ちゃんに『そうだよな？』って訊くわけ。美散ちゃんはこっくり頷いて見せてさ、でもそんなん、親の顔色を窺ってるようにしか見えんかったよ」

ああもう、と鶴代は頭を振って、せんべいをばりんと齧る。

「いーっつも、泣きそうな顔して家族を見送っとった。寂しかったことくらい、見れば分かるわね。それでもね、真っ赤な目えしてうちに入るとね、何か手伝うことある？　って笑って訊いてくるんよ。あたしは昔編み物をしよったけん、毛糸巻きを手伝ってもらってねえ。あたしは息子しかおらんからさ、娘がおったらこんな感じやったんかねえち思いながら編み物して、あん子が傍でクウクウ寝息たてれば愛らしゅうてならんかった」

鶴代がふっと隣の茶の間に目を向ける。小さなちゃぶ台にふたつの座椅子が向かい合っている。簞笥《たんす》やテレビ台が並ぶ和室はさして広くなく、鶴代と美散ふたりの距離はきっととても近かっただろう。ここは美散が唯一温もりを感じて眠れた場所なのかもしれないと思った。

「三軒向こうのバアさんがね、もう亡《の》うなったけど、そのバアさんが腹に据えかねたちゆうて、長崎の莉江さんの実家に連絡したことがあるんよ。あなたたちが引き取ってやったほうがあの子のためになりますよ、って。ふたりは驚いてすぐに来んしゃったけど、でも和之さんが首を縦に振らんかった」

「何でですか」

「そりゃ、外聞が悪いけんやろ」

ふん、と鶴代が鼻を鳴らした。

「前妻との娘を追い出したとは、言われとうなかったんやろうね。長崎のひとたちもずいぶん粘ってねえ、そんなら長いお休みのときに遊びに来させてほしいって頼んどったよ。結局、二回ほど行っとったんやなかったかねえ。美散ちゃんは楽しかったって帰ってきたけど、しばらくは元気がなくて。ほんとうは向こうに残りたかったんやないかと思ったりもしたよ」

ゆるりと、鶴代が頭を振る。

「和之さんに、美散ちゃんに対する愛情がなかったとは思いたくないんよ。でもあのひとの愛情ってのは、子どもがあれもこれも欲しいち言うのと何も変わらんやった」

子どものころのわたしは、大人から与えられる愛情を意識したことなどなかったように思う。それは両親や祖父母が、空気のように当たり前にわたしに愛情を向けていてくれたからだ。生まれ落ちたときから枯渇することなく与えられていたものの存在について考えるようになったのは、広い世間を知ってからだった。少なくとも小学生のころのわたしは、愛情というものの名を知ってはいても、改めて意識するものではなかった。

「そうそう。あたしが一番腹が立った出来事がねえ、家族の写真を撮らされとったことなんよ」

不意に思い出したらしい、鶴代が新しいせんべいに手を伸ばして声を荒らげた。

「正月のことよ。年賀状を取りに外に出たら門のところでみんなで写真撮っとってさ。晴着を着た後妻と豊香ちゃん、和之さんの三人を普段着の美散ちゃんがカメラマンのごと撮影しとったんよ。『あたしが撮ってあげましょか？』って声かけたら、あの後妻『もう撮ったので結構です』っち偉そうに言うたと。あとから美散ちゃんにそれとなく『あんときの写真見せて』言うてみたら、いつもやったらすぐに頷く子が頷かん。あー、こりゃ撮ってないなっち分かったよ。あの女、自分たちだけ着飾って写真撮らせとったんよ！」

腹に据えかねた鶴代が『一言言ってやろうか！』と気色《けしき》ばむと、美散は『ママは産後でウツだから、仕方ないんよ』と必死で庇《かば》ったという。

「病気やけん、気を遣えっち子どもに言っとったわけよ。でもね。毎日んごと綺麗なカッコして、ランチや買い物に出かけて、あたしには、病人に見えなかったね。あんときはあたしゃもうもう、頭の血管が切れるんやないかち思ったよ。あの子が庇おうと関係ない、もう怒鳴り込みに行くぞ！　っちなったんやけどね、たまたま遊びに来とった息子に叱られたんよ。あほか、そんなことしたらこっちが恨まれるだけぞ、っち。そんで息子が児相？　ってとこに匿名で電話してくれたんよ。でも、ああいうところはきちんとした恰好できちんと学校行っとる子どもにはなーんもしてくれんのやね。結局何も変わらんかった」

ばりん、と何枚目かのせんべいを齧り「ほら、あんたも食べんさい」とわたしにも勧めてくる。子どものころから大好きなサラダ味のせんべいだが、食欲が湧かない。

妹が生まれたころ——小学生のころの美散はきらきらしていた。明るくて可愛くて、誰よりも愛されている顔をしている、気がしていた。少なくとも当時のわたしはそういう目で見て、羨んでいた。

しかし現実は、家族の中で疎外されていた。その孤独はどれほどだっただろう。どれだけ、寂しかっただろう。

言葉の出ないわたしの前で、鶴代が美散の欠片《かけら》を語る。

「妹の豊香ちゃんもね、かあいらしい顔しとったよ。憎たらしい後妻の子やけど、あん子もええ子やった。大きくなってくると美散ちゃんのあとをついて回って『ねえね、ねえね』ち片言でおしゃべりして。家の前でふたりで遊んどる姿を、よう見かけたよ。豊香ちゃんが『ねえね』ち呼んで機嫌がいいと後妻の機嫌もようて。豊香ちゃんがいまも元気でおったら、あの家もええ方向に行ったんかもしれんねえ」

「でも、病気に」

「そう。あたしゃよう分からんけど、小児がんの中でも治療がむつかしいやつやったらしいね。入院が増えたなち思っとったらあっちゅう間にやせ細って……。なして、これから先がようさんある子どもがそんな苦しみを味わわんといかんのやろうねえ」

鶴代が大きなため息を吐いた。

「あたしも親やけん、あんひとたちの気持ちは想像できる。自分が死んだ方がマシやち思う苦しみよ。でも、やからって、ねえ……」

さっきまで微塵も動かなかったダイフクさんがすらりと立ち上がり、鶴代の膝に乗った。大きな体軀なのに、重さを感じさせない優美な動きだった。

わたしは、伊東家でのやり取りを思い返す。薫の話を聞いていたとき、少しの違和感のようなものをずっと感じていた。薫の饒舌な謝罪はどこか演技じみているように感じたし、言い訳のようにも聞こえた。そして何より、家族写真はどれも、三人しか写っていなかった。

「……美散さんは、消息不明だって聞きました」

言葉を選びながら言うと、猫の背を撫でながら「やっと逃げられたんよ」と鶴代が言う。

「あたしはよかったち思うたよ。あんひとたちも、大事にできんのなら、はように解放してやればよかったんよ。美散ちゃんのことを筋違いに恨まんと、亡くなった子を弔って夫婦で仲良うしとったらええと」

「筋違い」

思わず呟くと、鶴代は「あれはいつやったかねえ」と遠い目をした。「美散ちゃんが珍しくイライラした様子でうちに来たことがあってね、普段はどれだけ嫌なことがあっても怒らないでいようとする子だからびっくりしたんよ。どうしたんね、って訊けば『あのひとたち、どうかしとる！』って声を荒らげて。話を聞けば、豊香ちゃんの病気が治らんのは美散ちゃんの僻《ひが》み心のせいだって責められたらしいんよ。和之さんたちはいっとき宗教に縋ってね、そこの教祖だかがそう言ったとって。まずは元凶の、前妻との娘の性根《しょうね》を入れ替えならならん、て」と苦虫を嚙み潰したような顔をした。

「それは、どうかしてますね」

「そ。どうかしとるよ。あり得んよ。でもあのひとたちはそんなばかな言葉にも縋りたくて、美散ちゃんに改心を迫り続けたと。……豊香ちゃんが亡くなって、美散ちゃんが逃げるように出ていって、ふたりの周りにゃだーれもおらん。ようやっと、自分たちが間違いやったちことに気付いたみたいやけど、遅すぎるわねえ。それから夫婦の仲もおかしくなって。いまじゃ和之さんはほとんど帰ってこなくなって、あの後妻は広い家にひとりきり」

一家離散よ、と鶴代が言い足して、わたしはモデルルームのようだと感じた伊東家を思い返した。温もりを感じなかったあの家に、あのひとはひとりで住んでいるのか……。広いリビングのソファにひとり座る姿を思い描いたけれど、あのひとが眺める家族写真には美散はいない。どこをどうすればしあわせな姿に変わるのか、わたしには分からない。

背を撫でられた猫が、ぐるぐると喉を鳴らす。「はいはい」と背を撫で続ける鶴代はわたしに「それより」と笑いかけた。

「あなた、美散ちゃんを捜しとるんでしょ？　あん子に会えたら、こっそりでええけん鶴代バアに連絡してあげて、って言うてよ。鶴代バアもダイフクさんもまだまだ元気やけど、いつまで元気かは分からんのやけん早く会いに来てって言うとったよ、って」

「美散さんはダイフクさんをよく知ってるんですか？」

「知っとるどころか、ダイフクさんの命の恩人よ。十三年前に美散ちゃんが拾ってきたんやけん。あんときはいまにも死にそうなくらい、小さくてがりがりの仔猫《こねこ》やった。家には連れて帰られんけんってあたしに泣きついてきてねえ。ダイフクさんって名前はあん子がつけたとよ。ほら、できたての大福みたいに綺麗な白やろ。いまじゃかたちまで大福そっくり」

鶴代がダイフクさんを撫でると、ぐるぐるが大きくなる。ダイフクさんの背中を撫でさせてもらうと、不機嫌そうにわたしを見てきたけれど、動かないでいてくれた。

鶴代の家を辞してスマホを取り出すと、数件の着信履歴があった。話に夢中で気付かなかったらしい。全部吉永からで、かけ直してみる。数コールで吉永の声がした。

「ごめん、電話気付かなくて」

「いいよいいよ、忙しいんでしょ？　それで、美散のこと何か分かった？」

「いやそれが、高校卒業してから実家には帰ってないみたいで」

無意識にため息が出た。吉永は「じゃあよかった」と声を明るくして、「役立つ情報かも。西村哲也から返信がきたんけど、堺町《さかいまち》のエンヴィって店におるんやないかって」と続けた。

これからどうしようかと思っていた矢先のことだったから「ほんとう⁉ すごい！」と現金にも声をあげてしまう。電話の向こうで吉永が笑う気配がした。

「すごいやろ、私もびっくりしたんよ。まだ追っかけとったとはねえ。っていっても、あいつも彼女ができて、エンヴィに最後に行ったのは二年くらい前っち話やけん、もう辞めとるかもしれんけどね」

「いい、いい。それでもすっごく助かる」

細い糸一本だって、大事なものに繋がる可能性がある。お礼を言うと吉永は「それと、源氏名って言うんだっけ？ チルミだってさ」と続けた。

「もし記事になったときはちゃんと教えてね」

お礼を言って、通話を終えた。

行くしかない。いま追っている『みちる』とは関係ないかもしれない。大きな寄り道をしているだけかもしれない。でも、『美散』のことを無視して進めないと思った。

『エンヴィ』は確かに、小倉北区堺町にあった。ビルの三階にある、小ぢんまりとした店だった。開店準備が始まるのを待って訪ねると、六十代くらいの男性がいた。名刺を出し「チルミという名前で働いていた、伊東美散さんという女性を捜しているんですけど」と言うと、訝しげな目で無遠慮に眺めまわされた。

「何の用？」

「同級生だったんです」

「同級生で、記者？」

警戒心をあからさまにされたので、「これは身分証明のようなものです」と言う。

「彼女を追って何かしたいわけじゃないんです。ただ、いまどうしているのか、消息が気になっていて……。美散さんの知り合いのおばあさんも、彼女と連絡を取りたがってるんです。あなたの拾ってきた猫は元気にしてるよって言いたいって」

ダイフクさんの写真を見せると、「猫？」と男性の目が少しだけ和らぐ。

「ダイフクさんっていう名前なんですけど、美散さんが拾って、名付け親で」

信用に足るような話ではないけれど、言ってみる。それはどうやら、正解だったらしい、男性は「ダイフクさんを知ってるんだ」と相好を崩した。

「いや、悪かったね。店の女の子に関する情報は簡単に出せなくてさ」

スツールを勧められて、腰掛ける。彼は打って変わって、笑顔で「こんなものしか出せないけど」とレモン水を出してくれた。それを受け取り「何か、事情が？」と訊く。

「いや、これといって何があったわけじゃないんだけどね。こういう商売をしていたら、ストーカーもどきに出会うこともあるでしょ。特にあの子はすこぶる人気があってね。色恋営業してたわけじゃないんだけど、熱烈な客もおってね」

男性は、チルミがどれだけ素晴らしいキャストだったかを語った。華やかな容姿を鼻にかけることなくいつも笑顔で明るい。気が利いてどこか控えめで、お客のことをよく観察している。あるとき、他のキャストが飲みすぎて美散の膝に向かって嘔吐したことがあった。けれど美散は怒ることなく、いつも通りの笑顔で介抱した。手際よくその場を片付け、席にいた客のみならず周囲のお客にも詫びて回って、驚くほど早くその場の空気を元に戻した。

「すごい。咄嗟にはなかなか動けないものですよね」

「吐いた子のほうが動揺してわんわん泣いとったんやけどね、チルミに慰められて泣き止んでさ。それ以来、妹分気取りだよ。その子だけやないんよ。チルミのことを嫌いな子なんてひとりもいなくてさ。そんなもんだから、お客とキャストでチルミの取り合いになって、それがうちの店の中でのお決まりの掛け合いっていうかね」

「みんなに、愛されてるんですね。それで、美散さんはいまどちらに？　今日は出勤されます？」

「ああ。いや、実はね、もうチルミはここにおらんのよ」

さっきまで饒舌だったのに、男性は言葉をぷつんと切って、開店前のひっそりと静まり返っている店内を見回した。

「……うちとしちゃ、いつまでも働いてほしかったんやけどねえ。一年半ほど前に寿退職さ」

「ことぶき」

思いもよらなかった単語に、残念に思うより先にほっとした。結婚。なんだ、伊東美散は実家を出てしあわせを摑んだってわけか。それなら何よりだ。結婚がしあわせのゴールだなんて思ってはいないけれど、誰かのそんな話を聞けば、幸福な日々を送っているのだろうと祝福の気持ちが湧く。

「ああ、そうですか。鶴代さん……いまダイフクさんを飼っているおばあさんにも教えてあげなくちゃ。結婚したなんて聞いたらきっと喜ぶ」

ダイフクさんに「よかったねえ」と語りかける鶴代の顔が思い浮かんだ。

「そのおばあさんも、ダイフクさんを知ってるっていうあなたも知ってるだろうけどさ、あの子は親から十分に愛されてなかっただろ？」

男性が問うようにわたしを見て頷いて答える。

「ずーっとひとりで生きてるみたいで寂しい、って深酔いするたび言っとったよ。おれたちがおるやんって言うと、みんなのことは好きやけど私は私だけの家族が欲しい。私だけを大事にしてくれるひとが欲しいって、泣いてさあ……。やけん、大事にしてくれるひととやっと出会えた、なんて言って笑ってる姿見たときはこう、年甲斐《としがい》もなくぐっときたよ」

へへ、と男性が笑い、わたしもつられるように笑う。家族の中で孤独だった美散が、しあわせになったのだ。それはとてもいいことだ。心から、嬉しいと思う。今日知った美散の過去を振り返れば、それも当然の感情だろうか。

「お相手はどんな方なんですか？　せっかくだから、鶴代さんにもお伝えしたいので」

「高校の同級生だってさ。名前はね、タカハラくん」

心臓が、握りつぶされたかと思った。頭を殴りつけられた、でもいい。

「……タカハラ、ですか？」

「そう。この店にもよく来てくれたよ。スーツの似合う、人当たりのいいイケメン。吉澤昴に似てるってうちの子たちは言っとったけど、おれは俳優に詳しくないんで、よう分からん」

「吉澤、昴……」

「そう。とにかく非の打ち所がないって感じで、唯一あるとすりゃ、女の心配だな。あれはモテるやろうねえ」

男性は実の娘の夫の話をしているような、明るい顔をしていた。それをさっきまで微笑ましく感じていたのに、もうそんな目で見られない。ひたひたと、恐ろしさが迫ってきていた。

「あんな男にかっさらわれるんなら仕方ないよなって、みんなで話したもんさ。ってわけで、チルミはもういないいんだよ」

「あの、辞めたあと美散さんはどこへ……？」

勝手に声が震えた。わたしの異変には気付かず、男性は「それがさ」と眉を下げた。

「いまどこでどうしてるか、実はおれたちも知らんのよね。携帯は解約したみたいだし、住んでた部屋は引き払っとるし」

「誰も知らない」

「そうなんよ。タカハラくんはおれたちにもすごく愛想がよかったけど、でも本音としちゃ、こういう商売を嫌ってたのかなあって思うんよね。じゃなきゃ、こんなにすっぱり関係を断ち切らせるわけないでしょ？　彼らに嫌な思いをさせるようなことをしたつもりはないから、それは心外ではあるんやけどね」

多分、彼も気になるところがあるのだろう。どこか釈然としていない顔に、わたしの中の恐怖が、一層色濃くなった。

「でも！　誰か、ひとりくらいは連絡先を知ってるひと、いないんですか」

つい、声が大きくなる。男性は責められたような顔をして「いやほんと、知らんのよ」と片手を振って見せた後「むしろこっちが知りたいんやって」と続けた。

「タカハラくんのことを『私のこと一番大事にしてくれるひと』って惚気《のろけ》てたけど、さ。でもこんなやり方で昔の知り合いと縁を切らせる男で大丈夫なんかな、って心配はしてしまうよなあ」

小さなため息をどこか遠くに聞いた。足が震える。ねえ、これは何の引き合わせなの。美散が『タカハラ』という男と関わり、消息不明になっている。

「そういう事情があるのなら、わたしはもう少し美散さんを捜してみようと思います。彼女の最近の写真とか、お持ちだったらいただけませんか」

「写真？」

男性がポケットからスマホを取り出して操作する。指先を動かしながら「見つかったらさ、連絡ちょうだいって言っておいてよ」と言う。みんな寂しがってるよ。遊びに来てよってさ。わたしはそれに、なかなか頷けなかった。

送られてきた写真は、店内で撮影されたものらしかった。薄暗い空間で、数人の女性がめいめいポーズをとって笑っている。膝の上にきちんと手を乗せて微笑んでいる、ひときわ綺麗な女性を指して「美散さん、このひとですよね」と訊くと男性が頷いた。

「他の子には悪いけど、ダントツ綺麗でしょ。ここいらに埋もれさせておくのはもったいなかったよ」

「ほんと、相変わらずの美人だ」

写真の中の美散はうつくしい大人の女性で、記憶から遠ざかっていたせいか昔の面影がうまく重なってくれない。懐かしい、という気持ちは湧かない。

男性に見送られて店を出る。曲がり角を過ぎたところですぐに、吉永に電話をかけた。

「ねえ、吉永さんって、伊東さんと同じ高校だって言ってたよね？　卒業アルバムって持ってる？」

「へ？　へ？　どしたの急に」

吉永が驚く声がして、だめだ、と息を吐く。焦るな。

ふっと息を吐いてから「よかったら卒業アルバムを見せて……いや、貸してもらえないかなと思って」とゆっくり話した。

「卒業アルバム？　別にいいけど。子どもが帰ってくる夕方までなら、時間空けられるからどこかで会う？？」

「ほんと？　ありがとう。じゃあ明日いいかな？」

「食い気味じゃん」

吉永はぷっと噴き出したけれど「別にいいよ」とあっさり了承してくれた。翌日の昼に、小倉駅前にある小倉祇園太鼓像前で待ち合わせることにした。


「ねえねえ、美散、何かしたん？」

翌日、顔を合わせるなり吉永が訊いてきた。大きなトートバッグを肩にかけ、顔は好奇心できらきらしていた。

「美散の実家に行ったんやろ？　何かあったん？　昨日、電話切ったあとから、すごい気になって仕方なかったんよね」

「あー、いやその。実は伊東さんを確認したいわけじゃないんだ」

頬を掻いて、「実は、実家の母から見合いをしろって言われてて」と考えてきた言い訳を口にすると、吉永がぽかんとした。

「は？　見合い？」

「そう。わたしと同い年で、小倉西商業高校出身のひとらしいんだ。ごねたんだけど、会わざるを得ない感じでさ。だから事前に顔とか人となりとか確認したくって」

なあんだ、と吉永がつまらなそうに口を尖らせた。

「そういうことね。ていうか、お見合いねー。そういうの、飯塚さんにもあるんだ」

「そうなんだよ。わたしは結婚なんてちっとも考えてないんだけど、親が張り切っちゃって。とりあえず、ごはん食べようか」

調べておいたイタリアンの店に入ってランチコースをふたり分注文する。吉永がアルコールメニューを眺めていたので「今日はお礼のつもりでわたしが支払うから、飲めるんなら遠慮なく飲んでよ」と言うと、スパークリングワインを頼んだ。

注文を終えると、吉永が「はい、これ」とバッグの中から布張りの大きな冊子を取って差し出した。

「アルバム。そんで、お見合い相手の名前は分かっとるん？」

「いやその、タカハラ、とだけしか」

「ふうん、タカハラねえ……。となると、一組のタカハラくんかなあ。『髙』ははしごだかで原っぱの『原』。私の記憶が確かなら、わりかしかっこよかった気がする」

一組のページを開く。髙原信《たかはらまこと》という男性は、凜々《りり》しい眉をした目力のあるタイプだった。

「吉澤昴似じゃないいな」

呟くと、運ばれてきたばかりのグラスに口をつけた吉永がお酒を噴き出す真似をして「え、飯塚さんって綺麗系の男が趣味なん？」と笑った。

「いくら何でもそれは理想高すぎやろ。独身の吉澤昴似は、そこいらに転がってないわー。それに、髙原くんはどっちかっていうと体育会系やなかったっけ？」

よいしょ、と吉永が向かい側から覗き込んでくる。

「あー、そうだ、剣道部だった。でもまあ、いいひとやったと思うよ」

「実は、母が先方と話してるのをこっそり聞いただけだから、このひとかどうか。他にもタカハラって名前のひといる？」

「四組にもいたかも。そっちはあんま、記憶にない」

四組の高原は柔和な顔立ちをしたひとだった。集合写真を見れば、からだの線が細くあまり背が高くないのが分かる。タカハラを知っているひとはみんな背が高いと表現していたから、合致していないだろう。吉永が「このひとかあ。小柄だよ、彼。確か写真部だったけど、百六十くらいかな」と思い出したように言った。

「他には、いないかな？」

「いなかったと思うけど。ねえ、ほんとうに『タカハラ』なん？　聞き間違いってことない？　タカムラとか、ナカハラとかさ」

「いや、タカハラで間違いない」

言いながらも、不安になる。もしかして偽名？　でも美散が『高校時代の同級生』と紹介したのなら、偽名ではなく本名である可能性の方が高いのではないか。考え込んでいると、「うーん、あいつはあだ名だからなあ」とアルバムに視線を落とした吉永が呟いた。

「え？　他にもいるの？」

「違う違う、あだ名が『た・かはら』。紛らわしいよね」

あはは、と吉永が笑って言う。『タカハラ』のイントネーションが少し違った。

「ほんとうは、家原崇《かはらたかし》って言うんやけどね。二年の現国のテストのとき、名前を『た・かはら』って書いて提出したんよ。現国の先生っていうのがめっちゃ厳しい人でユーモアの欠片もないおじさんでさ、テストを返却するときにめちゃくちゃキレたんよ。『テストでこんなふざけた名前を書くちゃ、舐《な》めとんか貴様！』って怒鳴り散らしてさあ。そしたら『た・かはら』ってば平然として、『これは略称ですけど？』って答えたんよ。『先生はよくひらがなのうつくしさについて語っとるし、何でもかんでも英語文化を受け入れずに日本語のよさとすり合わせたり融合させたりするべきやってお話しされとるけん、ボクなりに考えてみました－』とかペラペラ言ってさあ。まじウケた。それであだ名がね、『た・かはら』になったたってわけ」

そのときのことを思い出したのか、吉永が「言われたときの先生の顔がすっごくて、まじ、いまも笑える。あのときあれ見てたひとは、いまもこの話で爆笑すんの。絶対外さない」と声をあげて笑った。

「……えっと、それで、家原くんってひとのあだ名が『タカハラ』になったのね？」

「そう。あいつは私と同じクラスやけん、三組」

ぺら、と吉永がページを捲り、指を差す。わたしは小さく息を吐いた。かしこまった顔をして写っている家原崇は、綺麗な顔立ちをしていた。そしてジュリから買った写真の男に、とてもよく似ている。

「どしたん？」

「え？　ああ、えっと、イケメンだね？」

首を傾げた吉永に取り繕うように言うと「モテとったよ」と頷いた。

「この『た・かはら』やったら吉澤昴にも似とるかもしれん。でもまさか、飯塚さんのお母さんが娘の見合い相手を高校時代のあだ名で呼ぶわけないやんねー」

「そう、だよねー」

楽しそうにスパークリングワインを飲む吉永に合わせて笑い「この家原くんってひとはいまど

うしてるの？」と訊いてみる。吉永は「知らんけど」とあっさり答えた。

「私と同じ就職コースのクラスやったし、どっか就職したんやない？」

「このひとと伊東さんが付き合ってたり、とか」

「聞いたことない。え、何。もしかして飯塚さん、このひとのこと気に入ったん？　一目ぼれ？」

ぐいっとグラスを空にして、吉永が意味ありげに笑いかけてくる。

「あ、まあ、ちょっと気になるっていうか。あ、ワインもう一杯どう？」

「いいと？　じゃあ飲むー。何かさあ、昼間っからこんなところで飲む機会なかなかないけん、楽しいね」

機嫌のよくなった吉永に同じ酒を注文し、「家原くんってどんなひと？」と訊く。吉永は「あんまし絡んだことないけん、詳しくは覚えてないんよねー」と空に視線を彷徨わせ、「お金持ちやったんかな、って感じ」と言葉を探すように言った。

「お金持ち？」

「うん。持ち物がハイブラばっかやったし、携帯はいっつも最新機種やったもん。あ！　あと、マフラーがヴィヴィアンでさ、羨ましいなーっち思ったの、覚えとる。高くて買えんかったもん、ヴィヴィアン」

「ははあ。確かに高校生には高かったよね」

「いまでも高いっつーの」

家原は実家が裕福だったのだろうか。考えている間に、甘栗《あまぐり》とマスカルポーネのリゾットが供された。スマホを取り出して料理とグラスを写真に収めている吉永に「彼と仲が良かったひととか知らない？」と訊いてみる。

「さあ、知らんなあ。ていうか、おらんかも。いつも誰かと一緒におったけど、特定のひとじゃないっていうか」

「ふうん」

それからしばらくは、料理を味わった。メインの真鯛《まだい》のグリルに移ると、途中から無口になっていた吉永がため息を吐いた。

「何か、いいなあ」

「どうかした?」

「や、飯塚さんはいいね」

三杯目のスパークリングワインをくっと飲んで、吉永が笑う。その顔が引きつっているように見えた。

「いいって、何が?」

「昼間からこんな店のコース料理をひとに奢れるわけやん? お酒も好きなだけ飲んでいいよーっつって、何か余裕やん?」

その声音に尖ったものを感じて、ナイフとフォークを動かす手を止めた。「どういうこと?」と穏やかに訊くと「あ、嫌みやないよ。いいなあって、ほんと、素直な気持ち? で言ってんの」と吉永はまた笑って見せる。

「私、普段のお昼ご飯は前の日の残り物とかカップラーメンやし、ママ友とランチっつったらジョイフルとかサイゼなんよね」

「わたしもそんなものだけど? しょっちゅうこんなお昼じゃないよ」

「でも、回数は多いんやない?」

回数？　どうだろう。数えたことなどない。言葉に詰まっていると「私だってこういう店にまったく来ないわけじゃないんよ」と吉永が賑わう店内を見回した。

「でもそれは贅沢《ぜいたく》するときだけっていうか、うーん、ほんと、年に何回あるやろって感じなんよ、私は」

グラスを取り、半分ほど残った酒をゆらゆら揺らして、吉永は押し黙った。何か言いたげな様子だったので黙って見守っていると、「私さ、東京出たかったんよね」と独り言のように呟いた。

東京の大学行って、東京で就職して、東京で生活してみたかった。いつか戻ることになったとしても、三年でも、一年でもいいけん経験してみたかった。それって、小学校のときからの夢やったんやけどね。東京でバリバリ働いて、お金を自由に存分に使える自分っていうのを想像しとってさあ、それっていまの飯塚さんの姿が近いかもしれん。

少し、酔ったのだろう。ゆっくりと話す吉永の顔を見る。わたしをいじめていたかつての顔とも、先日会ったときのやたら押しの強い顔とも違う。でもどこかで同じ表情を見た気もする。

吉永がちらりとわたしを見て「ごめんね」と言った。それは何に対してだろうと思うより先に「昔、いじめたやん？　ごめんね」と付け足された。恥ずかしそうに、ぱっと視線を逸らされる。

「私さー、飯塚さんのこと羨ましかったんよ。将来の夢ってテーマの作文でさ、『世界を見てきます』ってことを書いたやろ？　覚えとる？」

「え？　うん、覚えてる、けど……」

五年生のときのことだ。まだいじめに遭う前だったわたしは、思うままに夢を描いた。あのころはまだ記者という仕事には興味がなくて、ただこの広い世界を存分に見てみたいと思っていた。そういうことを作文に書いたような覚えがある。

「わたしは確か、日本だけじゃなくて世界中を自由に見て回りたい、って書いたんじゃなかったかな」

「そう。夢についての作文をそれぞれ読んだ後は、隣の席同士で質問しあったのね。飯塚さんの隣は私で、私は『そんなのできるわけないいやん』って言った。女の子が、世界中うろちょろして生きていけるわけないやん、って。そしたら飯塚さんはいまみたいに不思議そうな顔をして『何で？』っち訊いたんよ」

「それは……、訊くと思う」

薄氷《はくひょう》を踏むような気持ちになって、そろそろと答える。そのときの記憶があやふやで、頼りない。

「女が親元を離れて外に出ていってもろくなことにならんっていうのが、私の両親の考えなんよ。私ね、物心ついたときから、家を出ていっていいのは嫁ぐときだけっち言われ続けて育ったと。女の子っちいうんは、そういうもんやけんって。私はそれを少しも……いや、ほんとは少しだけ『おかしくない？』と思ったけど、でも親の言うことはきっと間違いないって信じとったんよね」

驚いて、でも何も言えなかった。咄嗟に喉元にせりあがったのは「いつの時代」という言葉で、でもそれを舌に乗せられない。

「ここはいまでも、保守的な土地よ。だから、私の親だけが異常なわけやない。私だけが抑えつけられてたわけじゃない」

吉永がへらりと笑った。

「そんな私の当時の夢は『かわいいお嫁さんになる』やった。同じ夢を持っとる子は、たくさんおった。やけどね、飯塚さんはその夢に対して、何て言ってきたと思う？」

「え……なん、だろう」

正体の分からない不安が襲ってくる。幼かったわたしは何と言った？

「『吉永さんの夢って、ちっとも楽しぃと思えんね』だよ」

口角を上げたまま吉永が言い、わたしは頭から冷水を浴びせられた気がした。

「あのときの飯塚さんの気持ちは、分かるよ。いまなら、よく分かる。世界中のいろんなものを見て回りたい、知りたいって思っている子からすれば、いま住んでいる世界しか知らないことを良しとして、いま住んでいる世界の中で誰かの奥さんになって生きていくなんてこと、楽しいとは思えんよね。でもあのときの私は、自分のすべてをばかにされた気がした」

ああ、そうだったのか。だから吉永はわたしを嫌ったのだ。

吉永がグラスに口をつける。言葉を失ったわたしを見て「あのときはとにかく腹が立ってさ。そんなときに他の子たちが飯塚さんの悪口言い始めたけん、それに乗っかって一緒になっていじめたと。ごめん」と寂しそうに視線を下げた。

「いつか、謝ろうっち思っとったんよ。私の事情も知ってもらおう、言い訳を聞いてもらおうっちいう狡い考えも、もちろんあったけど。私さ、あのとき飯塚さんが羨ましかったんよ。どこにでも行けるのが当然と思っていられる飯塚さんが。でも、いじめていい理由にはならんよね、ごめん」

「わたしこそ、ごめん」

魚の皿に額がつくくらいの勢いで頭を下げた。幼いころだったとはいえ、無知だったとはいえ、わたしが彼女にぶつけた言葉はあまりに残酷だ。しかもわたしは誰かを傷つけた事実をちっとも覚えていなかった。いや、当時のわたしは自分が吉永を傷つけたという自覚すらなかったかもしれない。

「ほんとうに、ごめんなさい」

「いいんよ、別に。伝えたかっただけ。それに、いまでも実際こうやって差を感じるたび、『くそー』って気持ち湧く。僻み根性すごいけん、私」

恥ずかしそうにグラスを振って「ほら、冷めんうちに食べよ」と吉永が言う。

「少し酔ったけん、すっきりさせとこうっち思っただけ。吐き出せたお陰でだいぶ、落ち着きました」

フォークとナイフを持ち直した吉永が、手元に視線を落とす。恨むべくは考えの古い両親なんよね。それと、その考えとまともに闘いもせんと、さっさと諦めて親の示す常識に従って生きてきた考えなしの自分。娘たちにはね、ママのこととか家のこととかなーんも考えんでいいけん好きなとこ行っていいんよ、そのために生きてく力をしっかり身につけなさいよ、って教えとるんよ。女に生まれても、何も諦めんでいいんよ、って。娘たちが自由に生きていく手伝いが、私にしかできんことやと思っとる。本音を言うと、子どもたちに希望を全部託した気持ちでもおるんやけど、それは押しつけがましいけん、黙っとる。

書店で会ったとき、過去のことをすっかり忘れている吉永の図々《ずうずう》しいふるまいに辟易した。心の奥底で、呆れていた。でも彼女は、大事な芯をちゃんと抱えて、わたしと対峙していたのだ。

まだ若いんだから何でもやれるよ。

いいお母さんなんだね。

被害者の気持ちであなたを見ていてごめん。

言いたいことがたくさんあって、でもどれもいま伝えるべき言葉ではない気がする。彼女に届けるべき言葉を、いまのわたしは持っていない。だから手を動かして「鯛、美味しいね」と小さく言った。吉永は「ほんと、美味しい。そんで、こういう店のソースってレシピが想像もつかんのよ！」とおどけてみせた。

食事を終えたあと、アルバムを借りて吉永と別れた。

ぼんやりと歩いていると、紫川に出た。川べりに下り、ベンチに腰掛ける。やさしい風が頬を撫でていった。

いろんなことがありすぎて、脳がバグっている気がする。誰かに電話を——例えばボスである宗次郎に——しなくてはいけない。

けれど、頭がうまく動かない。

怖い、のだと思う。ふたりの人間が死んでいる事件に関わっているのがかつての同級生だと知って、美散の孤独に、微かとはいえ触れて。

そして、自分自身が怖い。無意識に誰かを傷つけて、でも傷つけられたことだけをしっかりと覚えて、自分だけはまっすぐ生きてきたような顔をしていた愚かな自分自身が。こんなわたしが、これからもぶれることなく事件を追えるのだろうか。

逃げたいわけではない。そんな情けないことをしたいわけではない。でも、一歩踏み出すために気持ちを落ち着けたい。

日差しを浴びて、水面が煌《きら》めく。離れたところで、女性たちの華やいだ声がした。それぞれがボードのようなものに乗り、体を動かしている。近くにいるカップルの「あれ何してんの」「サップヨガってやつ。あたしもやってみたいんだよね」という会話が聞こえる。

楽しそうな声を聞きながら、スマホを取り出した。数コールで出た声は、耳心地のいいやさしい声だった。わたしが昨日からの出来事を話すと、井口はときどき小さく相槌を打って聞いてくれた。

話し終わると、井口は「それは劇的な二日間やね」とため息を吐いた。

「そんな偶然が起き……いやでも狭い小倉のまちの中での出来事やもんな。そういう繋がりがあってもおかしくないか」

「うん。そうなんだけど、なんかやっぱり怖い。怖いよ」

「何をそんなに怯えとるん」

ふっと井口が笑う。

「まさか、巡り合わせとか運命とか、ましてや自分に与えられた使命だとか？　そんなありきたりな単語を思い浮かべとるんやないやろうね」

「そんな」

そんなことない、と反論しかけたけれど、口を噤む。ちらりとも掠《かす》めなかったとは言えない。

「そんなことない、ならいいけど、もしそういうばかな考えがあるんなら、さっさと捨てなよ。そういうのって無意識に希望に変わって、その通りにいかなかったら勝手に傷つくよ」

きっぱり言われて、今度こそ返す言葉がない。

「どんなひとが関わっていても、そこに意味を求めない。大事なのは姿勢を変えず続けてくことじゃないんかな。過剰にのめり込むのも違うし、手を引くのはもっと違う。あなたはどこまでもフラットでいればいいんじゃないの」

淡々とした、けれど決して突き放していない言葉を聞いて、湧きあがったのは笑みだった。

「そうだよね。そうだ、そうだ。わたし、また考えすぎてたかもしれない」

「誰だって、誰かを傷つけて生きてきてるんだよ。自分もそうだと気付いたのなら、これ以上傷つけないよう気を付けていくしかない。あなたにも誰かを傷つけた過去があったことを教えてくれたそのひとに感謝してさ、生かせばいい。それだけなんだよ。向き合うのは大事だけど、考えすぎるのはダメだ」

「そうだ、そうだよね」

頷いていると、だんだんと脳が起動し始める。「やばい、はやく報告しなきゃ！」と思わず立ち上がると井口が笑う気配がした。

「車が必要になったらすぐ連絡してきなよ」

「分かった。ありがとう」

続けて宗次郎に電話をかける。短く報告すると、宗次郎は「やったな！」と鼓膜が痺れるくらいの大きな声で叫んだ。

「すげえじゃん、やるじゃん！　まじ、お前最高！　しかも何、同級生だったたっつーのがすげえ。てことはまさに、お前にしか書けない記事ができるな！」

「……できる、かな。正直に言うと、さっきまで腰が引けてた」

井口と話して前向きになれたものの、怖いという気持ちがさっぱり霧散したわけではない。ふん、と宗次郎が鼻で笑った。

「いいことじゃん」

「え、日和《ひよ》るなとかびびるなとか怒鳴られるかと思った」

「んなわけあるか。これはわたしにしか書けない記事だから！　って興奮してる方が下らねえ記事になる。ひとに言われてもまだ緊張感が抜けないくらいで、ちょうどいいんだ」

井口と同じようなことを言われて、背筋をぴんと伸ばした。

「はい。自分なりに、引き続き頑張ります」

畏怖を抱えて向かっていくしかない。それでいいんだ。

電話口の向こうで宗次郎が笑う気配がした。

「おう、頼んだ。これなら次号、ページ数を増やしてもいいか……。うん、後でメールするから、増えるつもりでいてくれ。引き続き、気張っていけ」

独り言ちるような指示をした後、電話は一方的に切れた。興奮した宗次郎の癖のようなものなので、次は丸山に連絡した。丸山は「まじすか！」と宗次郎以上の声で叫んだのだったが、それはわたしの想像していた驚きとは別の意味を持っていた。

「家原崇って言いましたよね、いま」

「ええ。そうです」

「そいつは今朝、腹を刺されて太宰府市内の病院に緊急搬送されてます」

目の前の川面《かわも》がぎらりと光った。その瞬間、どこからか大きな鳥が羽ばたいてきて、水を掬うように川面に接触する。鳥はサップヨガをやっている女性たちの方へ向かい、悲鳴混じりの声がした。

「刺され……え？　どういう」

「腹を刺されたと一一九番通報してきたのは本人です。駆け付けた救急隊員によると一緒にいた女に刺されたと言ったそうですが、該当するような女は近くにおらず、刺したのちに逃走したのではないかと。家原は現在、意識不明の重体です」

丸山の声が一瞬遠くなる。一緒にいた女ってことは、『みちる』――美散が刺したってこと……？

　今朝、五時二十六分に一一九番通報が入る。途切れがちの男性の声で『腹を刺された』と言う。住所をどうにか聞きだし、太宰府市内のアパートの一室に救急隊が駆け付けると、布団の上で腹部に包丁が刺さったまま意識がもうろうとしている様子の男性がひとりいた。男性は『一緒にいた女に刺された』と言ったのちに意識が混濁。そのまま搬送されて緊急手術となったが、意識不明の重体。別室には認知症を患う八十代男性が眠っていたが、救急隊やのちに駆け付けた警察に訊かれると『知らん』と繰り返す。孫夫婦が泊まりに来ていたと言うが、男性の孫は福岡から遠く離れた長野でひとり暮らしをしている。当然、搬送された男ではない。男の所持品を警察が調べたところ、免許証を発見。免許証は『家原崇』となっており、免許証の写真と搬送された男の顔は一致した。

「ここ数年、北九州で独居老人を狙った詐欺事件が多く発生していたのはご存じですか？」

　丸山に訊かれ、必死にメモを取っていたわたしは井口の顔を思い浮かべながら「知り合いからそういう話は」と返す。

「実はその多くが邑地和彦《むらじかずひこ》という男の犯行だと目されていたんですが、しかし尻尾が摑めなかったんですね」

　話題が変わったことに戸惑っていると「その邑地和彦というのが、家原崇です」と丸山が続けた。

「邑地和彦は偽名です。邑地和彦が家原崇であるという確認は、もうすんでます」

「家原は、詐欺事件にも関わってたんですか……」

　ひとり暮らしで困ったことはないですか、と住まいを訪ね、五百円程度で雑事を手伝うことから始める。それを繰り返し、じわじわと家の中に入り込んでいく。そうして老人が心を許したところで、目星をつけていた金品を奪う、というのが邑地の手口だという。質《たち》の悪いことに、老人たちは騙されたことに気付いていないひとも多いどころか、感謝しているひとすらいるのだという。また、認知症患者や、身内が近くにいないひとを狙うことで、事件の発覚を遅らせてもいるらしい。

「遠方に住む親族がそうと気付いたときには何もかも消えてなくなっている、ということが邑地……ああややこしいな、ええと家原の関わった事件の特徴なんですよ。その家原が刺されて見つかったってことでいまちょっとこっちは大騒ぎで、いやそれでですよ、まじで家原が北九州連続死体遺棄事件にも関わっとるんですか⁉」

短く「間違いないかと」と答えると、「いまどこですか」と訊かれる。

「さすがに事が事なんで、うちの署に来てもらえないすか」

「すぐ行きます」

すさまじい勢いで状況が変わっている。嵐が起こる前のような、いやもうとっくに嵐の中に飛び込んでいるのだということを改めて感じる。緊張なのか、足が震えているのに気付いた。震える太ももにこぶしを一度打ち付けて、電話を切った。

小倉中央警察署内で、丸山やその上司たちを前に吉永から借りてきたアルバムを開き、聞いてきた話をした。美散とわたしが同じ小中学校に通っていた繋がりに及ぶと、丸山が「やべえな」と鼻を擦った。

「何か鳥肌立つっすね。縁とか信じてなかったけど、あるんかなって思わざるを得んつーか」

「そういうことは言うな」

上司の平井《ひらい》という白髪の男性が素早く諫《いさ》め「余計なイメージを持つのはよくない」と付け足す。丸山が恥ずかしそうに頭を掻いた。平井がわたしに「ご協力、感謝致します」と慇懃《いんぎん》に頭を下げる。

「とても参考になりました。あとはこちらで捜査を進めますので、これで、どうぞ」

平井がドアの方に手のひらを向けた。帰れということらしい。別に歓待してくれることを期待したわけではないけれど、情報提供が済めばもう用はないと言わんばかりの態度にむっとした。

「わたしだって仕事なんです。そちらも何か教えてくださってもいいんじゃないですか。せめて邑地和彦名義での事件資料なりなんなりくれないと困ります」

平井からアルバムを奪い返して言うと、睨んできたので、睨み返す。ここは譲れない。少しの間のあと、面倒くさそうに顔を逸らした平井は、丸山に「おい」と合図のようなものを送った。頷いた丸山が「飯塚さん、こっちへ」と先に部屋を出ていき、わたしはアルバムを抱きしめたまま部屋を出た。

「出し抜かれっぱなしの分際で、偉そうにしてんじゃねえよ」

部屋を出たところで吐き捨てたのは、丸山だった。突然の乱暴な言葉に驚いたわたしを見て「って、堂本なら言ったと思いません？」とにっかりと笑う。だからわたしも笑って「絶対言うと思います。むしろもっと口が悪いかも」と答えた。

「嫌な思いさせてすんません。そんなことのためにわざわざ飯塚さんに来てもらったんじゃないのに」

申し訳なさそうに丸山が頭を下げた。

「さっきのあれ、一応平井からの許可なんです」

場所を警察署から離れたカフェに移して、丸山から話を聞いた。

「邑地和彦情報として我々が摑んでいたことなんですけどね」

いつ夕食をとれるか分からないという丸山が、大盛りのハンバーグナポリタンを注文してから切り出す。最初に電話で聞いていた通りの、独居老人に対する詐欺事件だった。家原は老人からの信頼を得るために、長い時間をかけていたという。

スミは、もともと詐欺の被害者だったのかもしれない。メモを取りながら考える。

「一件だけですが、結婚詐欺もあるんです。母親からの通報で明るみに出たんですけどね、被害女性は、おかしいと感じる点はひとつもなかったといまも主張しとるんです。彼には何かどうしようもない理由があって離れざるを得なかっただけで、いつか必ず戻ってくるはずだ、って主張しとるんですよね。でも、付き合っていたというのに、一枚も写真がない、住所も勤め先も知らん、分かるのは邑地和彦っちいう偽名だけ。しかも七百万っていう金を騙し取られてるっていう状況でね、何を馬鹿なと思うんですけど、本人は恐ろしいくらい本気なんすよ」

「七百万……。とんでもない額じゃないですか」

「でしょ？　借用書も何もなくて、誰がどう見ても騙されとる。でも彼女は絶対騙されてないって言い張る。何と言っても家原はイケメンっすからねえ……。騙されたと信じたくないまま、いまも奴が戻ってくるのを待っとる女性が他にもおるかもしれんです。騙された年寄りの中にもね、あんないい奴はおらんと庇うようなことを言うひとも結構おります。多分、恐ろしいくらい、ひとの心を掌握するのが得意な奴なんやと思います」

「……それは、そうでしょうね」

ジュリから聞いた茂美の話だけでもそうだ。愛されたいと願う茂美の心を利用して、風俗で働かせていた。誰かの心の弱いところに付け込んで利用する、そんな男だったのではないだろうか。

美散は？　彼女はどうだったのだろう。

「それでですね、ここからは平井の許可を得てないことなんですが」

運ばれてきた料理は、ぎょっとするくらい大きな皿に盛られていた。それにとりかかった丸山がぐっと声を潜める。

「これは、オレからの礼やと思うてください。……太宰府市内で家原と、家原を刺した女性が身を寄せていた部屋の住人は、遠藤《えんどう》という認知症の老人で、満足に調書も取れない状態です。部屋の状況から判断して、ふたりが遠藤の部屋に身を寄せたのは、菅野の遺体を吉屋の部屋に放置してすぐとのこと。オレの推測になりますけど、遠藤は『邑地和彦』のカモのひとりで、吉屋のように住居提供者として利用されるところだったと思います」

「中途半端に茂美の遺体を放置してスミの家を出られたのは、身を潜められる場所が他にあったから」

「それと、家原崇の所持品なんですがね、金がありませんでした」

「金？　お金、ですか」

目玉焼きの載ったハンバーグをフォークで大きく切り取って、丸山が頷く。

「結婚詐欺の分だけでも、七百万。被害件数から考えると数倍の現金を持っているはずなんです。でも、通帳も何も出てこない。財布の中に数万入っているのみでした。もちろん、遠藤の自宅からは出てこなかった。だから」

「家原を刺したひとが持って逃げている……！」

呟いて、口元を手で覆った。

丸山が小さく頷いて、フォークでぐるりとパスタを巻き取る。

「ともかく、家原崇が意識を取り戻さないと始まりませんけどね」

大きな口の中に、パスタやハンバーグが消えていく。口の端に卵の黄身をつけた丸山は「あとは、女の確保」と付け足した。

「女……家原を刺したのは、やっぱり」

呟くと「状況的には、そう考えておかしくないですけどね」と丸山が言葉を濁す。

美散は、どうして家原を刺したのだろう。どこに逃げたのだろう。実家に帰るわけないだろうし、辞めてから一年半も経過しているエンヴィもない気がする。大金を持って、逃げる場所……。

「これ以上は、オレも無理っす。飯塚さん、何かあったら教えてくださいね。あと、十分気を付けて」

料理をあっという間に平らげて、丸山は何度も「気を付けて」と念押しをしてから帰っていった。

ふたり掛けの席にひとり残り、いろいろと書きなぐったメモ帳を眺めた。心臓が次第に高鳴ってくる。恐怖ではない。興奮でもない。これ以上手遅れにしたくないという思いと、それを可能にできる位置にいるはずだという小さな希望が合わさっている、静かな熱情だ。音のない、しかしふつふつと滾《たぎ》る思いは、わたしの中に宿って簡単には消えそうになかった。

自宅に帰ると、まっさきにリビングにある書架を探った。我が家のリビングは母の趣味で一面を書架にしている。並んでいるのは様々な雑誌や本、小物などだが、わたしの興味を惹《ひ》くものはほとんどといっていいほどなく、普段はまったく目を向けていなかった。『陶芸のすべて』『胡《こ》蝶《ちょう》蘭《らん》百花』『ガーデニング紀行』などと書かれた背表紙を眺めていると、キッチンで夕飯の準備をしていた母が「何か捜しとるん？」とやって来た。

「わたしとお兄ちゃんの卒業アルバムもここのどこかにあったよね？」

「ああ、あるよ。えっとねえ、それは一番左の一番下の端」

わたしたち兄妹の成長記録は、母の趣味に追いやられていた。昔は中央に飾られていた気がするが、そこには姪の未来の七五三のときの写真パネルが飾られていて思わず微笑んだ。これは譲らざるを得ない。

端を捜すと、埃《ほこり》こそかぶっていないけれど兄妹のそれぞれのアルバムがひっそりといた。その中からわたしの小学校の卒業アルバムを引っ張り出す。

「なあに、そんなん出してきて。珍しいねえ」

「ちょっとね」

美散を捜すと決めたけれど、わたしの中の美散の印象にはまだブレがあった。自分の中の記憶を引っ張り出したい。ソファに座ってページを捲り始めると、どういう訳だか母がわたしの隣に座って一緒にアルバムを覗き込んだ。

「何、お母さん。夕飯の支度してたんじゃなかった？」

「いや、こういうタイミングでもないとわざわざ娘の卒業アルバムやら見らんけん、お相伴《しょうばん》に与《あずか》ろうと思って」

「アルバムのお相伴って何」

「細かいことはええけん、はよページ捲ってよ」

急かされて心でため息を吐く。昔をただ懐かしんで手に取ったわけではないのだけれど。しかし、最近不機嫌続きだった母の機嫌がよくなるのなら、甘んじるべきだ。

小学六年生のわたしはやせっぽちで、度の強い眼鏡をかけていて、ゴムでぎゅうぎゅうに束ねた黒髪がぴょんとはねているという特徴的な見た目をしていた。おまけにどの写真も強張った顔をしている。思わず「可愛げがない」と呟くと、母は「なぁん、可愛いがね」と微笑んだ。

「こっちの集合写真のときのワンピースは、久留米《くるめ》のおばちゃんがわざわざ博多で買ってきてくれたやつよ。よう似合っとったよねえ」

「どこが。どう見ても似合ってないじゃん。色黒なのにパステルピンクのフリルワンピはないって」

「そんなことないわね。こげん愛らしい子、そうそうおらんやったわね」

親の欲目フィルターだ。あまりの欲深さに少しの感謝と大きな恥ずかしさを覚えつつページを捲ると、わたしの隣のクラスに『伊東美散』がいた。シンプルな白いシャツと黒いパンツ姿の美散は、何のフィルターも必要としない、ただただ可愛らしい顔で笑っていた。

エンヴィで貰った写真の女性にはピンとこなかったけれど、この笑顔は見覚えがあった。ああ、この子こそ、わたしが憧れていた伊東美散だ……。

「あら」

母が声を一層明るくして、美散を指差した。

「懐かしい。この子」

「え。お母さん、この子のこと知ってるの⁉」

驚いた。しかし母は「みちるこそ、覚えとらんの？」と逆に驚いた顔をした。

「スポーツ祭りでさ。ほら、毎年秋ごろにあったやろ？　野球にバレー、バドミントンに卓球、やったかな。全校児童でやってたでしょう」

母がアルバムをざざっと捲るとまさに『秋　スポーツ祭り』というページがあった。ハチマキをつけて競技をしているスナップ写真が載っている。それを見てようやく、そういう校内行事があったことを思い出した。

「でも、これが？」

「えー、覚えとらんの？　お母さん、あれ、いまだに忘れられんのに」

呆れた、と母がわたしを軽く睨みつけ、「五年生のとき。卓球でさ、あんたと、この可愛らしい子が息を呑むラリーをしたやんか」とラケットを振る真似をした。

「ラリー」

「そう。観に来とった保護者も子どもたちも、審判の先生もびっくりしとった。あっちゅう間に人垣ができて。最初から観とったあたしもびっくりしたよぉ。以心伝心っちいうんかねえ、ふたりともどこにピンポン玉が来るのか分かっとるみたいに正確にカコンカコン打ち返してさ。うちの娘、天才やんか！　っち思ったよ」

写真を眺めて、思い出した。

ああ、あった。

夢を見ているような時間だった。卓球は別段得意というわけではなかったのに、対峙した女の子の意思が自分の意思のように一分《いちぶ》の狂いもなく伝わってきた。目を見れば彼女がどこを見ているのか分かったし、手首がどんなふうにどれくらいの力で動くのかも分かる。向こうもまた同じようにわたしのすべてを分かっているように感じた。

最初に周囲の景色が消え、賑やかな喚声が消え、彼女と、わたしたちを往復するピンポン玉しか見えなくなる。しんとした空気の中で互いの呼吸と白い玉が跳ねる音だけが聞こえる。あのとき、自分の心の高揚と、相手の女の子の心の高揚が二重螺旋《らせん》のように組み合わさって上昇していく気がした。

わたしたちは恐ろしいほどの集中力で繋がっていたけれど、観戦していた校長が興奮したのか『ブラボー！』と突然叫んだことでぷつんと切り離された、はずだ。そのあとのことはよく覚えていない。

そしてあんな不思議な経験は、あれきりだ。

「うそ、すっかり忘れてた。何で忘れてたんだろう」

自分の記憶の不確かさに歯噛《はが》みする思いだ。こめかみの辺りをぐりぐり擦っていると、母が「あのとき特別敢闘賞まで貰ったのにねえ」と呆れたように呟いて、それでふっと気付く。

この一件が、いじめに繋がったんじゃなかっただろうか。

大人たちがすごいすごいと手放しで褒めちぎってくれたからか、いや、本来なかった賞を作ってまで賞されたことが鼻についたのか。あのときは何も分からず狼狽えるばかりだったけれど、こうして振り返ればそうとしか思えない。いじめが始まったばかりのころ『卓球がちょっとうまかったくらいで調子乗んなよ』と何度も言われたことを思い出す。

いや、もしかしたらわたしは卓球での不思議な体験を誰かれなしに喋り、それが自慢のように受け取られたのかもしれない。それどころか、誰かを傷つけてしまったのかも。無意識の言動が誰かを傷つけてしまうことは、今日こそ実感したじゃないか。

あのときのことは曖昧になってしまったけれど、卓球の試合もいじめのきっかけとなった可能性が高い。わたしはそれで、この記憶を封印してしまったのではないだろうか。

アルバムに視線を戻す。スナップ写真の中に、美散の姿があった。楽しそうに大きな口を開けて笑っている。その笑顔の傍にわたしはいないけれど、レンズの向こう側にいたのではないか、という気がする。わたしたちは共に写ることはなくても、同じ場所で笑った瞬間があった。

無邪気な笑顔をそっと指先で撫でる。

あなたはあの日のラリーを覚えてる？　わたしはいま思い出してしまった。いやな思い出が付随している。だけどいま、どうしてだか愛《いと》おしく感じてる。誰かと言葉を必要とせずに繋がれることなんて、そうそうないもの。

もしあなたが覚えているのなら、話をしてみたい。あのときあなたはどんな風に感じてた？　って。奇跡みたいに感じなかった？　って。

そういう会話を、あなたとしたい。

わたしはあなたを見つけ出したい。見つけて、たくさん話がしたい……。

まだ夜も明けきらぬうちに家を出て、井口と太宰府に向かった。目的地はもちろん、家原がいたというアパートだ。ハンドルを握り小さくあくびをした井口に「ごめんね、早朝から付き合わせて」と謝ると「そういう事態やって分かっとる」と返ってきた。

「丸山さんって刑事のひとにも言われたんやろ？　ふたりのひとが亡くなって、ひとりが意識不明の重体になっとる危ない事件なんよ。こういうときこそ、ふたりで行動すべき」

「ありがと」

丸山から教えられたアパート近くに着くと、ちらほらと報道関係者だと思われるひとの姿があった。件のアパートはひなぎく荘にどこか雰囲気の似た、古い集合住宅だった。三階建てで、ところどころひび割れたコンクリートの外壁には茶色い蔦《つた》が這《は》っている。現場とおぼしき部屋の前には警察官らしきひとが立っているのが見えた。

「早く来たつもりだったのに、これか」

「やっぱり注目されとるね」

だんだんと往来が増えてくる。通勤、通学の時間だ。通りかかるひとたちに聞き込みを始めたが、どうにも手ごたえがない。どんなひとが住んでいたのかも知らないという返事ばかりだ。部屋の借主である遠藤はもともと社交的ではなく、近隣住人との交流はまったくなかったようだ。長野のような世話焼きの大家がいればまだマシだけれど、管理会社が事務的に管理しているようでそちらにも期待が持てない。

「家原たちを家に入れていたおじいさんに聞き込みは？」

「大阪から駆け付けた息子さん夫婦と市内のホテルに身を寄せてるって話だけど、さすがにどこにいるか分かんないんだよね。家原と孫の区別もついていなくて、満足に調書も取れないって話だったし、期待は持てないけど」

はあ、と井口がため息を吐いた。

「そんな状態でひとり暮らしだったわけか。その末に、犯罪者に利用されてしまった。部外者だから無責任に言えるのかもしれないけど、どこかで誰かがストッパーになれていたらよかったのにと思うね……って、偉そうだけどさ」

ひととひととの繋がりの薄さを憂うけれど、じゃあどうすればいいのか分からない。自分が誰かを見過ごしているとは思わないけれど、見過ごしていない自信なんてない。誰もがきっとそうなのだと思う。ただ、繋がれなさから生まれる孤独は、家原のような悪意を持つ人間にはとても都合がいいことだけは確かで、無力感と罪悪感だけが積もっていく。

小学生の集団が、保護者の付き添いのもと登校していく背中を眺めていると、遠くに伊能の姿を見つけた。険しい顔をして、道路の端でタブレットを操作している。彼女もやっぱりここに来ていた、とその様子を見つめる。

「……井口さん、ちょっとここで待ってて」

伊能のもとまで走っていく。タブレットから顔を上げた伊能がわたしに気付いてますます顔を険しくした。

「何。声かけないでって言わなかった？」

「あの！　わたしはこの事件、頑張ります」

思わず声が大きくなって、伊能が目を見開く。慌てて声のトーンを下げて「中途半端なままで仕事から逃げるような、あんな最低な真似、二度としません。心から向き合い続けます。信じてもらえないと思いますが、でもほんとうに、頑張ります」と一気に言って、頭を下げた。

「不愉快な思いさせてすみません。でも、やります、わたし」

大きなため息が頭に降ってきた。

「そういうの、いちいち言わなくていいのよね。わたしに宣言してみせることで満足ってわけ？　利用しないでもらいたいんだけど」

「違います！」

顔を上げて続ける。

「分かってます、言葉だけじゃ何にもならないですよね。だから……わたし、最後まで追います。そういうことを、お伝えしたかっただけです」

「あ、そ。それってやっぱり、自己満足だと思うけど」

伊能は肩にかけていたトートバッグにタブレットを押し込み、何も言わずに去っていった。ぴんと伸びた背中を少しだけ眺めてから、井口のもとに戻る。井口は「何であんな尖ったナイフみたいなひとのところにわざわざ行ったの」と心配そうな顔をしていて、わたしは「尖ったナイフって」とつい笑ってしまう。

「でも、ナイフっていい喩《たと》えかも。正しくないことに向けられるナイフって感じ」

伊能が去って行った方を見つめた。あのひとがナイフだというのなら、その切っ先の輝きがわたしに己のありようを教えてくれる。逃げだしたわたしを戒める、正しい光だ。

「しかし、聞き込みしても全然情報が拾えなかったなあ。よし、これから一軒ずつ訪ねていこうか」

「それは構わないけど、家原の実家とか、そういうとこはいいの？　こういうとき、行くもんだと思ったけど」

昨日の夜中に、丸山からメールがあった。家原崇には、実家がない。両親は八歳のときに事故で亡くなり、それからは父方の祖父母に育てられたが、祖父は家原が中学三年のとき、祖母は十九のときにそれぞれ病没している。警察が三人で暮らしていた家に行くと、人が住んでいる形跡はなく、廃墟《はいきょ》同然だったという。

「いま家原の実家に行っても、手ごたえ的には薄いかなって感じなんだよね」

「なるほどね。あんまり身内に縁のないひとなのかな」

「いずれはそこも調べないといけないけどね」

今日のところは何か情報を求めて一軒ずつ訪ねて回るしかないか、と周囲を見回していると、スマホが着信を知らせて震えた。長野からで、すぐに出てみる。その瞬間「飯塚さん？　あのねえ！」と長野の大きな声がした。

「おはようございます。どうしました？」

鼓膜が痛い。少し耳から離してから訊くと「悪いけどさ。今日、こっちに来られん？」と言う。

「今日、ですか？　何かありました？」

太宰府に来てまだ何も収穫がない。小倉にとんぼ返りというのも、あまりにもったいない気がする。

「吉屋さんの遺骨を引き取りたいっていうひとが現れたんよ」

「え？　スミさんには身内がいないって話じゃ……」

「そうやったんけどね。警察の方に、別れた旦那の妹さんっちひとから連絡があったんて。遺骨だけやのうて、遺品も引き取りたいち。そんでまあ、あたしと直接話し合ってくれちいうことでさ」

別れた夫の妹となると、スミからすると元義妹ということでいいのだろうか。スミには結婚歴があったのか。

「遺骨の引き取り先ができたのはいいことですね。でもどうして元兄嫁の遺骨をわざわざ」

スミがひなぎく荘に住むようになって五十年くらい経つという話だった。親戚などは一度も見たことないと長野は言っていたし、となれば義妹とは長い間疎遠だったことになるだろう。それがいまになって、どうして。

「吉屋さん、大昔にいろいろあったとって。お子さんをね、亡くしてたんよ」

長野が、ほんの少し声を潜めた。

「それで、急遽《きゅうきょ》捜さないといけなくなったもんがでてきてね。悪いけど、一緒に吉屋さんの部屋で捜してくれんかね」

「スミさんの部屋、清掃業者を入れるっていう話じゃなかったですか？」

「あー……実はねえ、まだ手付かずなんよ」

電話口の向こうで、長野がごまかすように笑った。

「こないだ来てもらったときと同じ。どうかねえ、来られん？」

「……すぐそちらに行きます」

隣にいた井口がぎょっとした顔をした。ごめん、と片手で謝る。

手付かずならば、スミの部屋にもう一度行くべきだ。あの場所は、顔も分からないみちるではなく、わたしの知っている美散が生活していたかもしれないのだ。いまなら別角度で見ることだってできて、それが新しい発見に繋がる可能性がある。

六章

太宰府から、長野の家まで、高速道路を使って一時間ほどだ。

「あなたが忙しいのは分かっとるんやけどね、ごめんなさい。いやね、ひとりで物捜しするんも寂しいもんでしょ？　一応ね、嫁に頼もうとしたんやけど、あのバカ嫁、殺人犯がいたとこなんて絶対絶対嫌ですー、っち騒いで！　そんなんでようもお義母さんの仕事引き継ぎますけんねー、なんちこと言うたもんやわ。ああ腹立つ！　口だけのバカ嫁が！」

長野は今日も、元気だった。どういう事情で何を捜すのかと訊くわたしを「まあまあ」と押しとどめ「作業の前に腹ごしらえしときましょ」とおにぎりと味噌汁を支度した。

「腹ごしらえって、そんな重労働が待ってるん？」

朝食を食べていなかったという井口がおにぎりを頬張りながら尋ねると「あなたたちも知っての通り、あの部屋っていろんな物でごちゃごちゃしとるやろ？　捜すにはある程度片付けないといけんでしょう。あれをあたしたちで片付けるとなると、難儀するに決まってるでしょう」と長野は大きな口でおにぎりにかぶりついた。

「でも、清掃業者を入れるって話じゃ」

「そういうのは、あとあと」

長野はスミの部屋に着いてから話をするつもりでいるらしい。仕方ないので、わたしも黙っておにぎりと味噌汁を胃に収めた。それから、長野が準備した清掃道具――マスクに軍手、雑巾やバケツ、箒《ほうき》などを携えて、ひなぎく荘のスミの部屋に向かった。

部屋は、先日来たときと同じ状態だった。変わった点は、置き型消臭剤が点在していることと、臭いが幾分薄らいでいることくらいだろう。

「それで、清掃業者を入れなかったのは、どうしてですか？」

部屋を見回して訊くと「ふふん、こんなこともあるんやないかっちいう予感がね……いや、ほんとうはね、ちょっぴり寂しゅうなったんよ」と長野は声のトーンを落とした。

「別に、あんひとと仲が良かったわけやないけどさ、でもおんなじ時代を生きてきた女んひとが、誰にも惜しまれんと、誰にも別れを言えんと、跡形もなくおらんくなってしまったわけでしょう？　何十年も生きてきたのに、その人生の後始末を業者のひとが何の気持ちもなくざーっと終わらせてしまうち思うと、何だかねえ……。ここは、若いひとは見向きもせんような古いアパートやし、入居待ちしとるひともおるわけやない。あたしがぼちぼちね、お別れがてら片付けてやろかね、と思うてしもてさ。それでもなかなか、手を付けられんくてね」

しんとした部屋を長野がゆっくり見回す。その顔にはさっきまでの明るさはなく、取り残されたような物悲しさがあった。

「長野さんの言うこと、分かる気がする。この部屋も、ここで生きてたひととお別れできてない気がする。お別れの時間って、いるよね」

井口の言葉に長野が小さく笑った。

「あら、あんた意外とロマンチストなんやね。でもまあ、そういうことよ。まずは換気しようかしらねえ。窓開けて回って、手を動かしながら話しましょうかね」

井口が窓を開け放ちにいき、わたしは台所に向かう。長野が用意したゴミ袋を広げ、まずは物が溢れているダイニングテーブルの上のものを片付けようと決めた。

「何はともあれ、現状のまま残してくれていてよかったです。それで、詳しい話を聞かせてくださいますか？」

テーブルの上のゴミを片付けていると、ダイニングテーブルの椅子にちょこんと腰掛けていた長野が「ああ、そうそう」と頷く。

「まず、義理の妹さんってのがね、小泉《こいずみ》さんて言うんよ。小泉勝子《かつこ》さん」

長野は、勝子の息子である俊三《としぞう》と電話で話したのだという。勝子はいま長崎市内の老人福祉施設に入居しており、そのため俊三が母の代わりに動いているらしい。

「ここで遺体が見つかって、全国ニュースになったやろ？　第一の被害者ってことで吉屋さんの写真も出てさ。そのニュースを勝子さんが見て、これは大昔に追い出された兄嫁やっち分かったとって」

「追い出された……」

ゴミを捨てていた手を止める。

「ええと、四十五年前やったかな、吉屋さんはね、福井《ふくい》っていう家に嫁いどったとって。やっぱり長崎の、佐世保《させぼ》」

吉屋スミは昔、福井スミという名前だった。夫との間には息子がひとり。光太郎《こうたろう》という名のその子どもは、四歳のとき夭折《ようせつ》した。

「家の近くの池で溺死してしもたんやって。そのとき吉屋さんは旦那さんやお姑さんと一緒に田んぼ仕事をしとって、そんでちょっとだけ目を離してしまった。勝子さんの話では、もう、ほんの少しのことやったらしいよ。四歳なんて、隙をついて命知らずなことする年やもんね。それに、昔はいまよりもそういう悲しい事故が多かったんよ。整備なんてされとらんかったけんねえ。吉屋さんの子どもも、いわば事故なんやけど、吉屋さんの旦那さんもお姑さんも、その子が死んだことを吉屋さんひとりのせいにして、子どもを殺すような女は離縁じゃーって……追い出したんやって」

井口は何もかも一緒くたに入れられたゴミ袋の中身を分別していた。べこべこと空き缶を潰していた手を止め、「酷いなあ」と声をあげる。

「他の大人たちもその場におったんやろ？」

「子どもの世話焼くのは母親の仕事やけん、って。責任だ何だと言うんなら、その場にいた大人全員の責任よねえ。勝子さんはそのときもう小泉家に嫁いでいて、一所懸命とりなしたらしいんやけど、どうにもできんやったみたい。吉屋さんは『跡継ぎ殺し』なんちいう恐ろしい汚名を着せられて、それで居づらくなったんやろうね。帰れる実家もなかったそうで、北九州に嫁いだ友達を頼って引っ越したんやて」

段々と腹が立ってきて、言葉も出ない。昔のこととしても、男尊女卑が過ぎる。

「可哀相な兄嫁さんのことを、勝子さんは忘れてなかったんやろうねえ。あのとき何もできなかったから、遺骨を引き取って弔ってやりたい、息子の光太郎ちゃんと一緒のお墓に入れてやりたい、ち」

ずず、と長野が洟を啜った。

「ひとりでも、そうやって考えてくれるひとがいてよかった……。でも、跡継ぎ殺しだなんて責めて追い出した元夫たちと一緒のお墓に入るというのもどうなんでしょう？」

わたしだったら嫌だけどなあ、と首を傾げると「話はここからなんよ」と長野が声を大きくして両手を打った。

「兄嫁さんがあんまりにもむげないっち思った勝子さんは、息子の光太郎ちゃんの遺骨の一部をこっそり小瓶に入れて、引っ越していく吉屋さんに渡したらしいんよ」

「あ！　もしかして捜したいものってその遺骨ですか？　遺骨が、このどこかにある……？」

雑然とした室内を見回す。「なるほど分かった。お子さんの遺骨とスミさんの遺骨を一緒に埋葬しようっていうのが、勝子さんの考えなわけね」と井口が続いた。長野が「若いひとは理解が早くて助かるわねえ」としみじみ頷いた。

「ふたりが入る小さいお墓をね、用意したいって。ほんとうにやさしいひとやねえ」

長野が、拝むように両手を合わせた。

「連絡したのはね、そういうことなんよ。あ、飯塚さん。持ってきた雑巾、濡らしてくれる？ここ、あんまり汚いから拭きたいんよ」

新品の雑巾を水で丁寧に洗って、絞って渡す。井口が「しかし、どのくらいの大きさだろうね」と部屋を見回した。

「子どもの遺骨だし、フィルムケースくらい？　いや、もっと小さいかもしれないな」

「そうね……簡単に埋もれてしまいそう。でも大切な子どもの遺骨だし、普通はどこか決まった場所に置くんじゃないかな」

仏壇とまではいかなくとも、近しい場所を作るのが普通だろう。しかしそんなものは前回見かけなかったし、警察の捜査でも見つかっていないはずだ。事件には関係なさそうな古い遺骨だとしても、発見されていれば丸山が教えてくれたと思う。

「例えば、だけど。スミさんがいなくなったあと、家原たちに処分されたとかありえる？」

井口が言いにくそうにし「ちょっとやだあ」と長野が非難の声をあげた。

「やめてよお。そんな、遺骨まで捨てるとか、そういう恐ろしいことを普通のひとができるわけないでしょが」

「あ、いやそうなんやけど、でもすでに遺体を捨ててるひとたちなわけで」

井口が焦ると、長野は「まあ、そうとも言えるけど、でもお」と泣きそうに顔を歪めて「それはあんまり、あんまりに残酷よお」と部屋を見回した。

「大事な子どもの遺骨よ？　自分が産んで育てた証《あかし》よ？　母親からすれば自分の命より大事なもんなのに、捨てられとったらそんな、ねえ。バチが当たるよ」

茂美の顔、美散の顔が浮かんだ。愛情を求めていたふたりが、母の子への思いを簡単に捨てたりするだろうか？

「だから、捜そうと決めたんですよね！」

長野の悲痛な声を打ち消すように、大きな声で言った。

「こんなにゴミを溜《た》めてたひとたちだもん、視界に入らないところにぽんと押し込んで終わりにしていたかもしれないじゃない」

手元の布巾に視線を落とした長野が「そう……そうよ！」と声をあげた。井口も部屋を見回し「そう、だよね」と頷く。

「とにかく、捜しましょう」

それから三人で、それぞれ掃除を進めた。ゴミ袋はすぐにいっぱいになり、とりあえず庭に出していく。井口の知り合いの運転手が、ゴミ処分場まで持ち込んでくれることになっている。

「お酒好き。お菓子も好き。プチプラの化粧品がメイン。カプセルトイのおもちゃもけっこう転がってるなあ。誰が好きだったんだろ。茂美かな？」

分別していると、彼らの生活スタイルがよく分かった。安い発泡酒や酎ハイの缶が多いけれど、高級シャンパンの空き瓶も相当な量がある。お菓子も、安い駄菓子の袋から高級チョコレートの箱とさまざまだ。

「発泡酒と酎ハイの缶は飲み口に口紅がついてるやつが多いなあ」

わたしの呟きに、長野が「高い酒は男が飲んでたんやない？」と言う。「どうしてです？」と訊くと「昔は、やけど。ブランデーとかウイスキーとか、高いお酒は男が飲む物だったんよ。そもそも女はあんまり飲んじゃいけないって考えもあって」と顔を顰める。

「うちの死んだ旦那は、そんな考えやなかったけど。でも、いまでもそういう男っているでしょう。女が飲むと、みっともないとか言って嫌がるひと」

あー、と同調するように声をあげたのは井口だった。

「うちの親がまさにそうやったかもしれん。父は、わりと昔気質《かたぎ》なひとでさ。テレビで女性がジョッキを持ってるだけで『情けない！』って腹立てとった。母がお酒を飲む姿なんて見たことないから飲めないと思い込んでたけど、いま考えれば、ほんとうは飲めたんかもしれんなあ」

飲み口についている口紅はくっきりとした赤色だった。美散のものか、茂美のものか。それとも、ふたりともか。シャンパングラスなどは見当たらなかったけれど、警察が押収しているのだろうか。もしあったとすれば、そのシャンパングラスに口紅はついていただろうか。

「ねえねえ、ただの汚い部屋かと思っとったけど、なんか最低限片付けられとる気がせん？」

ふいに長野が言い、「やっぱりそう感じます?」と返す。井口も「だよね」と頷いた。

「物は溢れてるんだけど、秩序がそれなりにある」

女性用の服は山になっていたり散乱しているものもあるけれど、男性のものは丁寧に畳まれて衣装ケースに入っている。女性のものでも、同じように衣装ケースに収納されたものもある。スミのものだと思われる、繕ったあとの多い衣服もやはり、ケースに収められていた。

「家族から聞いた茂美のイメージと重なる部分もあるんだよね。茂美は片付けができなかったっていうし」

「となると、整理していたのは美散かな」

「そうかも」

ぽつぽつと感じたことを話しながら掃除を続けていると、古い三段カラーボックスの前に座っていた長野が「ああ!」と声をあげた。

「ありました⁉」

井口と声を重ねて訊くと、「違うけどー」と言いながら長野が掲げたのは、数冊の古い冊子だった。茶色く色が変わった、小さくて薄い冊子で、わたしは「何ですかそれ」と首を傾げたけれど、井口は「アルバムでしょ」と言う。

「飯塚さんの年だと分かんないかな。昔、写真店に現像を依頼すると、プリントした写真と一緒に紙製の簡易アルバムをくれたんだよ」

「あ。小さいころに祖父母の家で見かけた、かも? え。そんなに古いアルバムってことは、スミさんのものかなあ」

ゴミを纏めていた手を止めて、長野の傍に行く。開くとセピア色に変わった古い写真が収まっていた。見開きで、四枚ずつ。若い女性が赤ちゃんを抱いて立っているものだった。

「え！　これ、もしかしてスミさんかな？」

八重歯の可愛らしい女性が、ふくふくとした赤ちゃんを抱いている。着ている服や、後ろの牧歌的な風景から、間違いなくスミの若いころのものだと考えられた。

「これが、光太郎ちゃんやろうねえ。あらまあ、愛らしいこと」

ポケットから出した老眼鏡をかけた長野が笑う。ページを捲ると、光太郎の様子を収めたものばかりだった。ページの端には捲る指のあとがついていて、スミが何度となく眺めたのであろうことが伝わってくる。

「そばに遺骨はなかったですか」

一緒に置かれているのではないかとカラーボックスの奥を一段ずつ覗き込むも、それらしいものはない。その間に長野と井口はそれぞれ別のアルバムを開いていた。

「あら、これお宮参りやね」

「こっちは飲み会、かな。うわあ、これは全然楽しくない。おっさんたちが酒飲んでるだけだ。って、これは開いた形跡がほとんどない。はは、興味なかったんだろうな。分かりやす」

なぜかふたりで盛り上がっている。いまはそんな暇ないんだけど、と残りの冊子を開いてみる。七五三の写真だろうか、袴《はかま》姿の幼い子どもをスミが抱いていた。

こんなにしあわせそうに微笑んでいる若い女性が、子どもを喪《うしな》い、長くひとりで生きた。しあわせだったころの思い出を、何度見返したのだろう。そんな女性は、最後は寂しい山中に埋められてしまった。哀しい、だけでは言い表せない薄闇のような思いが広がる。

捲る手が止まった。写真が入っていないポケットがひとつある。最初から入っていなかったというわけではなさそうだ。変色して黄ばんだ台紙から、入っていたであろう写真のかたちが分かる。

「……長野さん。そっちの冊子で、写真が入っていないところってありました？」

「えー？　ないけど」

長野がパラパラと冊子を捲っていく。長野の手元を覗き込んでいた井口が、「どれもちゃんと入っとるけど、何で？」と訊いてくる。

「ここ、一枚だけ抜かれた形跡があるんだよね」

開いて見せると、ふたりが「あらほんと」と声を重ねた。

「どうしたんかしら」

「前後の写真、見せて」

わたしの手からアルバムを取った井口がじっと視線を落とす。ややあって、お宮参りの写真だと言っていたアルバムを取った。両方開いて、見比べる。

「どうしたの、井口さん。何か気付いたことある？」

「……氏神様」

井口が低く呟いた。長野も見比べて「ああ」と納得した声をあげる。

「ここは吉屋さんの嫁ぎ先の氏神様なんやろね」

「氏神様って、ええと？」

聞き覚えがあるような、ないような単語だ。長野が「いまのひとには分からんかねえ」と少し呆れた顔をし、「氏神様っちいうんは、その土地ごとにおわす神様のことなんよ。そして氏神様を信仰しているひとのことを氏子と呼ぶわけ。お宮参りや七五三っていうのは、子どもが新しい氏子として氏神様にご挨拶に行く、というのが本来の意味なんよ」と説明してくれる。

「なるほど、そんな文化が」

姪の未来のお宮参りや七五三のときに、母がそんな話をしていたような気がする。自分にはとんと無縁だと思って、軽く聞き流していたけれど。

「あのね、飯塚さん。氏神様が分かるってことは神社が分かる。神社が分かれば、そのひとの住んでいる地域も分かる。つまりは、スミさんの嫁ぎ先がおおよそ分かるってこと。推測だけど、ここに入っていた写真は神社の名前がはっきり分かったんじゃないかな？」

慣れない言葉にぼんやりしていたわたしは、井口より遅れて理解した。

「あ……それって、スミさんの嫁ぎ先を知るために誰かが抜いたってこと？」

「まあ、そう考えられないこともないって感じかな」

「でも吉屋さんの大昔の嫁ぎ先なんかをいまさら知って、どうするんよ？」

長野が不思議そうに首を傾げた。

「……遺骨を、返しに行こうとした、とか」

片手を上げて、言った。長野が「へええ？」と素っ頓狂な声をあげる。

「そりゃあなた、ないわ。さすがにないと思うわあ。吉屋さんを山ん中に埋めたようなひとたちよ？　そんなひとたちが、まっとうなことをするわけないやないの」

井口も「さすがにね」と苦笑した。

「それは、そうかもしれないんですけど。でも、美散はそうしようと思ったんじゃないかって」

遺骨と写真は、この部屋を出るときに美散が持ち出したのではないだろうか。弔う母を喪った遺骨を、遺族に届けるために。これまでわたしが人となりを探り、思い描いた美散なら、そうする気がした。

黙ってわたしを見ていた井口が「スミさんの嫁ぎ先、佐世保でしたっけ？」と長野に訊き、長野が頷いた。

「そう。そこから先の詳しいことは聞いてないけん、知らんけど」

「ふうん……。飯塚さん、いまから行ってみる？」

井口がスマホを取り出して「いま、十一時すぎ」と言う。

「ここから佐世保だと車で二時間半くらい。それに、今日わたしは休みだから、戻り時間は気にしなくていい。どうせ手がかりはないんだし、行ってみてもいいと思うよ。長野さん、小泉さんに連絡できるかな？　この神社の正確な名前と場所、訊いてもらえると助かるんだけど」

長野が「あらまあ、思い切りがいいこと」と呆れた顔をした。

「飯塚さんの性格だと、どうせ『行ってみる』って言うんだよ。それなら早い方がいい」

でしょ？　と投げかけられて、わたしは「言う、と思う」ともごもご答えた。長い付き合いというわけではないのに、見抜かれている。

「家に帰ったら連絡先のメモがあるけん、一回家に戻ってくるわ。まあ、遺骨はどうも、ここにはなさそうやもんねえ」

「うん、ない気がする。飯塚さん、いまから出れば聞き込みする時間も多く取れるよ」

井口がポケットから車のキーを出して、にっと笑う。わたしも、遅れて笑った。

「ありがと、井口さん」

「ほら、さっさと支度して。長野さん、今度はちゃんと片付けるけん、今日は勘弁して？」

井口が言うと、玄関へ向かいかけていた長野は背中を向けたまま「ええよお」とのんびり返した。

「遺骨がここにないんなら、別に焦ることないけん。でも、もし犯人が遺骨を届けようっち思ったとしたなら、それはちょっとだけ、嬉しいね。ひとの気持ちが残っとるんかもしれんもんね」

願うような口ぶりだった。そうですね、と返すわたしの声も、きっと同じ色があったと思う。

それから、俊三からの情報を頼りに、わたしと井口は佐世保に向かった。

スマホの地図アプリで神社の位置を登録していると、吉永から電話がかかってきた。取るとすぐに「ねえ！　家原崇って殺人犯なん⁉」と悲鳴のような声がした。

「いま、テレビで速報が流れたんよ！」

「ごめん、わたしいま出先で、ニュース見てなかったんだ。どういう内容だったか教えてくれない？」

「北九州でおばあちゃんと若い女の子の遺体を遺棄して、それから行方不明になっとる男女のうち、男が女に刺されて意識不明の重体っていうことと、そのふたりの名前と写真」

言葉を切った吉永が、大きく深呼吸をする気配があった。

「美散が、家原を刺して逃げたって」

吉永の声が、震えた。

「飯塚さんがあいつのことをえらく気にしとったのも、ううん、それより先に美散のことを調べとったのも、ほんとうはそういう目的でのことやったんやね。ふたりを、追ってたんやね？」

少し悩んだのち、「黙っててごめん」と言った。

「いつか、ちゃんと話すよ」

「そっか……同姓同名とかじゃなく、ほんとうに、美散、なんやね」

吉永が、長いため息を吐いた。

「信じたくない。あの子のこと、小学生のころから知っとるんよ？　美散は明るくて裏表のない子やった。美人な上に空気読むタイプで、そういうとこが男に人気でさ。ちょっと鼻についてうざいって思ったこともあったけど……。そういう子が、ひとを殺したり、埋めたり……するようになったわけやろ？　信じられんよ」

「……うん。そうだよね。そんなひとじゃ、ないもんね」

スマホを握り直し、車窓の向こうに視線を投げる。

「無事に、見つかってほしい。助かってほしい。多分……ううん、きっと何かがちょっとズレて、こんなことになったんやと思う」

「わたしも、そう思ってる」

「こんなこと飯塚さんに頼んでも仕方ないって分かっとるけど、でももし美散を見つけて……美散と話すことができたらさ、いつかアマリリス会しよって、伝えてよ」

「え？　アマリリス？」

長くなりそうな気配がしたので話を切り上げようとしたが、吉永の言葉の意味をはかりかねて問う。

「花の名前だよね？　それが何」

「覚えてないん？　いまで言うと、女子会よ。小学校のとき、神社の裏にみんなで集まったやん。お菓子やらジュースやら持ち寄って」

ちかちかと光が瞬くように、記憶が蘇る。四年生？　五年生？　はっきりと覚えていない。けれど、放課後に学年の女子で集まって遊んだ覚えがある。

「アマリリス会って、ええと」

「飯塚さんって賢いくせに、覚えてないことが多すぎるよね」

吉永が、声の緊張を少しだけやわらげた。

「私が、思い出を何べんも噛みしめるタイプなだけかもしれんけどね。最初はね、音楽クラブに所属してた女子たちが、コンクール指定曲のアマリリスの練習をするために集まってたんよ。それがだんだんと、クラブに関係ない女子たちまで集まるようになって。コンクールが終わっても集まるのが当たり前になって、そしたらそれが男子たちにバレてね。『女子だけでこそこそしとる！』って騒いで学年主任の先生に言いつけたと。先生は私たち女子の説明を聞いて『まさにアマリリスやねえ』って感心したんよ。アマリリスの花言葉ってね、『おしゃべり』なんよ」

女の子たちが楽しくおしゃべりしている様子を当時の教師はそう表現し、みんなはそれを気に入って、放課後の集まりを『アマリリス会』と名付けた。

「他愛ない話ばっかりやったけどね。前の日のドラマの感想や好きなアイドルのこととか。でもときどき、誰かの悩み相談になったんよ。親が厳しいとか、塾の先生が嫌いとか。忘れられんのが恋バナやね」

そういう集まりがあったことは思い出したけれど、具体的な思い出が結べない。けれど嫌な感触はなくて、きっと楽しかったのだろう。

「ああいう時間って、貴重やったなって思うんよ。いまってSNSばかりで繋がっとるやん？　私の子どもたちも、外に遊びに行かずにオンラインでやり取りしておしまいってことがしょっちゅうある。でも、同じ空間で、顔を見て仕草や気配を感じて話すことも大事やなーって思うんよ。見逃さないでいられるものが、たくさんあるんやないかって気がする」

吉永の声は、どこまでも真摯だった。

「急にこんな話をしてごめん。多分、いますごく混乱して、動揺しとるんと思う。変な感傷に浸っとるところもあるかも。だってさ、テレビや雑誌の中でしかありえないはずのことが自分の身近で起きるなんて、想像もせんかったもん。どうにかして、自分の中で納得できる理由をつけたい」

「うん、それは、分かるよ」

彼女が感じているのは、恐怖だ。わたしだって怖かったから、よく分かる。怖くて、受け入れられなくて、いろんなことを考えた。

「でもさ、私、子どもすこやか応援隊って活動しとるやん？」

「ああ、うん。最初に会ったときに、そう言ってたよね」

「子どもたちが仲良く生きていける世界を私たち大人が作らないけん、っちいう考えの活動をしとるけど、じゃあ大人は放っておいていいんかな。美散がいまひとりで逃げとるんなら、どうしようとか助けてとか言える友達が周りにおらんっちことやん。それを、大人やけんって見逃していいわけない、よね。この気持ちは、感傷で終わらせちゃダメな気がしとる」

相槌を、打てなかった。彼女はわたしを羨んだと言ったけれど、僻むと言ったけれど、わたしよりもはるかに、心が豊かだ。

「アマリリス会で、誰かを助けたことなんてないよ。でも向き合って考え合った時間が大事やった気がする。やけん、アマリリス会をもう一回やってさ、みんなで話したい。全員なんて無理やけん、私とふたりでもいい。おしゃべりしよ、って。話聞くよ、って。まあ、美散も飯塚さんみたいにアマリリス会のことを忘れとるかもしれんよね。ていうか私、さすがに過去に拘りすぎ？

何かひとりで気負って、ごめん」

早口だった吉永の声が消え入りそうになり、わたしは「そんなことないよ！」と声を張った。

「すごくいい考えだと思う。わたしも交ざっていい？」

「もちろん」

一瞬だけ、目を閉じて考えた。わたしは吉永に呆れられるほど、思い出を遠くにしてしまっている。美散は、何も覚えていないわたしにがっかりするかもしれない。アマリリス会も覚えてないの、と呆れてしまうかもしれない。ならば、吉永と美散と三人であのときの話をするのもいい。ふたりの話を、わたしは隣で聞くだけでいい。

少しだけ、胸の奥にぬくもりを感じた。

割り込み通話が入った。丸山だ。吉永に「ごめん、また落ち着いたら電話する」と言ってから通話先を切り替える。もしもし、と言う前に、丸山の鋭い声がした。

「連絡遅れてすみません。もうご存じかもしれませんが、家原と伊東の氏名と顔写真を公開しました」

「ええ、いま知りました」

「判断が早まったのは、伊東美散が怪我をしている可能性があるからです」

「え？」

スマホを握る手に力が籠もった。

「家原が刺された包丁に、家原とは別の人間の血液も付いていたことが分かりました。家主の遠藤に出血のある怪我はなく、となれば」

「美散も、包丁で……」

「可能性が高いです。怪我の度合いは分かりません。飯塚さん、取材を続けているんでしょうが十分気を付けてくださいね。伊東に繋がることが分かればすぐに連絡ください」

「分かり、ました」

電話を切ると、わたしをチラチラ見ていた井口が「美散さん、何かあった？」と訊く。怪我をしているかもしれないことを話すと、眉根をぎゅっと寄せる。

「そうか。となれば、彼女が佐世保に向かっている可能性は低いかもしれないね」

「どういうこと？」

訊くと、井口の方が不思議そうな顔をした。

「ただでさえ追われているっていうのに、怪我をしてるわけだよね？　そんな差し迫った状況の中でも、遺骨を届けようという気になるかな？　って思ったんだけど」

「あ……、そういうことも、考えられるのか。そうか、わたし、それでも佐世保へ向かってる気がしてた」

頭を掻くと、井口が躊躇うように口を噤んだ。それから一拍置いて、「飯塚さんは、どうも美散さんを善人に見てる気がするんやけど」と言った。

「昔の同級生で、いい印象しかないんやろうね。だからこそ信じたい気持ちも分かるよ。先に電話をかけてきたひととも、そういう雰囲気で話してたもんね。でもさ、いま、彼女がしたことを改めて考えてみてよ。ふたりのひとを身勝手に埋めて、共犯を刺してるんだよ？」

「分かってるよ？　でも、何か事情があるんだよ。例えば洗脳とか。ほら、家原は口がうまくてひとを誑《たぶら》かすらしいし……」

「憶測やね、それは」

ばっさりと切り捨てられて、言葉に詰まる。

「わたし、前にもあなたに言ったよね？　フラットにって。いまがまさにそのときだと思う。あなたはいまちょっと、情に流されすぎとる気がするよ」

井口の口調は穏やかだったけれど、むっとした。

「井口さんは、佐世保に行くのは間違いだと思ってる？」

「そうとは言ってない。あなたの心の持ちようというか、無意識に抱いている願望が危ういと感じたってだけだよ。自覚、ないの？」

ちらりと目を向けられて、次の言葉が出ない。言われるまで、分からなかった。でも、そんなことないとは言い切れない。井口が、「思い込みは、相手だけじゃなく自分も傷つけるよ」と言う。まるで子どもを諭すような口調に、居心地が悪くなる。

「分かってる、けど。でも焦るし、動揺だってする」

「うん、責めてるわけじゃない。気を付けてって言ってるだけ。自分の希望が、何より自分を苦しめるものなんよ」

井口の横顔を見る。井口は前を見たまま、続ける。こないだ、痛感したばかりだよ。母はわたしのありのままを認めてくれた。これから先は、自分らしく生きていくんだ。そんな希望を抱いていたのに、違った。あのときの絶望は、これまでの苦痛の比じゃなかった。希望を持ってしまった分だけ、苦しかった。

あの日の井口の慟哭《どうこく》を思い出す。希望が絶望に変わる瞬間に、わたしは傍にいた。

「どうしようもない話だから飯塚さんには言わずにいたけど、ふたりで訪問した日のこと、覚えとる？　わたしたちが帰った後、母は酷く暴れたらしい。施設の坂本さんから、電話があったんだよ」

井口の母は、我が子が真っ青な顔をして出て行ったあと、しばらく不思議そうにしていたという。しかしそのあと、『とんでもないことした』と泣いて暴れ出した。職員が何度『どうしたの』と訊いても、彼女はそれに答えず、ただ暴れた。

「母がどう思ってたのかは、分からない。翌日には落ち着いていたみたいだから、忘れたのかもしれない。でも、忘れていてくれたらいいと思うよ。何もかも」

井口の母も、病気が見せた一瞬の希望に苦しんだのだろうか。

押し黙っていると、「口うるさいよね、ごめん」と井口が困ったように言った。

「でも、気になって。年長者としての意見だと思ってくれたら」

「……ううん。ありがとう」

井口の気遣いが、わたしの未熟さをくっきりさせる。そのことが、情けない。仕事をやり抜くと決めたのに、どうしてしっかり進めないのだろう。一度は挫折してしまったけれど、中学校のときに記者を志し、そして記者を肩書にして過ごしたこれまでの年数は長い。その間で自分なりの成果を出し、多少の自信だってついていたはずだ。けれど、どうやってここまで来られたのか不思議なくらい、わたしは頼りない。

いや、理由は分かっている。宗次郎や仲間が支えてくれていただけ。いつだって相談できたし、協力だってしてもらえた。いまもそうだ。井口はわたしの不足しているところを補おうとしてくれている。

いつまで、誰かの手を借りて一人前の顔をする？

助けてもらえることはありがたいことだ。しかしそこに甘えるのは違う。わたしはもっと、強さを身につけないといけない。

もどかしいような、焦るような気持ちを押し込めて、両頬をぱちんと叩いた。深呼吸をして、井口に「ありがとう」ともう一度言った。井口は黙って、頷いた。

「フラットでいるってこと、気を付ける。まず、ここまで来ているわけだし、佐世保には行く。いいかな？」

「それは、当然」

スマホで調べたら、福井家の氏神様が祀《まつ》られている神社は、佐世保市の山奥に位置していた。地図アプリがあれば簡単に行ける場所だが、美散はスマホやタブレットなど持っているだろうか。アルバムから抜いた写真で、神社の位置を判断できるだろうか。ましてや、土地勘のない場所で。

「地元のタクシーの運転手さんに写真を見せれば、行ける可能性はあるよ」

ぶつぶつ呟いていると、井口が言う。なるほど確かに地元のひとなら分かる可能性も高い。

「とにかく、早く行ってみよう」

井口が、アクセルをぐっと踏み込んだ。


辿り着いたのは、人気《ひとけ》のない小さな神社だった。無人のようで、社務所は木戸が固く閉ざされている。周辺をふたりで見て回るも、何もない。やさしく笑っているかのような素朴な狛犬が一対いるのみだった。周囲は閑散としていて、民家もない。一番近い民家は車で三分ほどの距離で、見覚えのない女性がうろついていなかったかと尋ねてみたけれど、分からないと言われた。

「これからどうする。福井家には連絡してるんだよね？」

「うん、念のためね。見知らぬ女性が福井家を訪ねてきたら、すぐに警察とわたしに電話をかけてもらうよう、小泉さん経由で頼んである」

ジャケットのポケットに入れたままのスマホを取り出してみるが、もちろん電話はかかってきていない。

近くに点在する家に訊いてまわったが、期待する答えはひとつも得られなかった。

神社からずいぶん離れた家を訪ね、車に戻ろうとすると遠くから音楽が聞こえた。腕時計を見ると十七時で、空を仰ぐと、うっすらと暮れかかっていた。

気持ちだけが急く。

「ねえ、井口さん。井口さんなら、こういうときって、どこに行く？」

わたしと同じように空を見上げた井口に訊くと、頭をがりがりと掻きながら「そんなの、考えたこともない」と答える。

「子どものころやったら、祖父母の家だって答えたかな。チャリで三十分くらいの場所やったけん、逃げ場所にはちょうどよかった」

「分かる。わたしは父方の祖父母と同居だったから、何かあったら母方の祖父母の家によく行ってたな」

美散だったら、鶴代の家？　鶴代ならきっと受け入れてくれるだろうが、実家の目の前だから足を向けにくいだろう。父方の祖父母は、どこに住んでいるのかすら訊かなかった。亡き実母の両親は、聞いた覚えがある。どこだったか……。

「長崎だ！」

近くにいた井口の腕を摑んで叫んだ。

「長崎！　美散の母方の祖父母は長崎に住んでるって話だった。ああでも、没交渉だった可能性もある。ええと、ええと、まず電話！」

スマホを取り出して、鶴代の電話番号を捜す。鶴代は数コールで出た。焦って早口になりそうになるのを押しとどめながら、「いきなり尋ねて申し訳ないんですが、美散さんは、母方のおじいさんたちとは疎遠だったんですか」と訊いた。

「はぁ？　飯塚さんかね？　……こないだ話した通り、小さいころに、二回ほど遊びに行っただけよ。向こうからはときどき来とったけど、確かおばあさんが病気で亡うなって、それから見かけんかったねえ」

「詳しい住所は分かりませんか」

「そんな、覚えとるわけなかろうもん……ああでも、昔にやり取りした年賀状は残しとるよ、確か」

のそのそと鶴代が動く気配がする。どこかの引き戸を開けるような音が続き、ダイフクさんの鳴き声もした。鶴代がぶつぶつ呟きながら捜している気配がするが、見つからないらしい。時間が過ぎていく。近くにいたら代わりに捜したいくらいだ。苛々し始めたころ、「あ！」と声がした。

「これ。これやわ。そうそう、大浦健太郎《おおうらけんたろう》さんと、多津子《たつこ》さん。ええとねえ、佐世保市やって」

悲鳴をあげそうになった。美散は、佐世保に来たことがあった……。

偶然？　いや、いまはもうそんなこと考えていられない。

「住所、読み上げてください」

井口と車まで走っていき、鶴代の言う住所をナビに登録していく。神社は山手にあるが、美散の母方の祖父の家は海沿いにあるようだ。ルート検索をすると、ここから車で三十分。

「……あのな、伊東さんの家、様子がおかしいんよ。今朝から家の前に知らん車が停まっとってねえ。出入りしとうひとたちは何か厳《いか》めしい雰囲気で」

鶴代が不安そうに言う。ああ、彼女はまだ報道を知らないのだ。

伝えるべきか迷う。いま鶴代に知らせても、徒に不安を煽るだけではないだろうか。せめて、美散が見つかるまでは、言わなくてもいいんじゃないか。

「それであなたは、いまから大浦さんのところに行くつもりなんやね？　あの子に……美散ちゃんになんぞ、あったんやないね？」

鶴代の声には、確信と不安が入り混じっていた。

実は、と言いかけて唇を噛む。いまここで、不用意にわたしが喋って不安を煽ってどうする。だけどテレビを付ければ、あるいは報道を知った誰かが告げれば、鶴代も状況を知ることになる。

「……犯罪に、巻き込まれています。わたしにも、まだ詳しくは分かっていないんですが」

言葉を選びながら言うと、鶴代が息を呑む気配がした。ガタタン、と何かがぶつかる音が続く。

「鶴代さん？　鶴代さん、大丈夫ですか⁉」

「生きとるんかね⁉」

耳がキン、とするくらい大きな声がした。

「生きてりゃ、どうにでもなる。あの子は、生きとるんやろうな？」

その声には、願いがあった。それだけが、大事だというような。

「生きています」

怪我をしているとか、行方が分からないとか、そんなことを言っても仕方がない。鶴代の求めている答えだけを伝えると「そんなら、いい」と大きなため息混じりの声がした。

「そんなら、大丈夫。あなた、飯塚さん。美散ちゃんのためにいろいろしてくれとるんでしょう？　どうぞ、どうぞよろしゅうお願いします」

電話の向こうで、鶴代が頭を下げている気がした。どうぞ、お願いします。必死の声に「分かりました」とだけ答えて電話を切った。

「行こう、井口さん」

「もう、向かっとるよ」

薄闇がじわじわと空を覆っていく。街並みを闇に沈めていく。急く気持ちをぐっと堪えて、眼前を見据えた。

大浦家は、閑静な住宅街から少し離れた場所にあった。伊東家にも劣らない広い庭がある、しっかりした平屋造りの日本家屋だった。しかし手入れはあまりされていないようで、玄関先まで雑草がぼうぼうに生えていた。薄紫に染まったセイタカアワダチソウの群れが寂しそうに佇んでいる。

すりガラスの嵌《は》まった玄関まで行き、呼び鈴を押す。ブー、と大きな音が奥で響いたが、反応はない。

掃き出し窓は雨戸がしっかり閉じられているが、小窓からは灯《あか》りが漏れていた。誰かが中にいるのは間違いないだろう。もう一度、呼び鈴を鳴らす。やはり、反応がない。

もう一度鳴らすと、奥の方でがたんと音がした。すりガラスの向こうに人影が揺らめく。

「……あー、どなたさん？」

男性の嗄《しやが》れ声がして、わたしは「以前いただいた年賀状を頼りにここへ来ました」と声を張った。

「大平鶴代さんの知り合いの、飯塚と申します！」

「おおひら……？　いいづか……？　誰ね」

「年賀状をお書きになっていたのは奥様の多津子さんかもしれません。あの、健太郎さんですよね」

「そやけど……」

訝しげな声ではあるものの、のそりのそりとこちらに歩いてくる。がちゃ、と解錠する音がして、引き戸が開いた。

細身の、白髪頭の男性だった。背中を丸くし、年は八十を越しているくらいだろうか。グレーのスウェットの上下を着ていて、病かと思うほど、やつれた顔をしている。わたしと井口を落ちくぼんだ目で見比べて、何故か哀しそうな顔をした。

「あのう、どなたさんか存じませんけんど、妻は何年も前に亡うなっとります。来てもらいましたけど、すんませんね」

「存じています。わたしは、伊東美散さんを」

美散、と言い終わる前に、男性――大浦健太郎の顔つきが変わった。スイッチで電源を落としたように、顔から血の気が引いていく。

「あんたいま、なんち言うた……」

「伊東美散さんを捜しています」

無意識だろう、大浦が背後を振り返った。それから慌ててわたしの方を向き、「こ、こげんとこに、孫娘がおるわけないでしょうが」と取り繕ったように言う。

「北九州の孫娘とはもう長いこと会うとりません。すんませんけど、取りこんどるんでこれで」

大浦が引き戸を閉めようとしたが、戸の建付けが悪いのかするりといかない。その間に、井口がわたしを脇に押しやってからだを入れた。戸を閉めるのを背で止めながら「女性の靴があるね」と足元を指す。ハイブランドのロゴが入ったスニーカーが一足あった。彼のものと言うには、明らかにサイズが小さい。

「さっき奥様は亡くなったって言われましたけど、どなたかと暮らしとりますか？　お父さん」

「よ、余計なお世話やろう、あんた」

その狼狽《ろうばい》ぶりは、もはや答えとしか思えなかった。

「美散さん、ここにいるんですね？」

訊くと、大浦がぐっと息を止めた。それから不安そうにわたしたちの後ろを窺う。

「あ、あんたら、誰ね。警察な⁉」

「違います。同級生です」

「は？」

予想していなかったのだろう、大浦がぽかんと口を開けた。

「ともだち、ってことな？」

「おこがましくて、そうは名乗れません。でも、わたしは彼女の同級生で、彼女を捜してここまで来ました」

一歩だけ玄関の中に入り、頭を下げた。

「お願いします。会わせてもらえませんか」

「……警察やないんなら、何の用やね」

「話をしに来ました」

ここにいると分かったとたん、凪《な》いだように緊張が消えた。興奮するのではないか、動揺するのではないかと思っていたけれど、そんなことにはならない。ただ、来るべきときが来たのだという静かな心持ちだった。

少しの間、大浦と見つめあう形になった。ややあって、全身でため息を吐いた大浦は、肩を大きく落とし、「そう、ですか」と言う。それからわたしに、「ほんならお願いします」と腰を折って頭を下げた。

「わしにゃ、事情がよう分からんのんです。十何年振りかに来たかと思えば、様子が別人のごと違《ちご》うて、悪いことばして逃げてきたって言う。助けてじいちゃん、て泣かれて……。あの子に何が起きたのか知らんけど、でも切羽詰まっとるのは分かります。警察やら知り合いやら呼んだら死ぬて泣きますけん、わしゃもう、どうしたらええんか分からんで」

「いま、美散さんは？　怪我をしているかも、という話を聞いてますけど」

「腕に切り傷がありましたけんど、本人が病院はいかんって言うんでとりあえず包帯を。ずーっと寝れんやったて言うとりましたんで、わしの睡眠導入剤を渡しました。いまはもう寝とるかもしれんです」

奥を指して、大浦は自分が罰されるかのように俯いた。

「入って、いいですか」

訊くと、小さく頷く。井口と顔を見合わせてから、そっと中に入った。

引き戸の開いている部屋を覗く。居間のようだ。小さなテーブルと籐椅子《とういす》が置かれている。テレビは見当たらず、テーブルの上に小さなラジオがひとつ。大浦は報道を知らないのかもしれない。

部屋の奥に、襖がある。後ろをついてきていた大浦がそれを指し「そこに」と言う。居間を横切って、襖に手をかけた。

「開けたら、死ぬ」

張り詰めた声がした。

「誰？　警察？　クソジジイ、誰にも言わんって言ったのに、警察呼んだんやね⁉」

びりびり痺れるのではないかと思うくらいの、怒鳴り声だった。

「よう眠れる薬やとかうまいこと言っとったけど、やっぱり騙したんやん、クソジジイ！　私、ナイフ持っとるけんね。いますぐにでも自分刺して、死ぬるけんね！」

大浦がよたよたとわたしの傍まで来て、「みいちゃん、わしはそんなことしとらんよ」と襖に縋って言う。

「お友達やっちゅうけん、入れたんよ」

「はあ？　そんな見え透いた嘘、信じんでよ！」

大浦の顔色が変わる。

「彼女はほんとうに美散さんの同級生やけん、そこは信じて大丈夫」

大浦の後ろについていた井口が、小さな声で言った。「お父さん、向こうの部屋はここ以外でどこかから出入りできる？」

大浦はわたしと井口をこわごわと見ながらも、「窓がひとつあるけど、雨戸ば閉めとります」と震える声で言った。

「美散さん。わたしは小中学校で一緒だった飯塚です」

襖に手を置き、声をかける。

「は⁉」

「覚えてない？　眼鏡をかけていて、肩くらいまでの長さの剛毛をゴムでしばってたんだけど」

「何ゆうとるん、あんた！　同級生が何でこんなとこに来るんよ？」

「記者をしてるの。高蔵山で遺体が発見されたときからこの事件を追っていて、あなたに辿り着いた。ここを教えてくれたのは大平鶴代さん。あなたのおばあさんと年賀状のやり取りをしていたんだって」

襖の向こうで、ごそりと動く気配があった。

「鶴代さん、ダイフクさんと一緒に、あなたが会いに来てくれるのをずっと待ってるよ。ダイフクさん、可愛いね。わたし、撫でさせてもらったよ」

「……何で、鶴代ばあちゃんのこと知っとるん」

「あなたのことを知りたくて、いろんなひとに話を聞いたんだよ。ねえ、ここ開けていい？　顔が見たいだけなの。部屋の中には、絶対入らない。こっち側には、わたしとあなたのおじいさんと、わたしの友達がひとりいるだけ。他には誰もいないし、警察を呼んでもいない。誓って、嘘は言ってない」

「信じろって？」

「信じてほしい」

襖に置いた手が、小さく震えている。いや、全身が震えていた。でも、頭だけはしんとしている。彼女と話して、冷静になってもらわないといけない。

しばらくの間があって、「開けていい」と声がした。「でも、絶対！　一歩も中に入らんで！」

「分かった」

そろそろと開けると、部屋は真っ暗だった。六畳ほどの和室のようだ。その窓際に、立っている人影がある。胸元にぎらりと光るものがあって、よく見ればナイフらしきものの切っ先を己に向けていた。

「あんたに見覚え、ないけど」

訝しむ声がする。瞬きを何度かして、目が慣れてきたわたしは息を呑む。

わたしの知るどの美散とも、違った。黒いジャージとおぼしき上下を着たからだは、少年のように細く頼りない。ぼさぼさの茶髪をひと纏めにし、顔はげっそりとしていた。化粧っ気はなく、肌艶も悪い。わたしのいる居間の光を受けた両の瞳だけがぎらぎら光って、野生の動物のようだった。

どうして。

どうしてこんなことになってるの。

わたしなりに、美散のイメージを作ってきた。いまの美散をかたちづくっているはずの欠片を集めてきた。小学生のころの記憶だって浚《さら》った。けれど、それらはたったひとつも、どこにも見当たらない。

「ずっと、クラスが別々だったんだよ。接点がたくさんあったわけじゃない。でも五年生のとき、あなたと卓球をしたことがある。覚えてない？　長い長いラリー」

美散が小さく声をあげた。

「あ、覚えてくれてる？　すごく続いたよね。あんな不思議な感覚、後にも先にも一度きり。美散さんは、どうだった？」

「うそ、やろ。そんな」

美散の胸元でナイフの切っ先が揺れている。

「嘘なんかつかないよ。美散さんも、覚えてくれてたんだね？」

美散がぐっと黙りこむ。

「覚えてる。けど、それが何なん？」

低い声で、美散が問うてきた。

「あのときと比べて落ちぶれたなとか、底辺になったなとか、そういうこと言いたいわけ？　それとも、ブスになったな、とか？　いいよ、笑いたかったら笑えばいい。記者やって？　日本中のひとに私のこと笑わせたいって感じ？　それも好きにしたらいい」

「違う。そんなつもりはない」

「じゃあどんなつもり？　どんな理由を聞いても、気持ち悪い。あんた、私を見下しにここまで来たとしか思えんもん。そんで？　顔見て満足した？　したなら、さっさと帰ってよ！」

怒鳴って、美散はぺっと唾を吐きかけてきた。

「違う。聞いて」

「何で聞かんといかんの？　自首しろって勧めにきた？　そんなん、自分のタイミングでやるし。それともあんたはただの時間稼ぎで、警察がこっちに来よる途中とか？　そのときは私、一息にここかっ切るけん」

美散がナイフを首筋にあてた。

「覚悟はできとる。もう、三人も殺しとるんやし」

わたしの後ろで、大浦が「三人!?　そげん恐ろしいこと！」と悲鳴混じりの声をあげた。

「そんなこと、みいちゃんにできるわけなかろうもん！」

「じいちゃん、うるさい！　しとるとって！　ここに来たんも、男を刺し殺して逃げてきたんやけん。怪我も、そいつともみ合ったときにやられたやつやし」

ずるずるとその場に大浦がへたり込む。それを支えた井口が、「警察には連絡してない。嘘じゃないよ」と言う。美散が「信じられるはずないやん」と舌打ちをした。

「信じて。万が一にでも来たら、わたしを人質にしていいから」

わたしが言うと、美散は疑わしそうな目を向けたのちに、「いい子ぶって」と吐き捨てる。

「あなたはいま三人と言ったよね。だけど、家原さんは重体ではあるけれど、生きてる。それに、スミさんと茂美さんは、ほんとうにあなたが殺めたの？」

「茂美って誰」

美散の目がぎょろりと動いた。

「あ……乃愛さん。乃愛さんのこと」

美散が何度か、瞬きをした。

「スミさんの着ていた服のポケットにね、メモが入ってた。『ありがとう、ごめんね。みちる』って。あなたが書いたものでしょう？　些細なメモだったのかもしれないけど、スミさんは大事に持ってたんじゃないかな。そんなひとを、ほんとうに殺めたの？」

「うるさい、うるさい。殺したっつってんじゃん！」

子どもが癇癪を起こしたみたいに、美散が地団太を踏む。

「具合が悪くなって寝込んでたのを無視して……死ぬまで放置しとったんよ。殺人やんか！」

病死だったのだろうか。スミの死因はいまだ特定されていない。

「……スミさんと一緒に、チューリップの花が埋められていた。あれは、お弔いだったんじゃないの？」

「うるさいって！　花は！　あれは乃愛が勝手にやっただけやし！」

苛々したらしい美散が、片手で背後の窓ガラスを叩いた。割れるのではないかと思うほど大きな音がして、大浦が悲鳴をあげる。

「乃愛は、ばあちゃんと仲が良かった。そんで、乃愛が花を盗んで勝手に持ってきただけ。あの子、ほんと嫌になるくらいばかやった。ばあちゃん埋めたこと自首するとか言うけん、キレた崇に殺されたんよ」

「茂……乃愛さんは、家原に殺されたの？」

はっとした美散が「違う！」と叫ぶ。

美散は、興奮しすぎているように見える。呼吸が荒く、落ち着きがない。

「私は止めんかった。止めたら私だって何されるか分からんけん、乃愛が死ぬって分かってたのに止めんかった。十分、殺人やん。私、ぜーんぶ見とったよ？　乃愛が、壊れたおもちゃみたいにがくがく震えとるところも、おしっこ漏らすところも全部見とった。やばいと思ったけど、でも止めんかった。はよ……はよ終わればいいって思って見とった。おしっこ拭くの私かあ、とか、これどうやって隠せばいいんやろかとか、そんなことも考えとった。なあ、私がしたことは、殺人以外の、何なんよ⁉」

美散がからだを折り曲げた。何度か咳き込んだ後、ごぼ、と吐く音がする。畳の上に吐物が音を立てて散った。思わず駆け寄ろうとすると「来んで！」とナイフを振りかざされる。

「ふたりが死ぬの、傍でずーっと見とった。ばあちゃんも埋めたし、乃愛だって埋めるつもりやった。ほんで、崇は私が刺した。回数も覚えとる。四回。あのときの崇の顔、情けないったらなかった。あんなに簡単に刺せるんやったら、もっとはよやっとけばよかった。そしたら、乃愛は生きとったかも」

おえ、と美散がまたえずく。

「何で、家原を刺したの」

「……あんた、記者なんやろ？　調べてこんかったん？」

手の甲で口元を拭った美散が「あいつが、悪魔みたいな男やからよ」と呟くように言った。

「私が隣の部屋におるのに、平気で乃愛とヤる。乃愛の、あの声聞きながら寝るの、おかしくなりそうやった。乃愛だけじゃない。他にも女がおった。金のためとか、私のことが一番とか言っとったけど、そんなん私以外にも言っとった。私には、好きだっていう証拠を見せろって言うくせに、自分は見せん。最低」

「何で、そんなひとと」

「私に、男を見る目がなかったんやろ」

ははは、と美散が乾いた声で笑った。

「酷い男って気付かんかっただけ。ばかやっただけ。ただ、私は、私のことを好きなひとに大事にしてもらいたかっただけやったのにね」

「大事にしてもらえなかったなら、別れたらよかったじゃない」

言い終える前に、冷たい目を向けられた。すっと目を細めた美散は「あんたさ」と唸るような声を出した。

「人生で失敗したことないんやね。羨ましいことで」

それから、くっと鼻で笑う。わたしは慌てて首を横に振った。

「そんなことない。わたしにだって失敗、あるよ。後悔だってしてきた」

「たいした後悔やないんやろ。私は、絶対に戻れない失敗をしたかって訊いてる。永遠に取り戻せないものがあったかって訊いてる！」

「あるよ、ある。取り返しのつかない失敗だってしてるよ」

「ほんなら、簡単に『別れたらよかった』なんて言えるわけないやん！」

美散がまた、窓ガラスを叩いた。雨戸が一緒に揺れ、大きな音が鳴る。

「取り返しのつかない失敗って、そういうことやろ？　二度と引き返せんもんやろ？　失敗の重みも分からんくせに、偉そうに言うな！」

もう一度、こぶしがガラスに叩きつけられる。ガラスがいまにも割れそうな音を立てる。ああ、こんなことじゃだめだ。美散の心を離していくばかりだ。何度も、ごめんなさいと頭を下げた。

「……愛情が大きくなりすぎて、別れられんかったんかな？」

ぼそりと言ったのは、井口だった。へたり込んでいた大浦を籐椅子に座らせた井口は、わたしの一歩後ろに来て「突然話に入ってごめん」とナイフを握り直した美散に頭を下げた。

「井口といいます。飯塚さんの友人です。わたしも、ここから動かない。中には絶対に入らないから、安心して。それで、もしよかったら聞かせて」

すぐに動けんように、座るね。そう言い足して、井口はわたしの横で正座をした。それから美散に「どんだけ悪い奴だと分かってても、好きだから離れられん、ってことあると思う」と穏やかに話しかける。

「世間のいう善悪に従ってきっぱり別れることができたら、楽だろうにね。って、偉そうに言っとるけど、実はわたしは恋愛っていうのをしたことないんよね。やけん、想像でしかないんやけど、自分のとても好きなひとが罪を犯していたと知ったら、それはもちろんショックやけど、好きって気持ちが消える理由にはならない、と思う。むしろ、そうせざるを得なかった苦しみに寄り添いたいって考えそうやし、世間から相手を守りたいって気持ちが湧く気がする。どうかな？」

美散が微かに、息を吐いた。不思議そうに、井口を見る。

「わたし、普段は代行運転手をやっとるんやけどね。お客さんを乗せる方に回ることもある。酔っぱらったお客さんがね、ときどき話しかけてくるんよ。話題は恋愛のことも多い。例えば、酷い奴だと分かっとったら、好きになんかなっとらんって。好きになったあとに知ってしまっただけ、って。そりゃ、そうですよねってわたしは答える。誰も、不幸になりたくてひとを好きになるわけやないもんね」

「……そやね」

短く美散が返す。

「他にもね、しあわせになるために頑張ったのに、って言うお客さんもおる。好きなひとのために頑張って、報われんのは辛いよね」

「可哀相、って言いたいん？」

「まさか。そんなん、言われたくないやろ？　わたしは、自分の辛かったことを、誰かに簡単に可哀相って憐れまれたくないよ。そんなの絶対許せないし、認めない」

少しだけ、美散のまとう空気が変わった。井口をまじまじと見た美散はもう一度「そやね」と返す。声音にも、変化があった。

「わたしは、あなたの事情を知りたいなって思っとる。よかったら、教えてくれん？　家原さんが酷い男だってことに気付いたときには、もう好きになりすぎてて、別れられんかった？」

「違う。好き、とかそういうのじゃ、ない」

長い沈黙の後、美散が小さな声で言った。

「おかしくなっとった。我に返ったときには、もう取り返しがつかんとこまできとった、それだけ」

「我に返ったときっていうのは、スミさんや、乃愛さんのこと?」

井口の問いに、美散が首を横に振る。

「もっと前」

「あ。お金、とか?　家原に貢いだの?」

わたしが言うと、美散は「はぁ?」と眉根をぐっと寄せた。

「金?　貢ぐ?　ばかにしとるん?」

強く睨みつけられて、「あ、ごめんなさい。家原が結婚詐欺もしていたっていう話を聞いて、それで」と慌てて言う。

「ごめんなさい、違うよね」

さっきから、美散を不快にさせ続けている。わたしじゃ、うまくいかない。頭を下げて謝ると、美散が「ばかやん」と吐き捨てた。

「うん、短絡的だった。ごめんなさい」

「結婚詐欺とか、そんな可愛いもんやない」

屈《かが》んだ美散が、何かを手に取った。それはリモコンだったらしい、ぱっと明かりが点《つ》く。急に明るくなって、眩しさに何度か瞬きを繰り返した。

「よう、見い」

リモコンを放《ほう》った美散が、ナイフを持っていない方の手で上着のファスナーを下げた。片手で、服をぐいと剝ぐ。ブラジャーを着けたからだが露《あら》わになって、わたしと井口から短い悲鳴が漏れた。

あばらが浮いたからだ。肉がこそげたお腹に、『たかし』と歪んだ文字が浮いていた。赤黒い点を寄せ集めたような、歪《いびつ》な字。その点は、鎖骨の下や腰にも散っていた。

「これ、何やと思う？　タバコの火の痕。根性焼き」

たの字を指で辿って、美散はくつくつと笑った。

文字から目が離せないでいると、獣のような叫び声がした。振り返ると、さっきまで茫然自失の体《てい》だった大浦が立ち上がっていた。

「何な、それ！」

枯れた体に、火がついたように見えた。目を血走らせ、顔を赤黒くして怒鳴った大浦は、わたしと井口を押しやってどすどすと美散に向かっていく。ぎょっとした美散が「何⁉　来んで！来んでって！」とナイフを構えて声を張ったが、彼はそれを無視して美散のところへ行き、ナイフを払いのけ、抱きしめた。

「何でこげん……こげんむごいことされとるんな！　どこの男や。じいちゃんが殺してやる！」

「じい、ちゃ……？」

「わしの大事な、たったひとりの孫娘ぞ。誰がこんな傷ばつけた？　ここで待っとれ、美散。じいちゃんがそいつを叩き殺してやる」

大浦は、孫娘を強く抱き「殺してやる」と繰り返す。その声が、だんだんと濡れていく。誰が、わしの可愛い孫娘をこげん傷つけたんな……。

わたしと井口は、動けなかった。さっきまで、事態も把握できずにおろおろしていた老人とは思えなかった。大浦の怒りは、命を燃やしているかのようだった。

いや、実際そうなのかもしれない。大事なひとの悲惨な姿を前にすれば、ひとにはこんなにも怒りが湧くものなのだ。

「こ、殺した。殺したんよ、じいちゃん。私は、そいつを殺してきたと」

祖父の腕の中でもがきながら、美散が言う。大浦は「そうか、それで殺したんか」と腕に力を籠めたまま呟いた。

「そうか、それでか。それで、そんなことしたんか。そりゃ怖かったやろう。お前は昔から痛いのが苦手で怖がりな子やった。辛かったに違いなかろ。ごめんなあ、じいちゃんが代わりに殺してやれたらよかったなあ、ごめんなあ」

ごめん、ごめん、と言って大浦は泣いた。だんだんと、炎が小さくなる。背中が、元の頼りないものに戻っていく。

もがいていた美散の腕が、だらりと落ちた。

「もう、何もかんも遅いとって、じいちゃん……」

「ほんとやの、遅かったの。ごめんな、みいちゃん。ばあさんとふたりで、お前を誘拐してでも連れ帰っとればよかった。夏休みのとき、いつまででんここにおればええっち言ってやればよかった。お前のしあわせは親の傍におることやと自分を戒めとったけど、じいちゃんたちも自分に我儘《わがまま》になればよかったなあ。ごめんな、ごめんなあ」

祖父が、孫娘の薄い背中を何度も撫でる。

「みいちゃんは何も悪うない。なーんも、悪うない。じいちゃんがしてやらないかんかったことを、自分でしただけやけん。何も悪うない。ひとりでよう頑張った。みいちゃんは、よう頑張っただけやけん」

ごめん、頑張った、ごめん。それの繰り返しの中に、子どものような頼りない泣き声が重なった。

わたしと井口は、その姿を黙って見守ることしかできなかった。

七章

文章を書いては消す。読み返して言葉を足し、あるいは削る。わたしの主観で語りすぎていないか、感情を込めてやしないか、何度も読み返す。

美散を発見し、出頭に同行するまでの経緯を書いた記事だ。三日前のことだが、まだ興奮が静まっていないことが文章に滲んでいる。これじゃ、記事にならない。何度も何度も推敲を繰り返す。

書き上げた記事の最終チェックを済ませ、宗次郎にメールで送った。送信完了の文字を確認してから、「よし」と呟いた。これから宗次郎と編集長のチェックが入るが、事前に大まかな内容を報告していたし、大きな修正はないだろう。

大きく伸びをすると、背骨の辺りがぼきぼきと鳴った。天井を仰ぎ、「あー」と声を出しながら息を吐く。自宅の部屋という、本来なら寛《くつろ》ぐことができるはずの場所なのに、頭の隅で意識が張り詰めている。

三日前のあの日、大浦の家から一番近くの警察署――佐世保南警察署に送り届けた。

「これからが、勝負」

美散の身柄は小倉中央警察署に移された。これから起訴され裁判へと繋がっていく。美散のこれからの道のりは、とても険しく、長い。

しかし、家原崇が一命をとりとめたことは、よかったと言うべきだろう。家原が命を落としていれば、美散の罪は大きくなった。

いまの美散にわたしができることはない。せいぜいが、手紙を書くことくらいだ。

さっそく書こうとデスクの引き出しを探ってみるも、メールに慣れてしまった身だ。便箋も封筒も見当たらない。ひとつ買いに行くか、と立ち上がった。

階下に行くと、兄家族が遊びに来ていた。姪の未来がスケッチブックを膝に載せて、掃き出し窓のところに腰掛けている。

「未来ちゃん、絵を描いてるの？」

未来に声をかける。義姉が「いま、絵画教室に通っとるとよ」と先に言った。

「昔っから絵が好きやったけど、本格的に勉強したいって。うちら夫婦には芸術の才能なんて欠片もないのに、この子はすごいんよ」

義姉が嬉しそうに笑い、未来がスケッチブックを見せてくれる。庭先にいた雀《すずめ》を写生していたようだ。

「うわ、ほんと、上手。すごい才能だね」

「こんなの、まだ全然うまくない。何べんも描きなおしとるもん」

未来が唇を尖らせた。大人たちよりも本人の方が厳しい。

「先生がね、目を閉じても思い出せるくらい、描きたいものを観察しなさいって言いんしゃったと。分からんまま自分の『多分』で描くのは、『ほんとう』を描いたことにならんとって。えっとね、『ほんとう』を見失ってしまうとって」

未来の傍に座っていた母が「あらあ、すごい」と感心した声をあげる。

「ほんでね、見るだけじゃなくて何べんも描くことも大事とって。見てるだけじゃ、近づけんでしょ？　何べんも何べんも線を描いて、『ほんとうのかたち』を探すとって」

「子ども向けの絵画教室なんやけど、本気で教えよるったい」

コーヒーを飲んでいた兄が「すごかろ？」と笑った。

「こっちの方が、意識が甘かったなっち恥ずかしくなるったい」

「こんだけ分かってたら、もうプロみたいなもんやね。いつか肖像画描いてもらおう」

母が目を細め、眩しそうに孫娘を見た。わたしの目にも、未来はきらきら光って見えた。

自分の『多分』で描くのは『ほんとう』を見失ってしまう。何回も試して、『ほんとうのかたち』を探す。

幼い姪の口から出たたどたどしい言葉たちは、ぐっと胸に迫るものがあった。

「未来ちゃん、その通りだね」

わたしはいろんな角度からの美散を知る。どこかにわたしの『多分』を入れたらほんものの美散を見失う。そして美散からの信頼も得られないままだろう。

「改めて、仕事に対するやる気出た。ありがとね！」

お礼を言って、家を出た。

びゅう、と風が吹いた。ひやりとした風に、秋の色が深くなっていることを知る。宗次郎から最初に電話を貰った日は、まだ夏の気配の方が濃かったのに。

あれから、目まぐるしい日々だった。その日々の濃密さに、眩暈がしそうになる。しかし、すべては始まりに過ぎないのだ。

美散に、毎日のように手紙を出し続けた。クリスマスは井口と一緒に鶴代の家に行き、三人と一匹で過ごしたこと。エンヴィで美散と仲の良かったキャストが地元で自分の店を持ったこと。ひなぎく荘のスミの部屋の片付けを進めていること。そして、美散さえよければ面会に行きたいと思っていること。

スミの部屋から、スミが書いたと思われるメモを見つけたときには、美散宛かもしれないと思ったので手紙に同封して送った。

ときどき、美散は返事をくれた。とても短く、『面会は拒否します』『来たら一生恨む』とか『手紙も迷惑。うざいからやめて』というような内容だった。わたしはそれに謝りながらも、送り続けた。

何度目かの返信に『偽善者』と書かれた。

『理解したいとか、友人になりたいとか、よくもまあそんなきれいごとが書けるね。あなたは、記者としての仕事がしたくて私に関わろうとしてるくせに。そういう部分を隠して口先だけのことを書かないで』

いつもは整っていた字が、乱れていた。

美散が怒っていることは承知の上で、わたしはまた、手紙を書いた。

『きれいごと、と美散さんは書かれましたが、確かに、友人になりたいなんてことはきれいごとだったと思います。友人という言葉の響きを使って甘えていましたね。ごめんなさい。

ただ、わたしはきれいなことを言っているつもりはありません。自分なりに考えていたのですが、わたしの行動原理は「憧憬」と「怒り」というふたつの表現が一番近しいように思います。

わたしの知っているあなたは、誰からも愛されるうつくしく心やさしい女性です（違うと言われるかもしれませんが、わたしの抱く印象です）。わたしが昔のあなたを思い返すと、共に蘇る感情は「憧憬」なのです。そんなあなたに何があったのか、どうしてそうならざるを得なかったのか、わたしは知りたい。あなたがかつて持っていた光に、いまのあなたを作った道のりに、わたしはどうしても惹かれる。それは、記者としてではなく、あなたに憧れたひとりの少女としてです。あなたにはしあわせでいてほしかった。

そこで、ふたつめの「怒り」です。わたしは、あなたは絶対にしあわせな人生を歩んでいると思っていたんです。華やかに生きているはずだ、と勝手に想像していました。だからあなたの現状を知ったとき、「どうして？」と勝手に傷ついてしまいました。愚かですよね。想像通りではなかったから、傷つくなんて。わたしはその、自分勝手な思い込みをしていた自分自身に怒っています。わたし自身、たくさんの誰かの思い込みに苦しんで生きてきました。それでいて、自分の思い込みが他者に与える痛みに、つい最近までまったく無頓着でした。その上、自分の思い込みが現実とズレていたからと勝手に傷ついたなんて、愚かすぎます。

こう書きだしてしまうと、自分自身の中の問題なのだと認めざるを得ません。お前の問題にどうして付き合わされなきゃいけないのだ、と不快に思われますよね。ほんとうに、ごめんなさい。でも、これがわたしのきれいじゃない本音です。

何もかもお伝えした上でお願いです。あなたの意思に関係なく勝手にあなたの人生に関わった以上、あなたの人生の幸福を勝手に思い描いていた以上、あなたのお手伝いを少しだけでもさせてください。苦しみを少しでも担わせてください。自己満足と言われるかもしれませんが、わたしは、わたしの責任だと思っています』

　この手紙を送ってから、やりとりが途絶えた。何を書いて送っても、美散からの返信はない。自分の中にある言葉をすべて用いるような気持ちで書き続けたが、それもあるとき底をついたと感じてしまった。わたしは、美散の心を動かす言葉を持っていないのかもしれない。足掻《あが》くように手紙を書き、しかし読み返せば前に送ったものと似たり寄ったりの内容でしかなくて、握りつぶしてしまう。絶望にも似た気持ちに襲われ、でも手紙をわたしから途絶えさせるわけにはいかないと、必死で書いて送り続けた。

　苦しい日々の中で、光が差すように返信が届いたのは翌年、春の気配が微かに漂い始めたころのこと。太宰府天満宮の梅が咲いたと報道が流れた日だった。

　美散からの手紙には、わたしがいつまでも手紙を送るのを止めないので、返事を書くのが面倒だと書かれていた。

『私はあなたみたいな記者と違って、手書きの手紙なんて慣れないです。ほんとうは気乗りはしないけど、会います。あなたに会いたいってわけではなくて、手紙を書くより楽そうだからです』

　前回の手紙とは違う落ち着いた文字を見て、思わず手紙を抱きしめた。わたしはようやく、一歩近づけたのかもしれない。

　改めて手紙を読み返して、小さく笑った。

『――それと、ダイフクさんの写真を毎回同封してくるのはズルいと思います。開けざるを得ませんでした』

書くことだけでは足りないと考えた末のことだったが、ダイフクさんに感謝するしかなかった。

我が家の庭のチューリップが、二輪咲いた。赤い花が、春の日差しを受けて凛としている。その様子を眺めてから、美散との面会に向かった。

久しぶりに顔を合わせた美散は、いくぶん頬がふっくらしているように見えた。大浦家で会ったときと比べると肌艶もよさそうだ。しかしアクリル板越しのわたしを見ると戸惑ったように俯いて、「何だか、こういうの慣れないし、やっぱやだな」とかぼそい声で言った。

「昔の自分を知ってるひととこんな風に会うのって、今更だけど、情けなさ、ある」

「ごめんなさい。嫌だったら、今日は帰る」

「ううん、大丈夫。ていうか、こういうのが、だめなんよ。私のばかなプライドの問題だから」

ぶるぶると頭を振って、美散はぎこちなく微笑んで見せた。

「それで？　飯塚さんは、私とここでどんな話をしようっての」

透明な、強固そうで分厚いアクリル板を挟んで向かい合う。美散の向こうには拘置所職員が静かに立っていて、少し緊張する。最初に話すことを決めてきたはずなのに、ぱっと消えてしまった。「えっと、えっと」と視線を彷徨わせていると、何も持っていないわたしの手元を見た美散が「あれ？　取材じゃないの？」と訊いてきた。

「取材じゃないよ。記者として会いたいわけじゃないって、何度も書いたでしょう。友人になりたくて、会いに来たんだ」

美散がまばたきを繰り返した。

「本気なんだ」

「そうだってば。本音を言えば、記事にしたい気持ちもあるよ。でも、それは美散さんが書いてもいいと納得してくれた上でじゃないとだめなの。それまでは絶対書かない。大丈夫だよ」

今回の事件を取り上げたわたしの記事は、驚くほどの反響があった。初めて、宗次郎から手放しの称賛を貰った。編集長からは、事件を掘り下げた記事を書けと強く求められている。けれど、美散が頷いてくれるまでは絶対に書かない。早く取り掛かった方がいいことは十分、分かっている。けれど、わたしはもう不確かなままの事実を世に送り出すことはしない。

「そうだ、話すこと思い出した。アマリリス会って覚えてる？」

「……ああ。神社でみんなで集まってたやつね。元は音楽クラブが練習してただけの」

「え！　うそ、覚えてるの⁉」

「ちょっと待ってよ、訊いておいて、覚えてたら驚くってどういうこと」

「いや、実は、わたしはうっすらとしか覚えてないんだよね」

頭を掻くと、美散が小さな声で笑った。

「アマリリスの曲を耳にするたびに、私は思い出してたけどな。あのとき、楽しかったなあ。みんなでお菓子持ち寄って、おしゃべりしてさ。みんなで合言葉作って、それが流行ったこともあったっけ」

美散は驚くほど、当時のことを覚えていた。わたしが「合言葉って、何それ」と首を傾げると「うっそ、ほんとに覚えてないん？」と目を見開く。

面会時間は、三十分だった。あっという間に時間が過ぎてゆく。黙って立ち会っていた拘置所の職員に頭を下げて帰ろうとすると、美散が「ねえ、また、来てくれる？」と訊いてきた。

「いいの？　差し入れは何がいい？」

彼女ははにかんで「ダイフクさんの写真」と言った。

九回目の面会は、印象深いものになった。美散が、「じいちゃんの家に一緒に来ていたひとは、飯塚さんの彼氏よね？」と井口のことを口にしたのがきっかけだった。

「感じのいいひとやね」

「恋人じゃなくて、友人だよ。井口さんは、大事な友人」

「ゆうじん」

美散は初めて聞く言葉みたいに驚いた顔をして、それから「こういうところがだめなんよね、私」と小さく息を吐いた。

「すぐに恋愛と結びつけてしまう。でも、そっか。友人か」

「実はわたし、社会人になってから友人との関係が薄くなってしまってたんだ。仕事を優先してしまったせいなんだけどね。でも井口さんと友人になれたことで、ひとと関わり合うことのしあわせや楽しさを再認識した気持ちでいる。それと、近くで見守ってくれる存在のありがたみも。正しいことは応援してくれて、間違ったことは否定してくれるひとがいるってこと、感謝してる」

井口と出会えてよかった。わたしもそう感じてもらえるよう、よき友人でいようと思うたび、背筋が伸びる。

「友人、かあ。私も、高校を卒業したあとは縁がなくなっちゃったな。みんな、いまごろどうしてるんだろ」

懐かしそうに目を細めた美散が、「アマリリス会」と呟いた。「え？　何？」とわたしが問うと

「友人……友達とのしあわせな思い出を辿ろうとすると、アマリリス会がまっさきに出てくる」と言う。

「家でどれだけ嫌なことがあっても、寂しくても、アマリリス会の中では忘れられた。気持ちいいくらい笑うことができた。うちのお母さんめっちゃ酷いんよ、って誰かが言ったら、うちも！って手を挙げることもできた」

目の前に、その光景が蘇っているのかもしれない。美散がやわらかく微笑んだ。それから「あのときは言えたんよね」と続ける。

「あのときは、まだ言えた。寂しいとか、悲しいとか。でもだんだんと、言えなくなった。妹の豊香が病気になってからは特に、ね。豊香は大変で苦しくて、両親も必死で、だから愚痴なんて言っちゃいけないっていう雰囲気でさ……」

鶴代もいたし、甘えられるひとがまったくいなかったわけじゃない。でも素直に全部を吐き出すことはできなかった。それは自分の中で、家族に対するざまあみろという感情と、そんな黒い感情を自覚している罪悪感がせめぎあっていたからだと美散は話した。

「自分はなんて酷いことを考えとるんだろうって、恥ずかしくなった。もっともっとやさしくしなきゃって思った。でも、ふと自分を振り返る瞬間がくるんよ。私はこんなに寂しいのに、私だってこんなに辛いのに、どうして誰にも言っちゃいけないのかな、って。私が豊香よりも可哀相じゃないから、私の寂しさや辛さは無視されるの？　って。そのときには泣き出したいくらい寂しくなって……それと同じくらい、豊香が憎らしくなった」

美散の顔に影が射《さ》す。その顔は、さっきとは打って変わって、疲れ切った老人のようにも見えた。もう何度も、思い悩んで苦しんできた顔だ。

「妹さんのこと、好きだったんでしょう？　好きだから、そんな風に苦しんだ」

美散の葛藤の端々から、愛情を感じた。美散が首を緩く振る。

「……分からない。そう言うには、あんまりにも憎みすぎたんよ。最初はね、純粋に、生まれてきたことが嬉しかった。たったひとりの妹やもん。でも……、好きでいさせてもらえんかった。周りが、私にそれを許してくれなかったんよ。ねえ、飯塚さん」

ふっと美散がわたしを見た。蛍光灯の灯りと、小窓から差し込む光で、美散の瞳が少し茶色がかっているのが分かった。

「私はね、やっと分かったと。ひとはひとで歪むんよ。その歪みをどこまで拒めるかが、自分自身の力。私は無力でばかやった。いつも、歪みを受け入れることが愛やと思ってたし、そうすることで愛されようとしてたんよ」

その言葉を脳内で反芻《はんすう》する。

「私は、豊香を好きでい続ける強さも、賢さもなかった。歪みを受け入れて、それでも愛されなくて、裏切られたような気がして傷ついて、最後は憎んでしまった。豊香だけやない。私の人生は、そういうことの繰り返しやった」

茶色い瞳が、ふるりと揺れた。

「何か、話すって、いいね」

美散が、わたしたちを分断しているアクリル板に片手をあてた。分厚い板はどこまでも透明なのに、きっぱりとわたしたちを分けている。

「懐かしい話をして、その中で自分のしたことを振り返る。もっと辛くなるかと思ったけど、飯塚さん、話しやすい。賢そうなのに、記憶がやたらぼやけてるところが、間が抜けてていいのかな？」

「う……否定はできない。でも、そこに価値があるなら、記憶力が低くてよかったかもしれない」

「よかったって、それはあんまりにもポジティブすぎっしょ」

天井を仰いだ美散は少しだけ声をあげて笑い、「ありがと」とわたしに視線を戻した。

「飯塚さんのことを信じるってのは……、正直まだできそうにない。でもね、手紙や面会を楽しみにしてる自分がおるんよ。考えたらさ、友達ってそんなもんやもんね？　いきなり、初対面で無二の友になるわけないやん？」

「うん」

「やけん、まずは飯塚さんと、友達、やってみようかなって」

無意識に「え」と声が漏れた。それから言葉が出ずにいるわたしを見て、美散が顔を赤くする。イーー！　と口を大きく横に広げたのち、「男に告白するより恥ずかしいわ、こんなん！」と言って俯く。

「とにかく、友達？　やろう。そんで、ええと、これまでの話も、する。記事を書いていい、とは思うけど、私の気持ちの整理がつくまでは公開しないで欲しい。私はまだ、自分に起きたことをうまく受け止められてない。いまはただ、友達として聞いてくれたらっていうか。いつかは記事を出していいよって言えるとは思うんやけど」

「いいよ、聞く」

思わず、美散の手に自分の手を合わせた。ひんやりした硬い板に触れる。美散の熱は伝わらないけれど、気持ちには触れられた気がする。

「聞かせて」

美散はまた顔をついと上げ、それから合わさった手を見て、少し間を置いてから、頷いた。

＊

伊東美散の勤務先、小倉北区堺町にある飲食店Aに家原崇が現れたのは、二人が二十七歳の夏のことだった。高校一年生のときにクラスメイトだった家原との再会を、伊東は偶然のことだと思った。家原も偶然という言葉を使って驚いて見せたが、家原はのちに意図的に店に行ったと供述している。家原は最初から、伊東を狙ってAに現れた。

伊東は、半年交際していた男と別れたばかりだった。男には結婚を約束した女が別にいて、伊東は遊び相手にすぎなかったのだ。周囲は男に憤慨したが、伊東自身は「いつものやつか」と醒《さ》めた思いを抱いていた。

伊東は、十人いたら十人が美女だと評価するであろう華やかな容姿の持ち主だ。身長は百六十八センチ、スタイルもよい。人当たりがよく、伊東を知る人たちに話を聞くと、穏やかで控えめな性格で、自身の容姿を鼻にかけることもなかったと口を揃える。Aにおいては、伊東を目的に足しげく通う男性客も多かった。

しかし伊東本人は、愛されたことがなかったと言う。彼女はずっと、飢えを傍らに感じて生きてきた。

「私は卑屈なの。余裕がなくて自分に自信も持てなくて、僻みっぽくて浅ましい。そのくせ、こだわりも強いんだ。誰でもいいわけじゃない。好きな人から好かれたい。物欲しげな顔をしてる

のが、相手に伝わるんだと思う。だからいつだって、好きな人に好きになってもらえない」

自分が想《おも》う人に同じように想ってもらいたい。それは、ごくごく普通の願いだ。誰しもが抱く感情である。しかし伊東にとってはそうではなかった。愛情を欲することを、品がないことだと感じてしまう。だからこそ、肝心なときに身を引いてしまい、うまく愛情を交わせない。

それには伊東の育った環境が大きく関わっている。物心がつく前に実母は事故死。それからは父の再婚相手の手で育てられた。父は仕事人間で、育児をすべて妻に任せた。

義母と伊東は、心を通い合わせることがなかった。前妻の面影を宿した伊東は、義母の心を乱す存在だったのかもしれない。伊東が父や周囲の大人に甘える態度を見せると、「悪い癖が出てるよ」と低い声で言い、尻を強くつねって止めさせた。伊東はいまでも、義母の冷淡な声と共に尻をぎゅっとつねられる夢を見るのだという。

また、異母妹の誕生と闘病、幼くしての死も伊東の心に大きく影を落としている。両親の心はいつも異母妹に向いており、伊東はいつも親たちの気を引くために必死だった。しかし道化を演じても、正面から寂しいと伝えても、自分を見てもらえることはなかった。むしろ、努力すればするほど、報われないことに心が冷え切っていった。

愛情をうまく手に入れられない。伊東がそれを半ば諦めようとしていたときに現れたのが、家原だった。

家原もまた、見目がよかった。その容姿を持った上に、口のうまい男だった。耳心地のよい穏やかなバリトンで、ゆっくりと丁寧に話す。言葉遣いは綺麗で、北九州市出身だが方言を使わない。毎日数社の朝刊に必ず目を通し、ネットニュースを追い、話題にも事欠かない。それでいて、よく冗談を言って人を笑わせることもする。

伊東と家原がAで『再会』したときのことを、Aの従業員Bが覚えていた。家原は伊東の前で大袈裟に照れて見せたのだという。その様子は、伊東をはじめ、Bや客までもが笑ってしまうほど純情めいていた。だからBは忘れなかった。

それから家原は、Aに足繁く通ってくるようになる。誰が近くにいても「君に会いに来たんだ」「早く会いたくて、仕事を切り上げてきた」などと甘い言葉を伊東に向けた。家原が伊東を熱心に口説く姿を、Bだけでなく多くの客が目撃している。

伊東は家原の言葉を、よくある口説き文句だと聞き流していたが、次第に変わってゆく。家原はこれまでの誰よりも熱心に、伊東を口説いた。周囲が「彼、本気だね」と言うようになったころには、伊東の心は家原に大きく傾いていた。

再会して二ヶ月後、伊東と家原は交際を始めた。そのころの話になると、苦しげに過去を語っていた伊東の目に、微かな輝きが宿った。

「ジュエルエッグって、知ってる？　崇はそれを、袋いっぱい持ってきたの」

卵形をしたチョコレートの中にいろんなモチーフのアクセサリーが入っている、いわゆる食玩だ。三十年ほど前から販売されている。伊東と同い年の筆者も、幼少のころよく親に買ってもらった。ケースに並べてコレクションする友人もいた。

「私はジュエルエッグを一度も買ってもらえなかった。たったの一度も。でも妹はいつも買ってもらえてた。妹のダブったジュエリーだけ、私のものになった」

他の客との会話で「ジュエルエッグを思う存分買ってもらうのが小さなころの夢だった」と漏らしたのを、家原は耳にしていた。大きな袋いっぱいにジュエルエッグを買ってきて、「お店をはしごしちゃった。この辺りのジュエルエッグは全部、きみのものだよ」と笑いかけた。店内のみんなが「子どもじゃあるまいし」と苦笑する中、伊東だけは泣きだしそうだった。二十七にもなって馬鹿みたいだと思う一方、自分にもまだチョコレート菓子を与えてくれる人がいたことが嬉しくてならなかった。

「その次はおもちゃの指輪セット。お祭りの出店《でみせ》で売られているような、色とりどりの、きらきら光るプラスティックの石が嵌まったちゃちな指輪。あれを買ってきてくれた。一個じゃない。ピンク色のケースに、三十個も入ってた。こんなに貰っても指が足りないじゃんって言ったら、ひとつの指に三個ずつ付ければいいんだよって……。そのやり取りが、そのまま、小さいころの憧れだった」

家原は「好きだ」「憧れ続けていた」と言うくせに、はっきりと交際を求めなかった。伊東から交際を申し込んだとき、家原はにっこりと笑って「よかった」と言った。

「俺から言うのは、どうしても嫌だったんだ。そこはどうしても譲れなくてさ」

伊東は小さな違和感を覚えた。女性より上位に立ちたいと思う男性はいる。仕事上、そういう思考の持ち主に出会うことも少なくなかった。しかし伊東は、それを家原が言うのかと驚いた。高校時代はほとんど接点はなく、再会からまだ二ヶ月だが、家原は女性を尊重する人のように感じていたからだ。

その違和感も、すぐに薄れた。家原は少しの不安も抱かせない、理想の恋人だった。連絡は欠かさず、いつでも会いに来てくれる。欲しい言葉をふんだんに与えてくれ、ネガティブなことは何も言わない。店での飲み方は綺麗で、他のキャストには見向きもしない。伊東はだんだんと家原に夢中になった。そして家原への想いが育っていけばいくほど、二人の力関係が変わっていった。

家原が伊東の部屋に住むようになったのは、伊東が頼んだからだ。同棲すれば部屋代を節約できるし一緒にいる時間が長くなるからと何度も話し、家原が渋々折れてくれたと伊東は思っていた。だが、言わされたような気がする、と伊東は振り返る。

「俺といないときって何してんの？　営業メールしたり電話したりして、他の客に媚《こ》びてんの？　誰かを部屋に入れたりしてない？　いちいち疑うのも嫌だよ……って寂しそうに言うの。信用できなくなりそう、ってはっきり言われたこともある。そういうことを繰り返してると、不安にさせてる私が悪いような気がしてきて、私には何も後ろめたいことはないんだよっていう気持ちで、一緒に住もうって言ったんだ」

家原は、言葉巧みに人の心を動かすことに長《た》けている。高校卒業後に就職した家庭用低周波治療器販売店では、入店半年で営業成績トップとなった。一台三十万円を超す高額な機器にも拘《かかわ》らず、年金生活者たちの購入が後を絶たなかった。当該店はすでに閉店しているが、家原の売り上げを越す者はいなかったという。家原にとって、伊東の心を摑み、動かすのは容易《たやす》かったのかもしれない。再会して半年後には、伊東はスマートフォンの暗証番号から預金口座の残高まで、家原に明かしていた。

家原の腹部には、『T．K』と彫られている。自身のイニシャルではない。家原剛正《たかまさ》――家原の実父のものである。家原は幼少期、父によってタトゥーを入れられたのだ。伊東が初めてそれを目にしたとき、家原は「父さんの名前なんだ」と大事そうに撫でて見せた。

「父さんのものだって意味だ。愛情の証さ」

剛正は、家原が八歳のときに妻加奈子《かなこ》と共に事故死している。剛正は彫師などではないごく普通の会社員だった。家原が実父にタトゥーを入れられた経緯は不明だ。

幼い我が子に、容易に消せない上に痛みを伴うタトゥーを彫るのは、日本では虐待と判断される。家原は深い愛情を示すものだと伊東に説明したが、心の奥では相手を支配するためのやり方だと考えていたのではないだろうか。家原と同棲し始めてから間もなく、伊東は愛情がほんとうにあるのなら名前を体に刻ませろと家原に迫られるようになった。

「腕にイニシャルを彫るくらいなら、他にやってる子もいるし、芸能人だってやってる。まあいいかなと思った。でも崇は『他の誰かと同じじゃだめだ』って怒った。じゃあどうすればいいのって訊いたら、俺が入れるって、煙草に火をつけた」

最初は伊東も抵抗し、拒んだ。しかしそれから間もなく伊東は家原を怒らせてしまう。伊東は勤務中に、酔った客に太ももを揉まれ、それを目撃した家原は激昂《げきこう》。浮気心があるからイニシャルを入れようとしないのだろうと伊東を詰《なじ》った。謝ったが家原は決して許さず、伊東の部屋を出て行った。電話は着信拒否、ＳＮＳもブロックされる。伊東は家原の行きそうな店を捜し回り、謝罪したが、家原は許さなかった。信用できないと言い張る家原に対し、伊東は折れた。あなたの望むように、と頭を下げると家原は「その言葉を待ってた」と言って部屋に戻り、伊東の腹に火のついた煙草を押し付けた。

五度目で、激痛に耐えきれなくなった伊東は泣き叫んだ。そして、イニシャルを完成させるなんて到底できないと縋った。その取り乱しぶりに、家原も容易な行為ではないと思ったのだろう。今後、家原に愛情を疑わせるようなことをするたびに少しずつ入れること、と約束させられた。

伊東の体にはいま『たかし』と歪な文字が刻まれている。『Ｔ』の字が完成したころ、家原が「オリジナリティを出して、名前にするか」と勝手に決めてしまったのだという。そのときにはもう、伊東は異を唱えなくなっていた。伊東が痛みに耐えて火を受け入れるたび、家原は「ありがとう」と涙を零してみせたのだ。「こんなにも俺を思って愛を刻ませてくれる人はいない。一生、大事にするよ」そう言って泣きじゃくる家原を前にすると、だんだんと自分が崇高なことをしている気がしてきた。

このころ、別名で繰り返していた詐欺事件の捜査の手が家原に迫っていた。身を隠そうと考えたのか、家原は伊東に「結婚を考えている女が他の男に媚びる姿をこれ以上見たくない」と甘いことを言い、店を辞めさせた。過去のことは忘れてほしいと、携帯電話も解約させられた。

二人の環境は大きく変わってゆく。家原は伊東にマンションを引き払わせた。そこで初めて、家原は伊東に、自身が独居老人から貯金や金品を『貰って』、生計を立てていることを告白した。

家原は「詐欺だと思わないでほしい」と伊東に説明した。

「分かりやすく言えば、便利屋さ。困っている人を手助けして、謝礼を貰う。困っている老人は、たくさんいるんだ。だから、俺と会えてよかったと感謝されるばかりで、言わばｗｉｎ－ｗｉｎの関係ってやつ。これからは美散にも手伝ってもらう。早速だけど、一人暮らしで寂しい思いをしている可哀相なおばあさんがいるんだ。しばらく一緒に暮らしてあげよう」

その可哀相なおばあさんこそが、高蔵山に埋められることとなる吉屋スミである。

伊東が吉屋と初めて会ったのは、二〇二二年八月。伊東は、真ん丸な顔をして静かに微笑みを浮かべている吉屋のことを、可愛いおばあさんだと思った。

吉屋は軽度の認知症で、当初は家原と伊東のことを何らかの支援団体の職員だと思っていたようだ。一緒に生活して『支援』してくれるのだと信じ、「ここまでお手数おかけして」と遠慮がちにしていたという。

家原は吉屋から、預貯金や印鑑などすべてを、「管理しておくね」と言って取り上げた。伊東の目には奪ったようにしか映らなかった。

家原の行為は犯罪だと伊東が確信したのは、家原が周囲に自分たちのことを知られるのを危惧したからだ。吉屋の外出を禁じ、家原と伊東の二人で出かけるときはトイレに閉じ込めた。吉屋は遺体となるまで、一歩も外に出られなかった。

家原は仕事だと言って留守にすることが多くなった。伊東に吉屋を任せ、数日帰ってこないこともざらになった。北九州市内では詐欺行為がしにくくなっていたため、福岡市や太宰府市に足を延ばしていたのだ。

二人で過ごす時間が増えると、吉屋は伊東を、自身の妹のフジと思い込むようになっていった。「フジちゃん、フジちゃん」と呼び、昔話を始め、伊東はそれに戸惑いながらも付き合った。

穏やかな生活ではあったが、家原に対する猜疑心《さいぎしん》は次第に大きくなった。結婚を匂わせて仕事を辞めさせたにも拘らず、いつまでたっても婚姻届を出さない。吉屋と二人で無為に時間を潰し、いつ帰ってくるか分からない家原を待つだけの日々に辟易してくる。家原はどこで何をしているのか決して教えてくれず、それが『言えないようなこと』をしているのだと伊東に暗に告げていた。

二〇二二年十一月。家原が一人の女性を連れて帰ってくる。『俺の恋人』として伊東と吉屋に紹介した女は、菅野茂美だった。家原は菅野に、伊東を『姉』、吉屋を『遠縁のおばさん』と伝えていた。

寝耳に水だった伊東はもちろん、家原を問い詰めた。帰ってこなかったのは浮気をしていたからなのか。私を誰にも見せられない体にしておいて、そんなこと許さない、と。

家原は平然と、あれはただのATMだと言った。

「ATMとして利用するにしても、外でやってよって言った。私の視界に入れないで、って。いま考えると、もうあのときには感覚がおかしくなってたんだ。いつの間にか、崇のしていることに罪悪感も覚えなくなってた。ばあちゃんと一緒にいる以上、私も崇の仲間だもんなって思ってたし。いつから、麻痺していたんだろう」

菅野との同居を拒否する伊東に、家原は「後ろめたいことがないから連れてきたんだろ」と腹を立てた。「美散なら、俺がビジネスで接しているのが分かるはずだ。美散を裏切りたくないからこそ、連れてきたんだ」

家原には、伊東の機嫌を損ねると分かっていても菅野を連れて来なくてはいけない目的があった。

以前菅野が勤務していたピンサロ店のスタッフCから、話を聞くことができた。菅野はルーズな性格で、寝坊やシフトの確認ミスによる遅刻や欠勤が多かったという。また菅野は同店の寮に入っていたが、使用状況があまりに悪く、異臭がすると苦情が出たため、部屋を退去させられていた。

菅野は住む場所に困窮していたころ、家原と出会った。

Cの話によると、ピンサロ店の近くにあるチェーンの牛丼店が出会いの場だった。菅野はこだわりが強く、いつも、同じ店の同じ席で並盛を食べていた。その席に客が座っていると、他に席が空いていても待つ。そんな姿が家原の目についたのかもしれない。家原から菅野に声をかけ、食事に誘っている。菅野はCに、家原のことを「王子様みたいなイケメン」と自慢し、誘われたその日に肉体関係を結んだことも話して聞かせている。

それから間もなく菅野はピンサロ店を辞め、単価の高いソープ店Dに移籍している。Dでの菅野の評価は、ピンサロ店とは正反対だ。欠勤も遅刻もない。仕事熱心で、他のスタッフが嫌がる客でも笑顔で接客をしたという。

家原は、菅野の仕事を管理していたのだ。それだけではなく、日々ノルマを課していた。四人が暮らした吉屋の部屋にかけられていたカレンダーには、菅野が家原から課せられていたノルマをどれだけこなせたかが記されていた。

しかしそんな事情を知っても、簡単に納得いくものでもない。

伊東は覚悟を持って別れを告げたが、激昂した家原に殴り倒され、服を無理やり剝がされた。

「こんな体で、俺と離れてどうやったら生きていけるって言うんだ？　お前の体を愛してやれるのは、もう俺しかいないんだぞ？」

私にはもう家原しかいない。そう思いたくなかったけれど、思うことにしたと伊東は言う。

「恋愛状態から目覚めてしまえば、自分の体を醜いとしか思えなかった。つるつるの真っ白な肌だったのに、赤黒く引き攣《つ》れてしまって、見るに堪えなかった。自分の体を見るたび、後悔した。でも、もう元には戻せない。だったら、この体は紛れもない愛の証明なんだと思い込んだ方が、楽だった」

伊東は、自分の心を騙した。心の奥底に後悔を隠して、家原を愛する自分でいようとした。それからは、家原の言う通りに行動するようになった。

「安心しな、美散。ずっとこんな生活をするわけじゃないんだ。ある程度金を稼いだら、辞めるよ。それからは、美散のことだけ考えて、美散のためだけに生きる」

家原は、従順になった美散に満足した。付き合いたてのころのように優しく抱きしめて、甘い言葉を重ねたという。

菅野が加わると、それまで穏やかだった生活にトラブルが増えた。菅野は前述の通りルーズな部分があり、加えて過度な甘えたがりだった。片付いていた部屋は見る間にゴミが溢れた。吉屋に身の回りの世話をさせ、家原の実姉だと思っている伊東には、暇さえあれば恋愛相談をする。伊東が自分の思うような返答をしないと声をあげて泣き喚き、手を上げることもあった。そして、襖一枚しか挟んでいない隣の部屋に伊東と吉屋がいても、家原にセックスをねだった。伊東にとって、悪夢のような日々だった。

「私には愛があるから。しあわせな未来があるから。だから、私は大丈夫」心が千切れそうな痛みを覚えるたび、伊東は自分に何度も言い聞かせたという。祈りにも似た繰り返しに縋った日々を、いまはどう思うかと筆者は訊いた。

「ばかだなあと腹が立つ。でも同じだけ、可哀相だなと泣きたくなる。受け止めなくてもいい痛みなんだから、受け止める理由を無理やりつけて我慢することないよ。あなたの感じてる痛みはおかしいんだよって、言ってあげたい。あのときの私を抱きしめて、早く気付けなくてごめんねって、言いたい」

そう言って、伊東は両腕で自分の体を抱きしめた。

＊

夏が来た。空いっぱいに入道雲が広がった、からりと暑い日のこと。退院した家原崇の取り調べは思うように進んでいない、と教えてくれたのは丸山だった。

「腹が立つくらい、品性のない男ですよ。ドクズですよ、ドクズ。あの本性を隠して詐欺行為を働いて、挙句にこれまで捕まらずにいたなんて、腹が立って仕方がない」

昼食をとるためにふらりと入ったうどん店で、偶然会ったのだった。カウンター席に並んで座り、それとなく家原の様子を訊くと、丸山は独り言のように話してくれた。

「昼間っから趣味の悪いエロ話を延々聞かされるんですよ。気分が悪いったらない」

家原は何を訊かれても『自分の人心掌握能力を試したかった』としか言わないのだという。なのに美散のことになると『あいつは体の具合が良かったんで傍に置いてた。頭が悪いからこっちの言うなりなんで、何でもやれてよかったんだよ』とベッドでの話を延々と始めて止めない。それが丸山の怒りの原因だった。

「わたしの取材では、家原のことを品性がないと言うひとはいませんでした。本筋に触れたくないから、わざとそういう話をしているんでしょうか」

「どうですかね。それにしたって、もっと別の話題があるでしょうに！」

「そう、ですよねえ」

出汁の滲《し》みたごぼう天を嚙んで、丸山と出会《でくわ》す前に取材した女性の話を思い出していた。

家原崇を知るためには、家原の両親まで遡らなければと、家原の実家があった小倉南区葛原《くずはら》周辺の聞き込み取材に回っていた。二十年以上前の事故のことを覚えているひとなどそうそういないだろうと思っていたが、家原の実母である加奈子の友人だったというひとに巡り会えた。塩谷《しおや》という、わたしの母と同年代の女性だった。家原の事件を追っていると言うと、『いい思い出がないんやけど』と気乗りしない様子だったが、重たい口を開いてくれた。

『剛正さんと加奈子が亡くなってるのはご存じですよね？　ハンドル操作のミスで起きた事故だ

と処理されてますけど、あたしは狂言心中に失敗しただけだと思ってます。加奈子が剛正さんと大喧嘩をして出て行ったのを、剛正さんが追いかけていったときのことですもん。車中で死ぬだのなんだの騒いで、勢い余ったんだと思う』

『狂言……心中、ですか？』

喧嘩の延長だったってこと？　うまく理解できないわたしに、塩谷は『まさかと思いますよね』と頷く。

『剛正さんって、ものすごく支配的で束縛の強いひとだったんです。どこ行くにも許可が必要だし、加奈子がうちに崇くんを連れて遊びに来ていても、何度も居場所を確認する電話がかかってきて。まあ、加奈子は美人だったから、心配する気持ちも分かるけどね、ってそのときは笑ってたんです。加奈子も、不満そうに言いながらまんざらでもない顔してましたし』

眉尻を下げた塩谷は『ふたりにとってはまっとうな、でも他人からは歪んだ愛情に見えました』と続ける。

『ある日加奈子が泣きながらうちに来て、旦那に無理やり入れ墨を入れられたって言うんです。それを見たらね、その……この辺りに、イニシャルが入ってました』

塩谷がへその上の辺りをぐるっと指で示したとき、眩暈がした。

『カッターとマジックで入れられたって話でしたけどね。白い肌が真っ赤に腫れあがって、痛々しいなんてもんじゃなかった。これはもはや傷害だから警察に行こうって言ったんですけど、加奈子は、そんなことまでしないって、頑ななんです。じゃあどうするのって訊いても、泣くばかり。そうこうしてると、今度は剛正さんが泣きながら迎えに来たんです。うちの玄関先で安っぽいドラマみたいな言い合いをしたかと思うと、抱き合うようにして帰っちゃって……。あのときはあたしも若くて無知だったから、意味が分からないやら気持ち悪いやらで混乱しましたけど、いまは分かります。あれはね、共依存』

ため息を吐いて、ゆるりと頭を振って見せた塩谷は『愛してるから、愛されてるから仕方ない。泣いて縋ってくるんだから許してあげなきゃいけない。そういう行為を重ねないと相手の愛情を感じられなかったんでしょうね』と突き放すように続けた。

『ばかですよ。ひとの親になっておいて』

『そうだ。子ども……崇さんはその狂言心中の場にいなかったってことですよね』

『ええ。友達の家に遊びに行ってたらしくて、運よく。可哀相でしたよ。お葬式でね、ぼくだけ置いていかれた、って泣いていて。こっちとしては子どもだけでも無事でよかったと思うばかりでしたけどねえ。ああいう両親のもとで育ったから心が歪んでしまってあんな事件を……って、これはあんまり無神経な野次馬意見だわね。聞かなかったことにしてちょうだいな』

慌てて口元を押さえる塩谷に頷いてみせた後、『剛正さんと加奈子さんの写真などお持ちじゃないですか』と訊いた。

『剛正さんのものは、さすがにないわねえ。でも加奈子なら、ありますよ。みんなでカラオケに行ったときのやつが残ってるはず』

渡された写真を見ると、どのひとか訊かずとも分かった。控えめに微笑む、美散にとても似ている女性がいたのだ。凝視していると、塩谷が『似てるでしょ』と困ったように眉を下げた。

『あたしも、ニュース見てびっくりしたの。髪型こそ違うけど、雰囲気がすごく似てますよ。崇くん、両親のこと大好きだったんですよ』

手の中で微笑む家原加奈子の顔を改めて見つめた。家原と交際していたという女性たちも取材したが、タトゥーを求められたのは美散だけだった。家原は美散に何を見ていたのだろうか……。

「ま、話が脇道に逸れてばかりですけど、喋ってくれるうちはね、まだとっかかりができますから。どうにか聞き出すのが、仕事ですんでね」

うどんのつゆを最後まで飲み干して、丸山は汗ばんだ額をぐいと拭った。

「伊東美散には同情しますけどね。あんなドクズに目を付けられて利用されて、不幸ですよ」

わたしは黙って、うどんを啜った。

*

伊東に吉屋についての話を訊くとき、伊東の顔は優しくなる。菅野が加わったことで、四人の生活に険悪な雰囲気が漂うことが増えた。しかし、菅野を自身の二人目の妹だと思い込んでいた吉屋が緩衝材の役割を果たした。吉屋はいつもニコニコと微笑み、菅野にどれだけ我儘を言われても、伊東の苛立ちをぶつけられても、「いいよいいよ」と厭《いと》わず受け止めていた。二人が家原の怒りに触れて殴られそうになると、吉屋が「妹たちには手を上げんでください」と庇うこともあったという。

伊東と菅野は次第に吉屋に心を許していく。家原は「あまり親しくするな」と、いい顔をしなかったが、家原のいないところで三人はひっそりと繋がっていた。

吉屋は、伊東と菅野の二人には大昔の思い出を話して聞かせることもあった。特に、早くに亡くした一人息子の話が多く、息子の遺骨が納められた小瓶を手にしては涙を流したという。息子に会いたいから早く死にたいけれど、自殺してしまえば地獄に落ちるから息子に会えない、というような話もしていた。

吉屋が長く勤務していた清掃専門会社の元同僚の話によれば、吉屋は仏教徒であるものの、キリスト教にも通じていたという。吉屋が生まれ育った土地が長崎県であることと、生家の傍にキリスト教会があったことから、影響を受けていたのではないかと考えられる。

ある日、吉屋が体調を崩した。布団から出てこず、顔色もよくない。食欲がないと言うので伊東が粥を作ったが、ひと口食べて吐き戻した。菅野が病院に行った方がいいと言うと、吉屋はそれを、大袈裟だと断った。寝ていれば治る、と言ったが、市販の風邪薬と解熱剤を飲んでまた吐いた。それでも本人は病院には行かないと言い張った。

しかしその日の深夜、眠っていた吉屋の呼吸がおかしいことに伊東が気付いた。下顎をぱくぱく動かして呼吸していた。死期が迫っているとされる、下顎《かがく》呼吸である。

尋常ではない様子に焦り、家原に救急車を呼ばせてほしいと懇願する。このままでは死んでしまうかもしれないと訴えたが、家原は決して許さない。痛み止めの市販薬でも飲ませておけと言い捨てた。

意識のない吉屋に伊東は「ごめんね、ごめんね」と声をかけ、冷えた手を擦った。菅野は「よかったね」と言った。

「これで、子どもに胸張って会えるね」

涙混じりの声かけに、伊東も続く。二人で「ばあちゃん、あとちょっとで子どもに会えるよ」と声をかけ続けた。

翌日の明け方、吉屋は目を開け、全身のすべてを吐き出すのではないかと思うような大きなため息をひとつ吐いて亡くなった。寝ずに寄り添っていた伊東と菅野が、見送った。

菅野は家原を起こさないよう、声を殺して泣き崩れた。伊東もまた、大切な家族を失ったような大きな喪失感を覚え、泣いた。

泣きはらした二人が、起き出した家原に吉屋の死を告げると、家原はすぐに吉屋の呼吸や脈を確認した。吉屋の死が揺るがないと悟った家原は「埋めるしかねえな」と二人に言った。伊東は警察に連絡するものだと思っていたから、耳を疑った。

「そんなことできるわけないって言ったら、ボコボコに殴られた。口の中切って血が出て、それ見てた乃愛はビビッてしまって何も言えなくなってた。私たちの心が離れてることを察したのか、崇は突然『ばーさんを弔ってやるってことだよ』って猫なで声を出したんだ。『ばーさんのために、俺たちでやろう』って。嘘だってこと分かってたけど、もう殴られたくなかったから従った」

吉屋の遺体を毛布で包み、真夜中になるのを待って三人で車に乗せた。

若い男女三人でも、ひと一人を埋めようとすれば、重労働だ。明け方にアパートに戻ったときには、三人とも疲労困憊《こんぱい》だった。しかし死ぬ前に漏らしていたらしい吉屋の便臭が部屋に満ちており、眠れるような場所ではなくなっていた。

「泣きやまない乃愛を落ち着かせてくる、ってうまいこと言って、崇は部屋を出て行った。私は一人で部屋の片付けをしたけど、だんだんと、ばあちゃんがいなくなった哀しみより後始末を押し付けられてる苛立ちの方が大きくなっていった。私は、自分のことをすごく優しい人間だと思っていたけど、崇と何も変わらないクズだったんだ」

部屋が片付いてから帰ってきた家原は、吉屋の私物をすべて捨てろと伊東に命じた。伊東はそれに従うふりをしながら、吉屋が大事にしていた遺骨入りの小瓶だけは自分の衣服入れに押し込んで隠した。毎晩手を合わせ、ときには愛おしそうに抱いていた姿を見ていたから、どうしても捨てられなかった、と伊東は言う。吉屋がいつも眺めていた数冊のポケットアルバムも、家原の目が届かないカラーボックスの奥に入れた。

吉屋の死後、前から不安定だった菅野のメンタルが崩れた。過剰に甘えてきたと思えば声をあげて泣きだす、といったことを繰り返した。

家原は、死体遺棄の動揺が長く抜けなかったようだ。菅野に苛立ち、暴力が増えた。

「叩かないで。ごめんなさい。もうばあちゃんのこと言わないからごめんなさい」

声が外に漏れぬよう、家原は菅野の顔を布団に押しつけた上で、木製ハンガーや酒瓶で殴った。

このころの伊東は、悪い酒を飲み続けているかのように思考が纏まらなかったという。感情が不思議なくらい波立たず、菅野がどれだけ「助けて」と手を伸ばしてきても視界の端でぼんやり捉えられるくらいだった。もう、私は人間じゃないのかもしれない。大事な部分を吉屋と一緒に埋めてしまったのかもしれない。そんな風に思っていた。

「あたしも、ばあちゃんみたいに死ぬまでここにいるのかなあ」

家原のいないときに菅野が伊東に呟くように言ったのは、夏が過ぎようとしていたころだった。その日は夕立が激しかった、と伊東は思い返す。伊東が目を向けると、畳に寝転がった菅野は静かに涙を流していた。出会ったころは大きな口で笑い、泣き喚いていた菅野だったが、いつの間にか声もたてずに泣くようになっていた。笑うところなどはもうずいぶん見ていない、と伊東は気付く。気付いても、かける言葉はなかった。

「ばあちゃん、苦しかっただろうなあ」

一言呟いたのち、菅野は雨音に消されてしまう嗚咽《おえつ》を漏らした。同じようなことを伊東も考えていたけれど、共有するつもりはなかった。

「逃げたら？」

それは、伊東が絞りだせる最後の善意だった。

菅野は、伊東と違って体に刻印を打たれていない。家原が外出しているいまなら、逃げ出せる。

伊東の言葉に、菅野は「無理」と答えた。

「あたしが逃げたら、実家に火をつけるって言われてる。あたしがばあちゃんを殺して埋めたことで脅して、兄ちゃんの奥さんを風俗に堕とす、とも」

伊東は改めて家原に対しての嫌悪を覚えたが、それを口にはしなかった。

「美散ちゃんこそ、逃げたら？」

「ばかね。私はあの人の姉ちゃんだから、離れられないよ」

「お姉ちゃんって、嘘でしょ。セックスしてるじゃない」

驚いた伊東に菅野がくすくすと笑った。

「実は、見たことある。美散ちゃんも、大変だね」

一人で笑い続けた後、菅野は「ほんとうに逃げていいよ」と伊東に言った。

「あたしはばかだから、信用できないかもしれないね。でも、美散ちゃんが逃げ切るまでの時間稼ぎくらいはできるよ。約束する」

自分の腹を見せてしまおうか。こんな体でどこに逃げればいいのだと問おうか。そう思ったけれど、伊東はできなかった。代わりに、「もう遅いんだよ」と答えた。

菅野は何か言いかけたが、それ以上逃亡を促すようなことは言わなかった。代わりに「ばあちゃんを、逃がせばよかったな」と言って両手で顔を覆って泣いた。袖から伸びる細い腕には、無数の痣があった。

数日前、菅野は家原から取り上げられていた自身のスマートフォンを見つけ出し、幼馴染にメッセージを送っていた。

「こわい夢ばっかみるんよ。――たすけて」

吉屋を埋めた罪悪感が、悪夢として発露していたらしい。菅野は毎晩のようにうなされ、「ばあちゃんごめん」「許して、怒らないで」と言って飛び起きていた。菅野は悪夢に疲弊して幼馴染に縋ったとみられるが、逃げる気はなかったようだ。このメッセージ以降、自分の置かれた状況を知らせるようなやり取りはなかった。

菅野が隠れてスマートフォンを使っていたことは、すぐに家原に気付かれた。激昂した家原は、酷い『おしおき』を菅野に与えた。

筆者は取材の中で、ソープ店Dで菅野を指名していた客の一人から話を聞くことができた。菅野はいつも体のそこかしこに青あざを作っていたという。注意力がなくて鈍くさいから、と本人はあっけらかんと言うし、実際に菅野には不注意なところがあったので、客もそれを信じていた。しかし夏ごろの菅野は、太ももや腹部に目を背けたくなるほどのどす黒い痣を抱えていた。自転車に乗っているときに車にぶつかったと菅野は説明した。

「目も当てられない酷さでしたよ。事故の後にこんな仕事しない方がいいよ、体を大事にしなよって言ったんですけどね、生活があるからって。中にはそういうのに興奮するやつもいるんでしょうけど、自分は悲惨さが目に付きすぎて、無理でした」

どれだけ傷を抱えようと、菅野は出勤を続けた。家原に殺められる前日まで、一日たりとも休むことがなかった。休むことを、許されていなかった。

十月四日。高蔵山で女性のものと思われる遺体——吉屋の遺体が発見される。同日十五時、地方ローカルニュース番組が報道した。

三人は吉屋スミから奪い取った部屋の居間で報道を見た。伊東は小さく悲鳴をあげ、菅野は気を失って倒れた。家原は画面を睨みつけ、舌打ちをした。

「大丈夫、すぐに身元が割れるわけじゃない。ただ、早いうちにここを出た方がいいな。太宰府にちょうどいいとこ見つけてる」

自首すると言ってほしかった、と伊東は言う。しかし、そんなことあり得ないと分かってもいたと続けた。

しかし、意識が戻った菅野は違った。警察に行こう、と家原に縋った。家原は「行けるはずがない」と突き放し、「俺たちと離れることになるんだぞ。一人ぼっちになって困るのは、お前だろう」と怒鳴りつけた。

これまでなら怯えて大人しくなっていた菅野が「それでもいい」と反論した。

「悪いことしたんだから、死刑になってもいい。そしたら崇だって死刑になる。崇がいなくなれば、あたしの家族だって安全なんだ！」

声を荒らげて家原を睨みつける菅野を見て、伊東は震えた。こんな強さを秘めていたのかと、信じられなかった。

それと同時に、この怒鳴りあいを聞いて誰かが通報してくれるかもしれない、とも思った。隣人でも、通りかかった人でも、異変に気付いて警察を呼んでほしい。

伊東の願いは、家原にとっては露見の危機に感じたのかもしれない。獣のように低く唸った家原は、摑みかかるようにして菅野の細い首に両手をかけた。

菅野の目が血走る。口の端から涎《よだれ》が流れる。家原の体を叩き、もがく。それでも家原は手を緩めない。菅野ががくがくと震え出すと、家原は「土下座して詫びろ」と言って手を離した。その場に崩れ落ちた菅野は、激しく咳き込んだ。涙と涎で顔中を濡らしながら、菅野は「警察行く」と息も絶え絶えに宣言した。

家原が、菅野の腹を蹴った。ゴツ、と鈍い音がして、菅野が唸りながら吐いた。直前まで菅野が飲んでいたグレープジュースが溢れ、果実が腐ったような臭いが広がる。

「行く。警察、行く」

うわごとのように呟く菅野に、家原が馬乗りになった。再び、首に両手をかける。臭いで我に返った伊東は止めようとしたが、体が動かなかった。凄惨な暴力が自分に降りかかってくるかもしれないと思うと、怖かった。

「私は、私の命が惜しかった。もうどうでもいいや、死んでも構わない、なんて思ってたくせに、いざとなると手放せなかった」

伊東は汗をかき、全身を震わせながら語った。何度も言葉に詰まり、それでもその苦しみを受け入れなくてはいけないというように続けた。

「私の弱さと罪を、聞いて」

わたしは伊東が喋り終えるまで、耳を傾け続けた。それが、彼女から罪を受け取る筆者の責任だ。

立ち尽くし、動けない伊東と、家原に組み敷かれた菅野の目が合った。充血して真っ赤になった目をぎょろっと向けた菅野は、戦慄く口を動かした。

「にげて」

伊東は、見間違いかと思った。命が奪われようとしているときに、そんなことを言うはずがない。しかし菅野は伊東を見据えたまま、また「にげて」と口を動かした。

死の淵《ふち》で、もう逃れようのない苦しみの中で、菅野は逃げてと声なく叫んだ。

「私はあの子のことが嫌いだった。だらしなくて下品なところが許せなかった。口論になったとき『股でしかお金稼げないくせに』って私の方が下品なことを言ってしまったこともある。なのにあの子は私に『たすけて』じゃなくて『にげて』と言った。いまでも、どうしてそんなことを言えたの？　って思うし、訊きたい」

次第に、菅野の顔色が土気色《つちけいろ》になる。失禁したらしく、尿の臭いがした。やめてと言わなきゃと思いながら、言えない。金縛りにあったように声ひとつ出ない。

手足を痙攣《けいれん》させていた菅野の動きが止まる。糞尿の臭いが室内に漂っていた。水を被ったようにびっしょりと汗をかいた家原がのろりと体を動かして、四つん這いで菅野から離れた。壁際まで這った家原は、壁に背中を預けて大きくため息を吐いた。それから伊東に、シャンパンを持ってくるように命じた。

家原と伊東の間に、菅野が横たわっている。伊東は大人しくキッチンに行き、シャンパンの支度をした。

「動かない乃愛を見てると、叫びだしそうだった。心がおかしくなりそうで、必死で、普段通りのことをこなそうとしていたんだと思う。コルクを抜いたとき呑気な音がして、聞きなれた音なのに初めて聞いたみたいに感じたのを覚えてる」

冷えたシャンパンを、家原は一気に飲み干した。お代わりを求められ、注ごうとすると瓶ごと奪い取られる。家原は自身が殺めた菅野の遺体の前で、シャンパンを一本空にした。

「こいつも埋めるぞ。ここ、臭えから車の中でちょっと寝てくるわ」

家原は酔っていなかった。酔えなかったのだろう。ふらりと部屋を出て行き、伊東は一人、部屋に残された。

「逃げるなり通報するなりできる、絶好のチャンスなのに、っていまなら分かる。でもあのときの私は、それだけはしちゃだめだって思ってた。『にげて』って言ってくれた乃愛が死んだ後に逃げたら、乃愛の命をかけた優しさが無駄になってしまうでしょう」

翌日、家原は部屋の一室の畳を剥いでそこに菅野を埋める、と伊東に告げた。吉屋の遺体が発見されたばかりで、どこかの山中に遺体を埋めるのはリスクが高いと判断したようだった。

庭に面した、掃き出し窓のある和室の畳を二人で外した。家原が買ってきた大工道具を使い、床板を剥いでいく。大きな音が立ち、その度に家原は舌打ちをしたが、伊東は冷静だった。これくらいの音で発覚するなら、菅野は殺されずにすんだはずだと思った。

地面が見えるようになるまでに長い時間と労力を要した。それから穴掘り作業に入ったが、土がやけに硬くてうまくいかない。安いシャベルはすぐにダメになり、伊東の手にはマメができて潰れた。

一日、二人がかりで試行錯誤したけれど穴は掘れない。十月とはいえ気温が高い。糞尿の臭いが濃くなり始める。外に出ても臭いが付きまとった。

ここから逃げようと言ったのは、家原だった。適当に土かけてあればいいだろ、と言って家原は逃げだす支度を始める。伊東はそれに反発を覚えたけれど、いま反抗していては目的を果たせない。黙って頷いて、支度をしている家原を手伝った。

真夜中になるのを待って、吉屋の部屋を出た。最低限の荷物を抱えて、車に乗り込む。洗濯した服に着替えたのに、車内に死臭が満ちた。家原は「死んでも迷惑な女だな」と苛立って窓を全開にした。どこに行くのと伊東が訊くと、「とりあえずは太宰府」と答える。

家原は、潜伏先の候補をいくつか用意していたようだ。その中のひとつが、太宰府市内で一人暮らしをしているEの家だった。吉屋と同じく軽度の認知症を患っており、近隣に親類がいない。家原は伊東に「やせぎすのじいさんだけど、腐っても男だから長居するつもりはない」と言い、「金も貯《た》まったし、海外で暮らすか」と続けた。

家原は、ボストンバッグを持ち出していた。誰にも触らせなかったバッグには、これまで家原が『便利屋』と称して稼いだ金や貴金属が入っている。伊東はその総額も、手に入れた経緯も知らないが、バッグの膨らみやちらりと見た様子で相当なものだと思っていた。

「そんなにうまく話が進むわけがないと思ったけど、本当に海外に出てしまったらどうしようって焦った。海外に出てしまえば、祟は罪から逃げおおせてしまう」

Eは、家原の言う通りの男だった。伊東と家原を孫夫婦と思い込み――そう言いくるめたのは家原だが――ゆっくりしていけと言った。しかしEは二人の世話を焼くこともなく、声をかけてくることもなかった。二人が家にいることを忘れたようで、出かけても一人分の買い物をして帰ってきた。

Eの部屋に移った翌日、家原は美容室に行き、黒髪をブラウンアッシュに染めている。それをソフトモヒカンといわれるショートヘアにし、美容室のスタッフに「イメチェンしすぎて、昔の知り合いが見たら気付かないかもしれないな」と嬉しそうに話した。捜査の手が及ばないようにしていたと思われる。

家原は出国を伊東に示唆していたが、その手配は進んでいなかったようだ。海外に伝《つ》てがなかったのかもしれない。

菅野が殺されて十一日後の夜のことだった。Ｅがテレビをつけると『北九州市内のアパートで遺体発見』という報道が流れ、キッチンを使っていた伊東は悲鳴をあげた。それを聞いて別室にいた家原が飛び出してくる。家原は伊東が指さすテレビ画面を見て短く叫んだ。

「早《はえ》えだろ！　って動揺してた。私は、遅いくらいに感じてたけど」

先に高蔵山で発見された遺体が部屋の借主の吉屋だと判明し、各種報道が連続死体遺棄事件だと大きく扱う。生きている中で縁はないだろうと思っていたテレビの有名コメンテーターが深刻な顔で自分たちが犯した事件について語る。騒ぎが大きくなるのを見ながら、これで何もかも終わるのかもしれない、と伊東は思ったという。警察がすべてを明るみに出し、家原を見つけ、そうすればこの悪夢のような日々も終わるのかもしれない。

事件の捜査が進んでいるのかどうか分からずにいたが、菅野の遺体発見から五日後に、太宰府市内のコインパーキングに置いた黒の軽ワゴン車が発見された。警察の手が、ゆっくりと届こうとしている。それを待つ伊東の横で、ニュースをテレビで見ていた家原は「トロくせえ」と鼻で笑い飛ばした。

「あの日以来ずーっと置いてんの！　乗り捨ててんの！　まあそれも入庫記録見たら分かるだろうしな。で、こいつらばかだから、俺たちがもうずっと遠くに逃げてると思い込むだろうさ」

家原は潜伏しているアパートの、敢《あ》えて近くに車を捨てた。まさかそんな近くにいないだろうと警察が判断すると睨んだためだ。事実、警察は福岡市の方へ捜査の手を伸ばしている。

警察は、自分たちを見つけられないのか。このまま悪夢を見続けるしかないのか。絶望感に苛《さいな》まれた伊東は、幻聴に悩まされる。菅野が、「だからにげろって言ったのに」と耳元で笑うのだ。

「自分で作りだしたものだってことは、頭のどこかで分かってた。崇に対する恐怖と、自分で行動しなきゃっていう気持ちが衝突しあってた」

『通報』『出頭』を思い付きはしなかったのかと筆者が訊くと、伊東は俯いた。

「それをやってしまうと、これまでの辛かった時間や二人の命が全部無駄になってしまう気がした。それなら最初からやっておけば、って誰もが思うことでしょう？　こんな状況にしてしまった私の、私なりのやり方で落とし前を付けたかったんだと思う」

悩みぬいた末、伊東は家原から逃げることを決めた。逃げ切れるとは思っていなかった。ひとつだけ目的を果たしてから、自らの足で出頭するつもりでいた。

「ばあちゃんの息子の遺骨を、遺族に返したかった。山に一緒に埋めるのは亡くなった子どもをもう一度辛い目に遭わせてしまうような気がしてできなくて、隠し持ってた。でも、私なんかがいつまでも持っていていいものじゃない。遺骨だけは、せめて自分の手で返したかった」

決めたものの、実行に移す勇気が出なかった。失敗すれば、酷い目に遭う。菅野のように殺されてしまうかもしれない。不安で、キッチンにあった包丁を摑んだ。酒に酔い、眠り込んだ家原を前に長く逡巡《しゅんじゅん》した。

夜半に、覚悟が決まった。家原を刺してから、逃げよう。

「怪我をさせておけば、簡単には捕まらないでしょう？　ううん、そうじゃない。復讐《ふくしゅう》だった。殺意があった。私が崇を殺さないと終わらないんだって、それだけを考えてた」

包丁を二度、刺した。しかし緊張で震えていたせいか、浅かった。目を覚ました家原が「何してんだ！」と叫ぶ。

「摑みかかられて、でもこっちも命がけ。もみ合っているうちに、左腕をざっと切られた。火を

押し付けられたみたいに熱くて、痛くて、死を身近に感じた。そこからは夢中で、包丁を力任せに突き立てた」

家原が酔って眠り込んでいたことが、伊東に有利な状況を作った。普段よりも反応が鈍く、動きが緩慢だった。

「全部で四回刺した。崇が私から手を離して、唸り始めたときにはほっとした。でも、もみ合うときに大きな声を出したから、早くここから逃げなきゃ誰か来るかもしれないとすぐに気付いた。左腕にタオルを巻いて、咄嗟に崇のボストンバッグを掴んで部屋を飛び出した」

ボストンバッグを肩に掛け、左腕に巻いたタオルを右手で押さえる。伊東の頭の中を占めていたのは『吉屋の息子の遺骨を遺族に返すこと』だけだった。

「アパートを出て、必死で走った。走りながら、めちゃくちゃ泣いた。『ごめんなさい、ごめんなさい』って何度も声に出した。誰に向けての謝罪だったのかは分からない。ただ、謝りたくてどうしようもなかった」

伊東は、上着のジャージのポケットに遺骨の入った小瓶を入れていた。小さく揺れる遺骨が、頽《くずお》れそうな伊東を支えたという。

「私にできる、たった一つの贖罪。そう思うだけで、どれだけ痛くても、怖くても足を動かせた」

Eの部屋を出た伊東は、タクシーでまっすぐに佐世保に向かっている。吉屋から佐世保に嫁いだと聞いていたこと、吉屋が大切にしていたアルバムの中から宮参りの写真を持ち出したこと、この二つだけが手がかりだった。

伊東を佐世保まで乗せたという、タクシードライバーFに話を聞いた。

「真っ青な顔をして、ふらふらでしたね。車に乗った後も、後ろを何度も振り返ってました。誰かが追ってくるんじゃないかっていう様子でね。何があったのって訊いたら、男が追ってくるかもしれないって言う。それでね、ああまたかと思ったんですよ」

Fは以前、夫の酷いDVから逃げ出した女性を乗せたことがあった。傷だらけで、泣きながら実家の住所を告げた女性と、伊東の姿が重なって見えたという。

伊東が、「佐世保まで行けますか」と言い、これは間違いないと確信したFは、伊東を佐世保まで送った。

「左腕を怪我してるようだったので、車に積んでいたタオルをあげました。話はほとんどしませんでしたね。私も男なので、下手に声をかけて不安がらせるのも、と思いましたんで。彼女も喋りませんでしたし、こっちを警戒していたんじゃないかな」

佐世保駅で、Fは伊東を降ろしている。伊東はその後地元のタクシーに乗り換え、神社を捜すが見つけられず、夕刻祖父宅に移動している。

伊東は佐世保に向かう中で、ボストンバッグに入った金を菅野の家族や家原に騙された人たちに返さなければと考えたという。特に、菅野の家族にだけは自分の手で返したいと強く思った。

左腕に傷を負った伊東は、吉屋と菅野のことだけを考えていた。

しかし、伊東はどうしてそこまで二人に拘ったのだろう。自分を後回しにするほど、二人が伊東を支えただろうか？

『リマ症候群』という言葉がある。これは加害者が被害者と過ごすうちに同情的になり、自分の行動や考えを改める現象を指す言葉だが、伊東はこれに似た心理状態だったのだろうか？

＊

美散とは、面会だけでなく手紙でもやり取りを重ねた。ときどき、不思議なことが起きた。わたしが訊こうとしたことを先んじて美散が書いてきたり、その逆があったり。例えば、わたしが『スミさんにメモを書いたことがある？』という内容の手紙を送ると、その日届いた美散の手紙に『ばあちゃんのポケットに入ってたメモのことやけどさ』と書かれていたことがあった。

『私を庇って、崇に殴られたんだよ。そのときは私もイライラしてて、お礼なんて言えなかった。でも後からばあちゃんの頬がぱんぱんに腫れてて。謝らなきゃと思うけど素直に言えなくて、それでメモに書いて渡したの。私を守ってくれてありがとう。ごめんね、って。あんなもの、捨ててよかったのにね。でも、持っていてくれたから私の人生が変わった。ばあちゃんのお陰だね』

このときの手紙には、涙が落ちたようなヨレがところどころあった。

美散はときどき声を詰まらせながら、字を震わせながら、自分の過去を克明に語った。わたしが問えば、丁寧に答えてくれた。

気付けば、わたしたちが佐世保の大浦宅で向かい合った日から一年が過ぎていた。秋が深くなり、吹く風の中に冬の気配を感じたある日、わたしは美散に「記事を公開してもいいよ」と言われた。

「ううん。公開、してください」

わたしはすぐさま編集長に連絡した。遅くなったが誌面を割いてもらえるかと訊くと、編集長は「週刊ツバサは無理だが、Ｗｅｂなら都合がつく。Ｗｅｂでもいいのなら」と答えてくれた。

書き溜めていた記事は、すぐに掲載されることとなった。

それと時を同じくして、井口と長野と三人でこつこつ続けていたひなぎく荘一号室のリフォームがすべて終わった。

壁紙をすべて貼り替え、真新しい畳の青々しい匂いが満ちた部屋にはやわらかな日差しが差し込んでいた。それを見届けてから、わたしは美散に面会に行った。

会ってすぐに片付けを終えたことを話すと、美散はわたしに深々と頭を下げて「ありがとうございました」と言った。

「ばあちゃんも、ほっとしたと思う」

「頭を上げて。わたしも、やりたくてやってたんだから」

誰かと向き合うこと、見送るということを考えるきっかけにもなった。

「大家の長野さんっていう方も、そうだよ。最後はね、光太郎ちゃんとスミさんがふたりで写ってる写真を形見にって貰ってた。覚えておくことしかできんけど、って」

ほっとしたように、美散が微笑む。

「そう。よかった」

「スミさんの遺骨は、光太郎ちゃんのお骨と一緒のお墓に無事に納骨されたって。そっちは、永代供養っていうのをお願いしたらしいから、安心だよ」

供養の一切を執り行った小泉勝子と息子の俊三には近々会いに行くことにしている。勝子とは、先日電話で話をした。

『ここだけの話にしてください。あのむごい事件で、スミ義姉さんのことを思い出せたとですよ。そんで結果的に、ふたりをちゃんと親子としてお弔いでけた。スミ義姉さんはこれまで辛かったでしょうけんど、いまはきっと安らかに笑って過ごしとると思います。あたしもね、心残りがのうなって、ほっとしとります』

勝子は、美散が望むのならふたりが眠る墓地の場所を伝えてほしいと言った。強要するんやのうて、本人の意志で墓前で詫びてほしかです、と。

いつか、美散が望めばそれを教えようと思っている。

「そっかあ」

美散は、よかったなあ、としみじみ呟いて、祈るように両手を合わせた。

「ばあちゃんのために私がしないといけんことやったんやけどさ。でも、誰かがやってくれたんなら、十分。ありがたい」

会う機会を重ねるにつれて、美散の顔が穏やかに、やさしくなっていった。深い傷を負い、膿《う》み腫れていた部分がゆっくりと治癒していくような、静かな強さも感じる。

「乃愛も、きっと喜んでると思う。……ねえ、乃愛のご家族は、飯塚さんの書いた記事を読まれたんかな？」

おずおずと美散が訊く。

彼女の言う記事とは、茂美の最期を書いたものだ。何度も推敲を重ね、最終稿は美散にもきちんと読んでもらった。美散はフラッシュバックで何度も嘔吐しながらも最後まで目を通し、問題ないから大丈夫、と言ってくれた。

「茂美さんのお父様から、電話を貰った。茂美さんが家原から自分たちを庇おうとしていたことを知って、いろいろ思われることがあったみたい。伊東さんが話してくださってよかった、って仰ってた」

茂美の父親は電話口で、わたしの書いた記事で家族が救われたと言った。自分たちが茂美を見放してきたっちいう罪悪感は、消えません。むしろ大きく膨れていくばかりで、一生悩んでいくことでしょう。でもそれは、俺たちが背負うべきものですけん。ただ、あの子がこんな冷たい家族でも大事に思っていてくれて、誰かを守る力も秘めていたやさしい子やったち教えてくれたことに、心から感謝します。

美散が目を細めた。両手を撫でさすり、「そっか」と言葉を落とす。

「あのとき何が起きていたのか、どうして苦しい思いをしてまで喋らんといけんのやろって思ったこともあったけど、しないといけんことやったんやね。ううん、私は何度だって、あのころを思い返して生きていかないといけん。そういう、責任がある。でも……」

両手を擦り合わせながら、視線を宙に投げる。

「いまでも、夜中にあのころの夢を見て、怖くて目が覚めるんよ。ばあちゃんの部屋の天井じゃないことにほっとして、でも、次に辛くなる。夢の中では、ばあちゃんも乃愛も生きとるんよ。ていうことは、まだ助かる道があったころの夢なんよね。夢から目覚めて『よかった』と思うけど、それはふたりが死んだことを『よかった』と思ってるみたいで、情けなくてさ。こんなんで、私はちゃんと罪を償えてるんかなとか、すごく考えてしまって……ごめん、言ってること分かんないよね」

はっとして、取り繕うように笑みを作る。わたしは緩く、首を横に振った。

「ずっと覚えておくことは、美散さんの義務だと思う。でも、過去の記憶に怯え続けなくてはいけないっていう意味ではないいんじゃないかな」

言葉を選びながら言う。美散も、被害者の側面がある。苦しんだ日々がある。受けた痛みの恐怖は、少しでも薄れた方がいい。

「罪を償うって、言葉にすればとても簡単だけれど、実際はとても難しくて長い道のりでしょう？　きっと、こんな短期間で判断できるもんじゃない」

美散が目を伏せる。長いまつ毛がふるりと揺れる。

「そうだよね。長い時間、かかるね」

「うん。でも、もう誰も、美散さんの手で新しい傷をつけられることはない。誰の心も尊厳も失われない。もちろん、美散さん自身も。それだけは間違いないとわたしは信じてる。それだけで十分だと、わたしは思うよ」

美散が顔を持ち上げる。再会してから、何度も視線を合わせてきた。いまもまた、目が合う。頷いて見せると、美散も頷いた。

「それは、約束する」

「うん。信じてる」

分厚いアクリル板越しでも、触れられなくても、声以外に交換し合えるものがある。

「……ねえ、あのときの卓球やけどさ。大袈裟じゃなく、奇跡、みたいやったよね」

ふいの美散の言葉に頷く。あの不思議な時間がわたしたちの始まりだった。

「あのときの奇跡って、いまも続いてるんやないかなって思うんよ。そして、たくさんのおしゃべりがその奇跡に重なって、私たちはこうして向かい合えとる。いま私を生かしてくれとる。私を見つけてくれて、ありがとうね」

美散がやさしく笑った。その笑顔は、わたしが知っているものと同じだった。

ああ、また、巡り会えた。

懐かしい笑顔は、すぐに潤んで溶けた。

＊

無条件に愛されたかっただけだ、と伊東は言う。

家原は、ねだらなくても自分の小さな夢を叶えてくれた。だからそれを『無条件の愛』だと信じてしまった。自分にもやっと幸せが訪れたのだと思った。

愛を与えてくれるのならば自分も同じだけ、いやそれよりも多くのものを返すべきだ、と伊東は考える。家原だからというわけではなく、これまでもそう考えて生きてきたからだ。愛してもらうために自分ごと差し出すのは、伊東が成長していく中で見つけた手段だったのだ。

だから伊東は、すべてを捧げて家原を愛した。家原と過ごす日々を大切にしてきた。しかし家原との日々を振り返ると、驚くほど思い出がないと言う。心に刻まれているのは、己の犯した罪。そして、吉屋と菅野と過ごした時間だ。

「朝起きたら、いりこで出汁を取った味噌汁ができてたことがあった。おつけものと炊き立てのご飯も。乃愛は『ネギ嫌い』って言って私のお椀《わん》にネギをひょいひょい入れて、私はそれに怒って、そしたらばあちゃんが『こっちに寄越《よこ》しな』って自分のお椀を差し出すの。まるで私が好き嫌いをしてるみたいで、『私が嫌いなわけじゃないよ』ってまた怒ってさ」

「三人で、ばあちゃんの昔のアルバムを見たこともあるよ。『旦那さんだった人って不細工だね』って乃愛が言ったら、ばあちゃんが『あたしもこりゃスカを引いたな、ってずっと思ってた。あの当時のお見合いは確率の低いギャンブルより質が悪い』って返してね。ときどき、ぼそりと返す言葉が面白くて」
「乃愛が私の化粧品を勝手に使うことが多くて、しょっちゅう喧嘩してた。大事にしてたアイシャドウをぐちゃぐちゃにされて悔しくて泣いてるときに、ばあちゃんが乃愛のお気に入りのリップを自分の口にぐりぐり塗りつけたの。乃愛がキレたら、そんなに怒るんならあんたもちゃんと大事に扱いなさい！　って珍しく叱ってさ。そのあと乃愛もまた珍しく私に謝ってきて、それに驚いて、思わず、ときどきは使っていいよって言ってしまった。それからは少しだけ、使い方が綺麗になってたかな」

思い出を語りだすと、伊東の口が止まらない。どこか懐かしそうに、大事なものを撫でるような優しさで話し続ける。

その中で声を詰まらせたのが、家原が外出していて三人で過ごした夜の記憶だ。
「乃愛は生理初日で、しかも前日に乱暴な客に当たったってて、どこもかしこも痛いって言って布団で寝てた。私は、崇の行ってる先が若い女だってことを知っていて、それを咎めたら殴られて、まあ、落ち込んでた。二人で泣いてたら、ばあちゃんが雑炊作ってくれたんだ。卵と海苔《のり》だけのシンプルなやつだったけど、沁《し》みるくらい美味しかった。美味しい美味しいって土鍋いっぱいの雑炊を食べた。そしたら眠くなって、ばあちゃんは私たちに布団入れって。いつもは乃愛と離れて寝てたけど、その日だけは布団並べて横になったんだ。そしたらばあちゃんが、子守歌を歌ってくれた。初めて聞くメロディのようで、でも何だか懐かしくもあって。よく考えたら、ばあちゃんも母と同じ佐世保出身だから、子守歌が一緒だったのかもしれない」

子守歌を聞いて、萱野が泣く。なんで泣いてるの、とからかおうとした伊東だったが、自分の頬も濡れていることに気付く。

「泣きじゃくる私と乃愛の頭を交互に撫でながら、ばあちゃんは歌い続けてくれた。そのあと、あんたたちも寂しそうな人を見たらこうして歌ってあげなさい、て言ったの。人は誰も、子どもみたいに泣いて眠りたいときがあるものだからって。そしたら、今度は乃愛がその子守歌を歌いだして……」

母の歌を微かに覚えていた伊東と違って、菅野は初めて聞く曲だったはずだ。しかしたどたどしくメロディを口ずさんだ菅野は「ばあちゃん、長い間歌ってもらったことないんじゃない？あたしが歌ってあげる」と言った。

「そしたら、じわあってばあちゃんの目に涙が滲んだの。ああそうか、そうだよねって私もそこでやっと分かって、そこから三人で歌った。泣きながら、だんだん笑いながら。あのときの時間が何だったのか、正しい時間だったのか分からない。でも、幸せだった。全部、足りてると思えた。私には、あんな時間さえあればよかったのかもしれない」

伊東に、その歌を覚えているかと訊いた。伊東は頷いたが「歌えない」と首を横に振った。二人があんな亡くなり方をして、その末に生き残った私が歌っていいのか分からない。

吉屋の部屋で、三人の女の間に横たわったものを何と呼べばいいのだろう。その『何か』がそれぞれをぎりぎりまで生かし支え、伊東を衝き動かした。

彼女たちのとってきた行動を『弱すぎる』『浅はか』と言い捨てることは簡単だ。自分ならこんな事態にしなかったと考える読者も多いことだろう。しかし彼女たちは、特別愚かだったわけではない。

私たちは誰しもがそれぞれの弱さを抱えている。その弱さを攻撃されたときのダメージもまた、それぞれなのだ。『自分だったら』と想像し、痛みを理解しようとし、寄り添おうとするのは間違いではないが、そこには自分のものさしで人の苦しみを測っている危険性もあることを忘れないでほしい。

痛みや苦しみは、完全に共有できるものではない。しかし、彼女たちが繋いだ『何か』については、想像していただきたいと願う。その『何か』は、生きているすべての人に通じ、共有できるものだと、筆者は思う。

八章

裁判所の判決が下ったのは、翌年十一月、小春日和の日だった。

美散は懲役六年の実刑判決を受けた。家原と共犯でスミに対して詐欺を行っていたこと。スミと茂美の死体を遺棄したこと。そして家原に対する殺人未遂。これらが罪に問われたのだ。

スミの遺体が高蔵山で発見されてからここまで、二年以上の月日が経った。

美散の身柄がどこの刑務所に移されたのかと気を揉んでいると、美散からの手紙が届いた。和歌山県内の刑務所に移っていた。乱れのない文字で、今後も罪と向き合い生きていくつもりだ、と書かれていた。服役後、許されるのならスミと茂美の墓参りに行きたい、とも。

翌十二月、北九州連続死体遺棄事件についての最後の記事がＷｅｂサイトに掲載され、わたしは鶴翼社本社を訪れた。

木枯らしの吹く中、コートの前を掻き合わせてエントランス前で社屋を見上げる。ここに立つだけで脂汗が出て震えが止まらなくなった日々が、遠く蘇る。追われるように逃げだしたあの日からずいぶん経った。

穏やかにここに立てる日が来るなんて、想像すらできなかった。

ビルの中に入り、編集部に向かう。無意識に、歩みが遅くなる。凪いでいた心が、だんだんと緊張に波打つのを感じる。

深呼吸をしてから週刊ツバサの編集フロアに入る。平日の昼下がりだから、編集部内にいるひとは少ない。みんな、取材や打ち合わせに出払っているのだろう。懐かしさに似たものを感じて見回していると、奥のデスクの小竹《こたけ》編集長と目が合った。思わずびくりとすると、背の高い小竹はすっと立ち上がり「おかえり！」と片手を上げた。それぞれのデスクでパソコンに向かっていた、幾人かの元同僚たちがちらりとわたしの方を見て、それから「おお！」と声をあげた。

「飯塚みちる、凱旋《がいせん》おめでとう！」

小竹が言い、その後にまばらな拍手が起こる。「復帰までずいぶん待たせやがって」という声もかかる。

「え⁉ ええと、その、あの、あの、ありがとうございます」

まさか歓迎してもらえるとは思っていなかった。慌てて、ぺこぺこと頭を下げる。わたしはみんなに迷惑をかけた上に、満足な挨拶もせぬままここから逃げた。仕事がままならなくなったわたしの尻ぬぐいをさせられたひともいるのに、お詫びひとつしていないままだ。

「顔出すのが遅すぎるんだよ、お前」

トーンの低い声がして、目をやると少し離れたところに宗次郎が立っていた。久しぶりに顔を見たけれど、変わっていない。相変わらずの仏頂面でわたしを見ていた。

「あの、みなさん」

フロアを見回し、「申し訳ありませんでした」と頭を下げる。

「未熟ゆえに、いろいろとご迷惑をおかけいたしました。もっと早く来るべきだったんですが、なかなか、その、敷居が高いと感じたのが本音です。重ね重ね、失礼いたしました」

周囲に頭を下げてから、小竹のデスクの前まで行く。「いろいろと我儘を聞いてくださり、ありがとうございました」と頭を下げた。

「たくさんご迷惑をおかけしたと思います。それなのにここに来るのが遅れて、ほんとうに申し訳ありませんでした」

「いや、問題ないよ。無理に足を向けさせて傷口が開いてもよくないと思っていたからね。それに、離れていても君はきちんと仕事をこなしてくれた。こちらこそ、毎月ありがとう。君の北九州連続死体遺棄事件の一連の記事は、ほんとうに素晴らしいものだった」

壮年の小竹が微笑む。罵詈雑言《ばりぞうごん》を吐くことはないが美辞麗句も口にしないひとの褒め言葉は、緊張していた心に安堵と喜びを与えてくれた。

「……ありがとう、ございます」

「伊東美散を深く掘り下げたことで、女性読者も増えたんだ。君の記事から派生して、共依存や愛着障害について組んだ特集も好評だし、いいことずくめだ」

「それは、わたしも読ませていただきました。専門家の意見を多分に交えていて、とても学びになりました。それに、理解が広まるきっかけになれたのなら、嬉しいです」

自分の書いたものが、前向きな変化を生んだ。それは何よりも幸福な事実だ。

小竹は何度も頷き、それから「まあ、あっちで話そうか」と来客ブースを指した。

「ここだとみんなの仕事の邪魔になるしね」

頷いて、彼の後に続く。

編集フロアから少し離れた位置にある来客ブースはいくつかのパーティションで区切られている。いつもは誰かしらいるが、今日に限ってはひとの気配はなかった。

テーブルを挟んで、向かい合わせに座る。椅子にゆったり腰掛けた小竹は「君も知っての通り、ぼくは話がうまくないんで、さっそく本題に入らせてもらうけど」とわたしを見た。

「そろそろ、ここに戻ってこないか？　君は十分、あのときのことを乗り越えられたと思うんだが」

背中に電気がびりっと流れた気がした。思わず、背筋を伸ばす。

これまでの自分の行動を思えば苦言を呈されても仕方がないと覚悟していたのに、ありがたすぎる申し出だ。偽りなく、わたしの仕事を認めてくれたからだと思うと、胸に迫るものがあった。

「もちろん、福岡でも仕事は続けられるだろう。堂本くんの言う通り、リモートで済むこともある。でもぼくは、君にはここで、一線で働いてもらいたいと思っているんだ」

一瞬で、喉がからからに渇いた気がした。唾を飲み込み、目の前のひとを見返す。深く息を吸って、吐く。

「そう仰っていただけて、光栄です。ほんとうに、嬉しいです。でもわたしは……、わたしは、事件記者を辞めようと、思います」

小竹が、目を丸くした。

「どうして」

「わたしは、あのときの……蓉明中学校でのいじめ事件のことをいまもまだ乗り越えられていないんじゃないかと思うんです。西少年にしてしまったことが、ときどきふっと頭をよぎるんです。最初は、今回の事件を追うことで、何らかの答えを得られるのではないか、と思いました。事件とちゃんと向き合い誠実でいられればきっと、と。でもその結果、ちっとも西少年への償いにはならないということが、分かりました。美散さんに対して真摯であろうとすることと、彼への贖罪は一緒ではないんですよね」

美散の気持ちに寄り添えた、彼女の心と繋がれた、そう感じる瞬間は確かにある。しかし同時に、小さな痛みを覚えた。どうして、西少年に同じくらい向き合えなかったのだろう。

西少年とのことがあったからこそ、いまの自分が生まれたのだとも思う。けれど、そう思い切れない。

「うーん。ぼくは、それはあまりに囚《とら》われすぎだと思うよ」

腕を組んだ小竹が、言葉を探すように視線を天井に向けた。

「君の言っていることも分かる。しかしね、それならば西くんにどんな償いをするって言うんだい？　ぼくの記憶では、西くんはいま、ご両親や周囲の大人のサポートによって、更生の道を歩んでいるはずだ。悪いが、いま君にできることはないよ」

小竹も、調べていたのか。さすがだなと思いながら、頷いた。

「ええ。西少年に直接関わるなんて、そんなことできません。わたしが関わること自体、彼を徒に苦しめるだけです」

「であれば、仕事に復帰してもいいんじゃないか？　ぼくは、君自身が心の中で贖罪の気持ちを抱えて仕事を続ければいいと思う。彼に対して不誠実だったと悔やむ部分を、次に出会うひとに生かせばいい。その繰り返しが、贖罪になるんじゃないだろうか」

言葉を探して、少しだけ俯く。それから、口を開いた。

「……さきほど、小竹さんはわたしの記事を褒めてくださいましたよね。わたし自身、自分の手掛けた仕事が読者の心に届いたという手ごたえを感じることができました。ほんとうに嬉しいです。やり遂げてよかったと思います」

「ああ。だからこそ、記者を続けてほしいと言っている」

「でもわたしは、自分にはあれ以上の記事はもう書けないのではないかと思ったんです」

あの記事を書けたのは、美散との因縁が大きい。彼女に対するわたしの拘りが、事件への熱情の一部になった。

「今回の事件を扱う中で、私情を挟まなかったと言えば嘘になります。個人的な思いに衝き動かされて書けたものです。であれば、わたしが記者を続けて何になるんだろう。もっと別の角度から贖罪の方法を考えた方がいいのではないか、そういう風に、考えたんです」

小竹が、腕を組んだ。

「困ったな。こんな断り方をされるとは思ってなかった。では君はこれから何をやるつもりなんだい」

「……犯罪加害者家族の、支援施設で働くのはどうかと考えています」

美散や茂美の関係者たちと会い、話している中で辿り着いた答えだった。美散と茂美は被害者であるが、加害者でもある。そのふたつの面で、周囲のひとたちは哀しみ苦しんでいる。どこかで自分たちが負の連鎖を止められたのではないか。もっと良い未来に行けたんじゃないか。そんなことを繰り返し考えて、心が千切れるような痛みを抱えて生きている。

鶴代と大浦は、同じことを言う。

『絶対に、死ねん。あの子が戻ってくるまで、絶対に死ねん。何てことしたんね、何ではように言うてくれんかったんね、ってあの子を叱って、叱って。それから抱きしめると。よう、生きててくれた。戻ってきてくれてありがとうねって抱きしめると』

ふたりは美散が出所した後、世間からの防波堤になりたいとも言う。あの子は酷いことをしたけど、許されんこともしたけど、この世で最後まできちんと生き抜いていかんといけん。やけん、あの子に安息の場所を作ってやりたいんよ。

茂美の両親は、古い友人が住んでいるという鹿児島県に転居していった。

『針の筵にいるようなんです。自分たちが悪い親やったちことは、自分たちがよう分かっとります。でもそれを、世間様からずーっと責められるんは、辛いんです。根性のない弱い奴らやって、呆れてくださっていいです。でも、こうするしか生きていく道がない』

菅野保志は、会社を辞めた。茂美の兄であると職場で知られ、働き辛くなったのだ。それとほぼ同時に、夫婦は離婚した。知依は実家の両親から、離婚したのならすぐに戻ってこいと言われたという。

『嫌だと断って、母から親不孝者だって泣かれてしまいました。でも、茂美ちゃんに手を差し伸べられんかったんは、あたしも一緒。あたしも、菅野家の家族ですけん。茂美ちゃんのことを夫と一緒に考えて生きていきたい。それでも、やっぱり毎日生きていくには辛いけん、いまの土地は離れようと思います』

保志と知依は再び結婚して知依の姓となり、香川県に越していった。

宇部真麻は、鬱状態となり自殺を図った。手首を切ったところをSNSにアップし、それを見た知り合いが救急車の手配をしたため、一命は取り留めた。

わたしはそれを、宇部本人から連絡を受けて知った。

事件が明るみに出ていく中で、茂美と宇部の過去を知る者たちからSNSで中傷を受けたのだという。宇部からスクリーンショットを送信してもらったら『茂美を見殺しにしたん？　最低』『人でなし。真麻のこと見損なった』という言葉が並んでいた。

しかしそれは小さなきっかけのようなものだと宇部は言った。

『取材を受けたとき、偉そうなこと言っちゃいましたよね。でもほんとうは、茂美を無視したってことを自分自身が忘れられないし、許せないんです。親に泣かれて、みんなに迷惑をかけてしまって、死のうとしたのは反省してます。ううん、リスカする寸前まで、しちゃいけないことだって分かってたんです。でも無性に、茂美に会いにいって謝りたくなった。そうしなきゃいけないって衝動に耐えられなかった』

宇部はいま、福岡の住まいを引き払って実家に戻っている。家族をこれ以上心配させないよう前を向いていきます、そう話した声はまだ、哀しみを湛《たた》えていた。

そして、和之と薫。このふたりは正式に離婚した。薫が離婚届を夫に渡し、家を出て行ったのだ。鶴代の話では『豊香が生きた場である家庭を維持したかったけれど、豊香が犯罪者の妹になるのは堪えられない』と憤慨していたという。

和之はマスコミに、『すべて自分の責任です』とコメントを出した。

『子育ては妻に任せておけばいいと考えていた自分に責任があります。今後は、娘の更生の道に寄り添って生きていきたいと思います』

和之もまた、仕事を辞めざるを得なかったようだ。大きな自宅を手放したのち、単身者用アパートに移り住んだ。わたしは一度彼に会ったけれど、実年齢より十は老いて見えた。背を丸め、櫛《くし》を適当に通しただけのような髪で、ぼそぼそと『申し訳ない』と小さく言った。

『いつしか家の居心地が悪くなって、金の不自由さえなかったらよかろうと言い訳して、逃げ回っとったんです。自分のしたことのツケが回ってくるのは、当然かもしれません。でも、こんなに大きなツケになるなんて、想像もしてなかった』

そして彼は、これからどうしていいのか分からないと言った。

『更生の道、なんて偉そうに言いましたけど、おれは実際何をどうすればいいんですかね。美散は、おれとは面会もしてくれんのに』

その傍には、山ほどの書籍が積んであった。『子どもの心を理解できるか』という背表紙が、わたしの視界にずっと入っていた。

「彼らと関わることで、加害者家族の苦悩を知りました。西少年や彼の家族には何もできませんが、せめて同じような誰かの助けになれれば、と」

「ふうん……。でもその道だって、簡単な話じゃないよ。それは、記者だった君が一番分かってると思うけど」

小竹がわたしの心の奥を覗き込むような視線を向ける。

「君は、踏み込む側の人間だった。もしその仕事に就くなら、これまでの自分の行いを振り返るだろう。そこで傷つき、立ち止まることもたくさんあるはずだ。西少年のことをいまでも気にかける君ならば、確実にそうなる。結局、君は囚われるままなんじゃないか？」

一瞬俯きかけた顔を、ぐっと上げる。

「そうかも、しれません。でも……これは美散さんに伝えた言葉でもあるんですが、もう誰も、わたしの手で新しい傷をつけられることはない。誰の心も尊厳も失われない。それだけで、十分じゃないかと思えるんです」

美散にかけた言葉は、自分が望んでいた言葉なのかもしれない。

少しの間、見つめあった。目を逸らしたのは、小竹だった。ふー、と肩で大きく息をして、天を仰ぎ、どこでも煙草が吸えた名残でいまも黄ばんだままの天井をじっと眺めた。

「……うん、分かった。君にも自分の人生がある。君の意思がある。これ以上は、ぼくは何も言えないね」

ついと顔を戻した小竹は、「君という素晴らしい人材を二度も失うことになるのは、とても残念だよ」と呟くように言った。

「我儘ばかりで、申し訳ありません」

「謝ることじゃないさ。ああでも、ぼくから最後に一点」

ひょいと片手を上げた小竹に小首を傾げると「西くんのこと」と続ける。

「あのとき、堂本くんが君の書いた記事をOKと判断して、ぼくに回した。ぼくはそれを読んで、掲載のGOを出した。君の感じている責任は、ぼくないし週刊ツバサのものだ。決して、君だけのものではない」

「え……あの」

「ぼくたちは鶴翼社の下で、チームを組んで動いている。君個人が背負わないといけない『罪』はない。そこは二度と、勘違いするんじゃない」

厳しい声音でそう言った小竹は、一瞬後にはふわりとその表情を解いた。

「でも、だって、と君は考えるかもしれない。でもね、加害者家族を思うことのできる君なら、ぼくたちの気持ちもほんとうは分からないわけではないでしょう」

はっとする。ひとりで傷ついていると思っていたわたしは、小竹をはじめとした多くのひとを傷つけていたのだ。

すみません、と口に出そうとして止める。代わりに「ありがとう、ございます」と小竹の目を見て言った。

「これまでのわたしは、自分の受けた痛みにだけ敏感でした」

涙が出そうになるのを必死に堪える。情けないことだけれど、同じ失敗を繰り返さないように気を付けていくしかない。

「ああ、やっと届いた」

小竹が呟く。目で問うと「前も同じことを言ったんだけど、君はちっとも聞いていなかった。言葉がすり抜けていくようだったよ」と言われる。

「そう、でしたか……。あの、すみません、わたし、あのときは少しの余裕も持てていなくて」

「知ってる。責めてるわけじゃないよ。ただ、嬉しいんだ」

「ほんとうに、ありがとうございます。何度、お礼を言っても言い足りないです。ありがとうございます」

感謝の思いが溢れ、同じ言葉にしか変換できない。小竹はただ、それに頷いてくれた。

来客ブースを出ると、宗次郎が立っていた。小竹が「ごめん、堂本」と片手で謝る。

「まあ、後はお前に任せた」

宗次郎はそれでわたしたちの話の大筋を理解したらしかった。大きく舌打ちをして、わたしに「外、行くぞ」と顎で示した。

社屋を出て、ふたりで歩く。宗次郎は黙ってわたしの一歩先を歩いていて、その背中になかなか声をかけられない。宗次郎は、上司と同じくわたしが社に戻ってくることを期待していたのだろうか。そういうつもりで、今日わたしを出迎えてくれたのだろうか。皮肉となると饒舌だけれど、本心や自分の思いとなると途端に口を重くするひとだったな、と思い出す。

ふたりでよく休憩をとった古い喫茶店にまっすぐ向かった宗次郎は、定位置だった窓際の席に座った。向かいの椅子に腰掛ける。ホットコーヒーをふたつ注文した宗次郎は「辞めんの?」と短く訊いてきた。

「うん。記者を辞めて、加害者家族の支援施設で働こうと思ってる」

宗次郎がくっと息を吸った。

「……それは、蓉明中学校のいじめ事件の西少年に繋がるのか?」

「わたしはどうしても、彼のことを忘れられないんだ」

宗次郎が、窓の向こうに視線を投げた。師走のまちをせわしく歩く人々を眺める。その横顔を、わたしは見つめた。

ちゃんと顔を見たのは、いつが最後だっただろう。目じりの皺が少し深くなっている気がする。いつも一センチほどの無精ひげが伸びているひとだったけれど、それは、相変わらず。でも白髪が数本交じっている。昔はそんなものなかったのに。

「何、感傷的な顔で見てんだよ」

わたしの視線に気付いていたらしい、宗次郎が面倒くさそうに目を向けてきて、さっと逸らす。

「別に?　なんか肌艶が悪いなって思っただけ」

「そりゃそうだろ。不摂生極まりない生活してるからな」

顎をざらりと撫でて、宗次郎が一瞬笑った。

コーヒーの香りが、わたしたちまで届いた。この店のコーヒーは、一杯ずつ丁寧にサイフォンで淹れるのだ。少しして、寡黙なマスターがふたつのカップを運んでくる。口に運ぶと、懐かしい味が広がる。

宗次郎の好きな、苦みの強い濃いコーヒーは、色みが深くてとろりとしている。最初は飲めたものじゃないと思っていたけれど、宗次郎に付き合って飲み続けるうちにすっかり好きになってしまった。徹夜で作業した朝、開店を待ってここに休息をとりにきたことが何度あっただろう。しょぼしょぼした目で、しかし無事に校了したことに安堵した味だ。

コーヒーを飲みながら、小竹に話したのと同じように宗次郎にも話した。宗次郎は、わたしの話を黙って聞いた。

「……頑張れ、と言うべきなんだろうな」

ぽつりと、宗次郎が言った。

「みちるが、自分の足で歩いていける道を見つけたってんなら、おれはそれを応援するしかないもんな」

「宗次郎」

なぜか、わたしの声が震えた。いつものように「逃げるな」と怒ると思っていたのだ。このひとには、小竹に伝えた言葉の何倍も重ねないと理解してもらえない気がしていたのに。

「おれは結局、何もできなかった。お前を、これまでの道にどうやったら引き戻せるかってことしか考えられなくて、結果、苦しめた。そんなおれが、どうこう言えることはないもんな、もう」

「宗次郎のせいじゃない。わたしはあのとき、誰の言葉も受け取れなかった」

「そこをどうにかして届けるのが、恋人の役目だろ」

静かな声が、胸の奥を抉《えぐ》った。

「おれだけは届けなきゃいけなかったし、受け取らせなきゃいけなかった。それもできず、立ち直る手伝いもできなかった。お前の苦しみを分けてもらうこともできなかったな。ほんとうに下らねえな、おれは」

そんなことない。宗次郎なりに精いっぱい心を砕いてくれたのは、わたしが誰より知っている。こうなったのは、何もかもを拒絶することしかできなかったわたしのせいだ。

「記者を続けるとか、続けないとか、ほんとうはどっちでもよかったんだ。いや、やっぱ続けてほしかったな。お前が子どものころからずーっと大事にしてた夢だったわけだし、お前の誠実な取材方法や丁寧な記事は、同業者として惜しいと思う」

しばらく、沈黙が落ちた。

「加害者家族の支援施設って言ってたけど、アテはあんの」

「あ、うん。樂文社の伊能さんに、紹介してもらおうかと思ってる」

「は？　何でまた、あいつと繋がってるんだ」

「偶然なんだけど、小倉駅で会ったの」

彼女は別件の取材で北九州市を訪れていた。それでも、日に何万人と往来する駅のコンコースでばったり会うなんて、なかなかあり得ない確率だと思う。お互い足を止めて、目を見開いた。

わたしは伊能にいい印象を持たれていない。会釈をして離れようとすると、伊能の方から『ねえ』と話しかけてきた。

『Ｗｅｂのあなたの記事、読んだわよ』

『あ……。ありがとうございます』

『意味のない宣言をしてきたときにはすごく腹が立ったけど、ちゃんと実行しようとしている姿勢は、いいなと思った』

驚いて息を吞んだわたしに、伊能は『鳩《はと》が豆鉄砲の顔してる』と愉快そうに肩を揺らし『先日は言いすぎてごめんなさい』と続けた。『あなたのことを、安く見すぎてた』

お互い時間があったから、駅ビルの中にあるカフェに移動して、話をした。事件後のいまの状況をぽつぽつ話しているうちに、わたしは、加害者家族の傍にいるのに、なす術《すべ》もない自分が情けないと愚痴を零してしまった。自分が中途半端な状態でひとと関わっているのに、記者として次の仕事に向かうことに決心がつかないとも。

黙って話を聞いていた伊能の顔が険しくなっていることに気付き、慌てて謝った。

『記者を何年やってたんだって言われてしまうくらい甘い考えですよね、すみません。でも、自分の無力さが迫ってくるんです』

ソイラテを飲み終えた伊能は、『甘いとは思わないよ』とわたしを見て言った。

『そういう考えに至るのは、当然だと思う。あなたは、間違ってない』

そのときはそれで話を終え、名刺を交換して別れたのだが、後日伊能からメールが届いた。その中に、加害者家族支援団体のことが書かれていたのだ。

『もし、あなたが本気で悔やみ、今後の身の振り方を考えているのなら、こういうところで学び、支える側になるのもよいかと思います。もし必要ならば、わたしが持っている関連書籍等をお送りしますので、遠慮なく仰ってください』

ぜひとも読みたいと返信すると、伊能はすぐに段ボール箱いっぱいの書籍を送ってくれた。どれも、何度も読んだ形跡があった。

「伊能さん自身も、そういう団体に勤めて支援する側に行くべきかと悩んだ時期があるんだって。だけど彼女は、事実を伝える側であることを選んだ」

送られてきた書籍の中には、伊能が書いた記事のコピーも入っていた。それには伊能が加害者家族支援施設で研修を受けた実体験が纏められていた。

　何ができるか、何がまだできないか。何を求められ、何に応えられていないか。現状を知ってもらいたいという伊能の気持ちが全文に込められていた。それを読んで、彼女が自分の何歩も先を歩いているのだと知った。

「伊能さんが研修を受けたっていう施設なら、わたしも受け入れてくれるかもしれないって思ってて」

　バッグの中に入れていた施設関連の書類を見せると、宗次郎はあまり身を入れる様子なく眺めて、すぐに返してきた。それからコーヒーをぐいと飲み干し、立ち上がる。

「お前がいろいろ考えていて、それを相談できる奴もいるんなら、まあよかった。余計な心配をして、悪かったな」

　わたしを見下ろして、宗次郎がぎこちなく口角を持ち上げた。それは、皮肉屋の顔でもなく、元恋人の顔でもなく、何かに失望した顔をしていた。それは傷ついたと表現してもよくて、どこか頼りなくて、わたしは宗次郎のそんな表情は知らない。

「え？　あの、宗次郎」

「もう、話すことないだろ。じゃあな」

　ひらりと手を振って、彼はわたしとのこれ以上の会話を拒むように去っていく。会計を済ませて出て行く背中に、わたしは何も言えなかった。

　北九州の自宅に戻ったわたしは、うまく眠れずに二日を過ごした。眠ろうとすると何かに追われているような焦りを覚えるし、眠ってしまえば悪夢を見る。何をしていても、大事なことを忘れている気がして落ち着かない。その原因は、宗次郎との会話だとしか思えなかった。

加害者家族の支援施設で働く。家族の犯した罪に、誰よりも近しいところで苦しむひとたちの心に寄り添う。それは、自分ができる最善のことだと思った。ちゃんと考えた上で、進むべき道だと選んだ。

でも、宗次郎の失望の顔を見てから、間違いだったのだろうかと思えてならない。わたしが選ぼうとしている道は、ほんとうに正しい……？

三日目。父は仕事へ、母は早朝から友人たちと日帰り温泉ツアーに出かけた。わたしは任されていた家事を終わらせて朝の情報番組をなんとなしに流し見していた。芸能人同士の熱愛発覚や、アイドルグループの新曲発売のニュースといった華やかなものが終わり、特集コーナーに移る。

『義父から性的暴行を受け続けていました——告発の遺書を残して、小学六年生女児自殺』

突如現れた文字に、息を呑んだ。

半月前、北海道に住む女児が列車に轢《ひ》かれて死亡した。当初は事故かと思われていたが、線路脇に置かれていたランドセルに遺書が残されており、自殺だと判明した。

自殺の原因は、母の再婚相手——義父からの二年間にわたる性的暴行だった。

少女が飛び込んだ線路を前に、リポーターが語る。

男は、交際中は母子にとてもやさしかった。頼れる実家もなくシングルマザーとして生きていた母親は、頼りがいがあって娘を我が子のように可愛がってくれる男に魅力を感じ、周囲に『いままで大変だったけど、あのひととならきっとしあわせな家庭が作れると思う』と話して喜んでいたという。再婚が決まったときには、みんなが祝福した。しかし、ふたりの間に実子が生まれると、男の様子が一変。怒りやすくなり、自分の思うようにいかないことがあるとふたりに手を上げるようになった。男はふたりに『おれのしあわせこそが家族のしあわせなんだ。おれを第一に考えろ』と言って聞かせた。

悪夢の始まりは、少女が初潮を迎えてから。男は、『親が子どもの身体を把握しないでどうする』と母親に言って少女を寝室に連れ込んだ。そのとき母親はもちろん娘を守ろうとしたが、激怒した男から肋骨《ろっこつ》を折るほどの暴力を受け、止めることができなかった。その後も男は『身体検査』と称して少女を犯し続けた。繰り返される暴力で心を殺された母子は、男の言うなりになって生きていた。

「遺書には『お母さん、先に逃げてごめんね』とあったそうです。母に対しての恨み言は一切書かれていなかったとのことで――」

あまりに凄惨な内容に、言葉が出ない。

リポートはまだ続く。近隣の住人たちは男のことをよき夫であり父であると思っていたこと。男はきちんとした企業に勤めており、パティスリーのケーキをお土産に買って帰る姿も頻繁に目撃されていた。休みになると家族四人で出かけることも多々あったらしい。

今度はモザイク処理された女性が話す。奥さんや子どもに暴力を振るうようなひとだとは全然思いませんでした。ましてやそんな、幼い子どもに性的暴行なんて……。信じられません。

茫然としながら、思い出すのはスミや茂美の顔だった。

この事件の根っこにあるのは、北九州連続死体遺棄事件と一緒じゃないのか。

だってこの男は家原と一緒だ。裏の顔を巧妙に隠して、誰かの人生を搾取する。誰かを欲望のまま食い荒らす。

この男だけじゃない。第二、第三の家原もきっと、この世界にいる。もっともっとたくさんいるのかもしれない。そして、美散や茂美、スミもまたたくさん。

わたしの記事は、彼らにちゃんと届いているの——？

美散の心をほぐし、真実を語ってもらうことはできた。その記事で救われたひとも、考えるきっかけになったひともいるだろう。わたしはそこに喜びを見出した。でも、それは目先の煌めきに過ぎなかったのではないだろうか。眩《まばゆ》さのあとにはまた、深い闇が広がっている……。

全身が粟立つような恐怖を感じた。わたしはまた、大きな間違いを犯そうとしているのではないか。

周囲を見回し、転がっていたスマホを取る。アドレスを探っていると、来客を告げるチャイムが鳴った。

いますぐ話したいひとがいるけれど、訪ねてきたひとを無視するわけにもいかない。母から、代引きの宅配便が届くからと言われていたのを思い出す。財布を摑んで玄関へ向かった。

「はい、お待たせしました」

ドアを開けて顔を上げると、そこに立っていたのは宗次郎だった。

「……は？」

「何だ。能天気に過ごしてるかと思えば、やけに辛気臭い顔してんな」

見間違いじゃない。無精ひげで、ジャケットにデニムパンツというラフな恰好で、老舗和菓子店の紙袋を手に提げている。宗次郎はもう一方の手を上げて「や、どうも」と言う。

「な、なんで」

ここにいるの。そう訊きたいけれど、驚きすぎて言葉が出ない。ここは、福岡県北九州市の実家だ。まかり間違っても神保町《じんぼうちょう》じゃない。

「北九州空港って初めて使ったけど、便利だな。その気になれば、実家からでも会社に通えるじゃん」

飄々《ひょうひょう》とした態度に眩暈がする。

「何で、何しに、来たの。取材の、ついで？」

「ばかか。追っかけてるもんがあれば、お前のとこになんざ来るわけねえだろ」

時間の無駄でしかない、と顔を顰められて、本物だと認める。こんな嫌みがさらりと出てくるような男、ひとりしかいない。

「みちるに、用があって来たんだよ」

「わたし……」

「仕事、辞めんな」

きっぱりと、宗次郎が言った。

「仕事辞めんな。記者を続けろ。お前は贖罪だ何だと言ってたけど、正しいようなことを話してたけど、それで他業種にいくのはやっぱり『逃げ』だとおれは思う。記者をやり続けることこそが、罪と向き合うってことじゃないのか」

紙袋の中から茶封筒を取り出した宗次郎が、付き出してくる。訝しみながら受け取り、中のものを取り出す。それは入稿前の原稿だった。アオリ文が目に飛び込んできて「ああ」と唸る。

「『北海道小六女児は果たして自死と言えるのか』。……いまちょうど、テレビの報道を見てたとこだった」

大筋はさっき見た内容をほぼなぞっているけれど、関係者からのインタビューが丁寧だ。母子家庭だったふたりが支え合って生きていたこと。母親は、貧困を理由にいじめに遭っていた娘のために再婚を決めたこと。

「あれ以上の記事はもう書けない。誰かの心に届いた。この間、みちるはそう言ってたな？　でもさ、これを見ろよ。みちるの……おれたちの記事ひとつくらいで、世界は簡単に変わっちゃくれねえんだ。読んでくれれば何かが変わるはずだと信じて書いても、届けたいひとすべてには届かない。まだ全然、足りねえんだ」

原稿を握る手に、無意識に力を籠めていた。ぐしゃりと潰れる感触があった。

「おれはな、この仕事は光の瞬きに似てると思ってる」

「……光の、瞬き？」

「記事ってのは、ちかちか瞬くくらいの光なんだ。だから届けられないこともあるし、気付かれないこともある。暗闇にいるひとの視界や足元を照らすことも、難しいのかもしれない。でも、瞬きを絶えず繰り返せば、確かな光になる」

宗次郎が続ける。

「なあ、みちる。書き続けるしかないんだよ。おれたちは二度と同じ事件が起きないように、同じ悲劇が起きないように、声をあげ続けていくしかないんだ。光を放ち続けるしかない。そういう仕事なんだ。立ち止まってる暇なんてないんだよ。こうしてる間にも届けたい誰かは苦しんでるかもしれないんだ」

こんな話を宗次郎から聞いたのは、初めてだった。宗次郎の目に熱情があり、この目は見たことがある。意志が溢れたこの眼差しに、わたしは憧れたのだった。

手元の、握りつぶした原稿をそっと開く。

「いまちょうど、宗次郎に電話をしようとしていたところだった」

「は？」

「やっぱり、記者の仕事に戻りたいって」

宗次郎が、「え」と声を漏らした。

「わたし、また逃げようとしてた」

原稿の皺を手で伸ばす。わたしは、記者を続けながら罪を償う、ということの難しさから無意識に逃げていたのだ。だから贖罪の道だけを選ぼうとしていた。

「記者として犯した罪なら、書き続けるしか道はないんだよね。しかも、こんな中途半端なところで投げ出してしまったら、わたしは今度こそ立ち上がれない」

美散や茂美、スミの言葉を届けただけで、何かを成し遂げた気分になっていた。やっと記者としての原点に立ち帰れた、それだけなのに満足してしまっていた。

彼女たちと同じように、苦しみの中で声をあげられないひとはまだいるというのに。

「ごめんなさい。我儘だけど、復帰させてください。わたしに仕事をさせてください」

宗次郎の目を見て言う。驚いた顔をしていた宗次郎は、すぐに顔を顰めた。

「何だよ、それ。往復の飛行機代と有休が無駄じゃねえか」

もったいないことをした。そう付け足されて、「ごめん」と謝る。

「ほんと、電話かけようとスマホを手に取ったタイミングでチャイムが鳴ったんだよ。わざわざごめんね。でも、ありがとう」

全身でため息を吐いた宗次郎が、「もっと感謝しろ」と紙袋を突き出してきた。

「実家を訪ねるなんてクソ面倒なことまでしたんだからな。ほらこれ、手土産！」

「え!?　あ、ありがとう。でもいま誰もいないから」

「は⁉　まじかよ！　おれ、娘を憔悴《しょうすい》させた会社がまた娘を奪いに来たと思われるかもしれねえなって、さあ！」

　またも、宗次郎が大きくため息を吐き、その場にしゃがみこむ。

「多分、そんなこと言わないと思うけど。うちの両親、最近はわたしの仕事をちゃんと理解してくれるようになったんだよ」

「いやそんなん知らねえし」

　項垂《うなだ》れて、それからわたしをついと見上げた顔は、いつもの不敵な笑みだった。

「まあ、うまくいったから、よかったとするか」

「そうね」

　視線を合わせて、わたしも笑った。


　復帰を決め、東京での新生活のための準備を重ねている間に、井口は勤めていたタクシー会社を退職していた。久しぶりに会おうと声をかけられ、小倉駅近くのカフェで井口と待ち合わせをしてそれを聞かされてびっくりしたし、井口の現状と今後の話を聞いてますます驚いた。

　井口は長野と共に、コミュニティカフェを運営する計画を立てているというのだ。

「地域の高齢者や子どもたち、ひとり親とか、ひとり暮らしの若者とか、とにかくいろんなひとたちが気軽に集まれる場所を作りたいんよ。孤独に生きているひとを減らしたい。吉屋さんに起きた異変をどこかで誰かが気付いていれば、事件はもっと早くに、誰も傷つかずに明るみに出たかもしれんやろ？　そういうことを可能にする場のひとつを作りたい。もちろん、素人のわたしたちだけじゃ無理な話なのは分かっとる。やけんね、わたしの母が入所しとるさくらの杜のマネージャーや日光タクシーの社長に相談して、支援活動をしてるNPO団体を紹介してもらったんよ。そのツテで、いま八幡《やはた》にあるコミュニティカフェで働きながら勉強しとるところ」

「待って待って。ものすごい急展開すぎてついていけない。どうなってそんな話に」

「かるたさんと、結構気があってさ。ときどき、かるたさんの家で飲んだりしとるんよ」

「えー！　いまじゃかるたさんって呼んでるの？　でも、確かにふたりって変に会話が弾んでたかも」

ふたりの会話の中で、必ずスミの話題が出るらしい。そして長野は酔うたびに、もし自分がスミのことをもっと気にかけていたらこんなことにはならなかったのではないか、と悔やむのだという。

長野の顔を思い出す。それから、彼女も深く傷ついていたのだと思う。いつも明るくて、でもときどきふっと寂しそうな顔をした。スミの部屋の片付けを終えたとき、『これで、あんひとも安心してくれるかねえ』とがらんどうになった部屋をいつまでも見回していた。けれどわたしは頭のどこかで、長野はとても強いひとだと考えていた。そんなはずがないのに。

「かるたさん、『お金は使い切って死ぬ』なんてこと言ってたやろ。スミさんみたいなひとをもう二度と出さないようにするためにお金を使うのが一番正しいんやないか、って考えるようになったみたいでね。でもひとりでそんなことはなかなかできん。元気やけど、もういい年やしね。それでね、わたしはわりあい自由な人間やし、手伝うよって言うたと。あとはまあ、わたしなりにも考えることがあったんよね。これからは、何か、ひとと関わって生きていきたいなあっち思うようになった。タクシーの代行運転以上の関わりが、欲しくなった」

すっきりと、井口が笑う。出会ったころとは違う笑顔だった。

「専門家の話を聞く限り、立ち上げは前途多難ではあるんよ。でも、どうにかして叶えたいと思っとる。初めての仕事は疲労が激しいし、狼狽えることも多いけど、楽しくやっとるよ。わたし、ひとの話を聞くのが好きなんやなあって気付いた」

「井口さん、話を聞くのうまいと思う。そうかあ、コミュニティカフェか。すごいな」

井口の勤めているコミュニティカフェをスマホで検索してみる。お年寄りと小学生くらいの子どもが一緒のテーブルでお菓子を食べている写真が大きく掲載されていた。アートを通じて交流を深める機会を設けているようで、壁に色とりどりの絵が飾られている。顔に絵具を付けて笑うおばあさんや、手のひらをカラフルにした男の子の写真もあった。

「楽しそうだな。わたしもいつか訪ねてもいい？」

「もちろん。ぜひ来てよ」

「あ、そうだ、わたしの小中学校時代の同級生もね、活動の幅を広げたんだよ」

先日、吉永と会った。吉永は『子どもすこやか応援隊』という活動をしていたけれど、グループ名を『親子すこやか応援隊』に変えたと言った。

『子どもだけではなく、いろんな事情で困っているかもしれない親も支えたいって思うようになったんよね。親と子、両方支えて初めて、すこやかな子どもが育つんやもんね』

吉永の友人が手伝っていたという子ども食堂と連携を取って、親と子の両方から相談を受けられるような仕組みを整えているのだという。その活動に賛同するひともいて、隊員も増えたそうだ。

『私は、大人として子どもの幸福だけは守らないけん、と思っとった。その視野の狭さを教えてくれたんが美散やった。いつか美散に会いたいな。いろんな話がしたい』

あの事件で、たくさんのひとの人生が変わってしまった。多くの哀しみと苦しみを生んだ。けれど、焼け野原から新芽が吹くように、哀しみの中から幸福を願う芽が生まれたのだ。次はもう野を焼かないための、願いの芽。

「ひととひとを繋いで、孤独なひとを生まないようにする。辛さを吐き出せる場を作る。そういうストッパーがいくつも生まれていくんだね。いいね」

うん、と井口が頷いた。

「わたしたちができることなんてたかが知れてるかもしれん。でも、やらんっていうのが一番いけんと思っとる」

少しだけ、しんみりしてしまう。その空気を払しょくするかのように、井口が「年取るって嫌やね」と声を明るくした。

「いま、働きながらいろいろ勉強しとるんよ。何十年ぶりかの学びやけど、記憶力の低下に愕然とする」

ひとしきり話したのち、カフェを出る。それからどちらからともなく、小倉ミュージックへ足を向けた。ちょうど、踊り子の入れ替わりの時間だったらしい。ライトがついていて、ステージでは踊り子と観客が写真を撮っていた。「ちょうどよかったね」と言いながら、ふたりで壁際の席に並んで座る。

「わたし、ここに来るの久しぶり」

「わたしも」

少し低い天井も、壁に貼られたポスターも、どこか懐かしい。眺めていると、ふつりとライトが落ちた。

闇が満ち、なごやかだったフロアがしんとする。アップテンポのメロディが流れだす。

踊り子が、ふわりと舞うように現れた。薄桃色のドレスが花びらのように揺れる。

狭いはずなのに、ステージが広く感じる。踊り子の呼吸を、肌で感じる。

見つめながら、最初にここを訪れた日のことを思い出す。

久しぶりの取材で感覚が鈍っていたせいで、騙された。そんな自分が情けなくて、やるせなくて仕方なかった。あのときのわたしは、何かに頼りたかったのだといまなら分かる。自分が薄っぺらで不確かなものだからこそ、強く確かなものを感じたかった。

踊り子のしなやかなからだが、ライトを浴びて白く浮き上がる。筋肉や骨が滑らかに弧を描き、躍動する。化粧に縁どられた目が挑戦的に観客を捉え、唇は柔らかく誘うように蠢《うごめ》く。

踊り子は、うつくしい生き物だ。若くても、年を重ねても、自身をすみずみまで慈しみ、磨き上げたからだは、それを表現する心は、尊くうつくしく、そして強い。この強さで、あのときのわたしは心を奮い立たせることができた。

しかしこの強さは、踊り子だけのものではない。誰しもに、その強さは備わっている。

誰でもなく自分こそが、自分自身を深く愛し守れば、心を研ぎ澄ませれば、ひとは誰もが強くうつくしくなれる。そうして得た強さこそが、他者にやさしく寄り添うことができるのだろう。

『ひとはひとで歪むんよ。その歪みをどこまで拒めるかが、自分自身の力。私は無力でばかやった。いつも、歪みを受け入れることが愛やと思ってたし、そうすることで愛されようとしてたんよ』

美散の言葉が蘇る。ひとはひとで歪む。けれど、ひとはひとによって、まっすぐになることもできる。強さから輝きを分けてもらい、自分の糧として立ち上がることができる。

知らず、涙が流れていた。

辿り着くまで、長い道のりだった。ひとに迷惑をかけた。傷つけた。自分を苦しめた。出口の見えないトンネルにひとり立ち尽くしているような恐怖と、闘い続けた。

でも。これからは自分自身に誇りを持ち、自分自身を誰よりも愛し慈しんで生きていこう。そこで得た強さと共に、わたしはわたしの信じた道を歩む。その道はわたしひとりではなく、いろんなひとと共に歩むのだ。

幕が下りるとき、何度も何度も拍手を送った。

「ねえ、思うんだけど」

わたしと同じように手を打っていた井口が言う。

「人生の幕が下りるときに、こんな風に祝福の拍手があるといいな。そういう生き方がしたいね」

ね、と笑いかけられて、頷いて応える。

そうであればいい。誰かの踊りを見て、自分の踊りを踊り続け、その先の幕を豊かに迎えたい。そういう生き方が、したい。

＊

東京行きの前日まで、原稿チェックに追われていた。

北九州連続死体遺棄事件の記事を一冊の書籍にしたいという話を貰い、原稿の見直しをしていたのだ。事件関連の資料は一冊のファイルに纏めていて、それとこれまでの記事を照らし合わせていく作業は、思っていたよりも時間がかかってしまった。ときどき、ふっと取材当時のことを思い出して手が止まってしまったからだ。あのとき感じたさまざまな思いは、いまもまだ鮮やかなのだ。

ファイルの横に置いていた封筒の束を、ひとつ手に取る。これまで美散から届いた手紙だ。最初こそぽつぽつとしか送られてこなかった手紙は、いまや分厚い束三つ分になった。美散の手元にも、同じかそれ以上の手紙があるはずだ。

いつだったかの手紙に『何だか私たち、またラリーをしてるみたいだね』と書かれていた。『そうだよ、ラリーだよ』と書いて返した。わたしたちはこれからもずっと、形を変えることがあれど、対話というラリーを続けていくんだよ。それに、美散はどんな風に返事を書いてくれたんだったか。

手紙を読み返したくなったが、ぐっと堪えて、作業に戻った。

どうにか仕事を済ませ、安堵のため息を吐いた。椅子に座ったまま伸びをして、東京に送る荷物の中にファイルと手紙を戻そうと立ち上がった。口が開いたままの段ボール箱の隅のスペース、ジュエリーボックスの隣に封筒の束を入れる。ふと、一番上に置かれていたファイルが目に留まり、手に取った。

『私立蓉明中学校二年生女子生徒いじめ事件』

このファイルも、東京に持っていく。何度だって、わたしはここに立ち戻らねばいけない。己への戒めとして、記憶に留め続けなければいけない。

戒めの事件と、記者としての本質を教えてくれた事件。ふたつのファイルを見比べたのち、抱きしめた。

「みちるおばちゃん、仕事終わったと？」

鈴の音《ね》のような軽やかな声がかかり、ぎょっとして振り返る。わたしのベッドに、未来が座っていた。兄一家が遊びに来て、明日わたしが東京に行くと知った未来が「おばちゃんのお仕事見てる！」と部屋まで付いてきたのだった。作業に没頭していたのと、未来が気配を感じさせないほど大人しかったから、すっかり忘れていた。

「ごめん、未来ちゃん。わたしすっかり仕事に夢中で」

「未来、おりこうさんにできるったい」

ふふんと自慢げに笑った未来は「これ、あげる」と膝に抱えていたスケッチブックを差し出した。

「東京に持っていっていいよ」

A4サイズのスケッチブックに、鉛筆でわたしの背中が描かれていた。髪の毛をひっつめにし、猫背でパソコンに向かっている。二の腕と腰回りがむっちりしているのがやけにリアルだ。三十を過ぎて太ってきたのをよく描写している。

むちむちした体の下に、『ヒーロー』と大きな字で書かれていた。

「これ、おばちゃんよね？　おばちゃん、ヒーローかな」

「あたりまえやん。これからも、かっこいいヒーローったい！」

未来が笑う。

手元のスケッチを見る。全然かっこよくない。でも、この幼い子どもがヒーローだと信じてくれるのなら、そうでありたい。せめてヒーローのような誠実さだけは失わないでいよう。

「ありがとう、大事にする」

ファイル二冊と未来の絵を重ね、段ボール箱に入れた。蓋を閉める前に、もう一度箱の中を見る。ひとつひとつ、目で確認していく。

大丈夫、ここに大事なものは全部ある。これさえあれば、わたしはきっと、記者としてまっすぐに、立ち止まることなく生きていける。

封筒の束で、視線が止まった。

東京で、また誰かとラリーができるだろうか。

誰かと対話を重ね、『ほんとう』を見失わないためのラリーを、またできるだろうか。

いや、するのだ。きっと。

ゆっくりと段ボール箱の蓋を閉じた。

「待っててくれてありがとう。下おりて、お菓子でも食べようか」

未来に笑いかけた。

謝辞

本作の執筆にあたり、ノンフィクションライターの宇都宮直子さん、弁護士の須﨑友里さん、「週刊ポスト」、「女性セブン」など週刊誌編集部の方々をはじめ、様々な専門分野の方にお話を伺いました。心からの謝意をここに記します。

本作はフィクションであり、実在の人物、団体、事件とは一切関係がありません。

初出誌「ＳＴＯＲＹ ＢＯＸ」２０２３年11月号〜２０２４年6月号
書籍化にあたり、大幅に加筆・改稿を行いました。

月光写真　石川賢治
（「ジャスミン」写真集『月光浴　青い星』より）
装丁　大久保伸子

町田そのこ（まちだ・そのこ）
一九八〇年福岡県生まれ。福岡県在住。二〇一六年「カメルーンの青い魚」で第十五回「女による女のためのR−18文学賞」大賞を受賞。二〇一七年、同作を含む短編集『夜空に泳ぐチョコレートグラミー』でデビュー。『52ヘルツのクジラたち』で二〇二一年本屋大賞を受賞。著書に『宙ごはん』『夜明けのはざま』『わたしの知る花』『ドヴォルザークに染まるころ』、「コンビニ兄弟」シリーズなど。

月とアマリス

二〇二五年三月四日　初版第一刷発行

著　者　町田そのこ
発行者　庄野　樹
発行所　株式会社小学館
〒一〇一-八〇〇一　東京都千代田区一ツ橋二-三-一
編集　〇三-三二三〇-五一三七　販売　〇三-五二八一-三五五五
ＤＴＰ　株式会社昭和ブライト
印刷所　萩原印刷株式会社
製本所　牧製本印刷株式会社

  ISBN 978-4-09-386745-0